포기하지
않으면
된다

포기하지 않으면 된다

초판 1쇄 인쇄	2014년 06월 20일
초판 1쇄 발행	2014년 06월 27일

지은이   이 광 희

펴낸이   손 형 국

펴낸곳   (주)북랩

편집인   선일영   편집   이소현, 이윤채, 조민수

디자인   이현수, 신혜림, 김루리   제작   박기성, 황동현, 구성우

마케팅   김회란

출판등록   2004. 12. 1(제2012-000051호)

주소   서울시 금천구 가산디지털 1로 168, 우림라이온스밸리 B동 B113, 114호

홈페이지   www.book.co.kr

전화번호   (02)2026-5777   팩스   (02)2026-5747

ISBN   979-11-5585-256-9 03810 (종이책)   979-11-5585-257-6 05810 (전자책)

이 도서의 국립중앙도서관 출판예정도서목록(CIP)은 서지정보유통지원시스템 홈페이지(http://seoji.nl.go.kr)와
국가자료공동목록시스템(http://www.nl.go.kr/kolisnet)에서 이용하실 수 있습니다.
(CIP제어번호 : 2014018516)

포기하지 않으면 된다

킥복싱, 합기도, 신음류 검술까지…
살아 있는 무술 교과서,
이광희 세계유합도연맹 총재가 말하는 인생론

이광희 지음

book Lab

누구나 실패하며 좌절할 수 있습니다. 하지만 포기하지 않으면 기회는 다시 오고 내가 쓰러지거나 넘어지더라도 다시 일어나 앞을 향해 나아간다면 어느 새 본인도 모르게 더 강해져 있는 자신을 발견할 수 있을 것입니다.

실패했다고 절대 끝나는 것이 아닙니다.

끝은 내가 포기했을 때 비로소 끝나는 것이지, 내가 실패했을 때 끝나는 것이 아니므로 여러분은 결코 포기하지 마십시오. 포기하고 현실에 안주하는 것은 정체된 것이며 정체된 것은 죽은 것과 마찬가지입니다.

항상 범사에 감사하는 마음과 현실에 안주하는 것은 다릅니다. 범사에 감사하되 더 발전할 수 있도록 진취적인 생각과 자신감 그리고 포기하지 않고 끝까지 인내하는 마음이 있다면 좋은 결과가 반드시 있을 것이라고 단언합니다.

책을 출간하기까지 많은 어려움과 주위 분들의 근심어린 걱정이 있었지만 무탈하게 끝까지 책을 펴낼 수 있어서 감사할 따름이며 글을 쓰면서도 독자 분들에게 진솔하게 다가가기 위하여 최선을 다하여 작업에 임했습니다.

많은 사람들이 정체성의 혼란과 현 사회의 구조적인 어려움 속에서 살아가고 있지만 그래도 인내하고 포기하지 않으면 반드시 뜻을 이룰 수 있다는 메시지를 전하고 싶습니다.

　아무쪼록 이 책을 읽는 많은 분들이 용기 얻어 더 좋은 일이 일어났으면 하는 마음이 간절하며 끝으로 책이 나오기까지 물심양면으로 도와주시고 애써 주신 많은 분들께 고마운 마음을 전달하는 바입니다.

2014년 6월
저자 **이광희**

차례

프롤로그   004

나의 어머니   012

어머니는 야쿠자   014

재일교포는 강하게 자랄 수밖에 없다   016

집안 내력과 나   018

내가 허약했던 이유   020

나의 우울한 유년기   022

무술이 나의 친구였다 1   024

무술이 나의 친구였다 2   026

작은외삼촌과 살게 되다   027

이소룡이 우상이 되다   029

큰삼촌과 살게 되다   031

소질은 중요하다   033

졸지에 미친놈이 된 나   037

부모님과 누나, 온 가족이 같이 살다   038

어머니의 일본행과 분주해진 아버지   039

어머니가 귀국하고 다시 풍비박산이 난 집안   041

다시는 싸움을 하지 않겠다고 다짐하다   043

집에서 쫓겨나다   046

아버지가 개척교회를 세우다   047

아버지 몰래 야반도주를 감행하다   050

5학년이 되면서 전학을 가다   052

생활력이 정말 강했던 어머니   054

어머니에게 애인이……   056

중학교 1학년 때 첫 패배를 당하다   058

너무 어려운 유도   060

유도를 하려면 매일 맞아야 하나   062

유도를 시작한 지 일 년 만에
서울시교육감배 유도대회에서 3등을 하다   065

일식집을 빚으로 날리다   067

기울어진 집안을 다시 세우고 싶었다   069

누나가 요정에 나가기 시작하다   071

아버지가 돌아오다   073

친구를 위해서 희생하다   076

친구들이 배신하다   080

돈을 벌기 위해 일본으로 떠난 누나   082

전국대회를 일주일 남겨 놓고 큰 부상을 당하다   083

유도를 하지 말라는 의사의 한마디   085

아버지가 건설용역 회사를 차리다   087

누나가 일본에서 돌아오다   090

지독한 재활훈련을 마치고 다시 유도복을 입다   091

머리를 짧게 깎고 투혼을 불사르다   093

반성문이 아닌 각서를 쓰다.   094

대학 진학에 실패하다   099

킥복싱에 입문하다   100

킥복싱을 위해 집을 나오다   103

킥복싱 전국 신인왕이 되다   105

트레이너가 되다   107

체육관을 인수하다   109

사설경호원이 되다   111

군 입대를 하다   114

신병교육대 배식장이 되다   115

악명 높은 수색대대로 차출되다   116

군 생활   118

군 생활 2   120

군 생활 3   122

군 생활 4   124

군 생활 5   127

군 생활 6   130

군 생활 7   132

군 생활 8   133

군 생활 9   135

군 생활 10   137

제대 후 사회로 복귀하다   139

첫 출근을 하다   141

어머니가 간암 말기 판정을 받다   143

직장을 그만두고 어머니 병간호를 하다   145

어머니가 퇴원하다   147

어머니가 돌아가시다   149

아버지와 인연을 끊기로 작심하다   151

누나와 사이가 멀어지다   153

채소가게에서 일하다   155

실전무술 체육관을 오픈하다   157

체육관을 정리하고 일본에 가다   160

일본에 대한 첫인상   162

나의 일본어 공부법   164

한국인 최초로 전 일본 킥복싱 프로에 입문하다   168

5년간의 냉수마찰   170

술집 마담과 사귀다   172

일본 엔카(트로트)의 여왕 계은숙씨를 찾아가다   176

큰 부상을 당하고 킥복싱을 그만두다   180

일본 전통무도 합기도   183

일본의 장인정신   187

일본의 혼네와 다테마에 그리고 이지메   191

일본무술에 미치다   193

검술에 입문하다   195

야스쿠니 신사에서의 검술 시범   197

기공(氣功)에 입문하다   200

유합도(柔合道)   203

야쿠자 오야봉의 스카우트 제의   206

장사는 나와 어울리지 않는다   209

합기도 4단으로 승단하다   211

한국으로 귀국하다   212

불편한 한국   216

사표를 던지고 나오다   217

경비업체의 총괄 책임자로 발탁되다   219

사표를 내고 미국으로 가다   220

미국체험기 1   222

미국체험기 2   224

미국체험기 3   226

미국체험기 4   230

미국체험기 5   232

미국체험기 6   234

미국에서의 강습회를 끝으로 한국으로 귀국하다   236

다시 한국에 오다   237

잘못된 만남   239

13년 만에 아버지를 만나다   242

누나와의 재회   244

잘못된 나의 판단 1   245

잘못된 나의 판단 2   247

사단법인 한국양신관합기도연맹을 창립하다   248

한국범죄척결운동본부가 서울시 NGO 단체로 등록되다   250

학교 교육이 변화하지 않으면   252
대한민국의 안전한 사회는 이루어질 수 없다

어릴 적부터 운동선수에게 인성교육을 해야 한다   256

유합도가 법인으로 설립되다   258

나는 무도(武道)와 결혼을 해야 한다   260

무도는 나의 가치관이자 나의 신앙이었다   265

술과 담배는 정신력으로 끊어야 한다   267

지피지기(知彼知己)는 백전불태(白戰不殆)   270

분명한 목표를 세워라   271

하고자 하면 된다   273

고된 경험은 나를 더욱 강하게 만든다   277

건강을 돕는 나만의 비결   285

에필로그   299

나의 어머니

나의 어머니는 고베 출신의 재일교포 2세이시다. 내가 97년 군 제대 후 돌아가셨는데 살아 계신다면 72세다.

어머니에 대해 기억을 돌이켜 보면 어린 시절에는 아주 무섭고 강직한 분으로, 시간이 지나 내가 어른이 됐을 때는 정이 아주 많으시고 옷을 잘 입는 멋쟁이로 기억된다.

어머니가 어느 정도로 멋쟁이이셨냐 하면 한국에 처음 미니스커트를 유행시킨 사람이 가수 윤복희씨다. 그것이 1968년 정도라고 하는데 어머니는 윤복희씨가 유행시키기 2년 전에 처음 미니스커트를 입고 한국에 오셔서 마을을 술렁거리게 해 화제가 되었다고 했다.

그 시절 어머니 사진을 본 적이 있는데 글래머에 정말 아름다우셨다. 당시 미스코리아 평균 신장이 163cm 이였으니 166cm의 어머니는 지금으로 말하면 슈퍼모델 정도가 아닌가 싶다.

이러한 멋쟁이 어머니가 한국에 온 사연은 정말 특별하다.

어머니는 어릴 적부터 고국 땅에 대한 그리움이 상당히 크셨으며 늘 한국에 가보고 싶어 하셨고 특히 전설적인 원 펀치의 달인인 김두한이라는 사람을 너무나 보고 싶어 하셨다고 한다.

어머니가 어렸을 때 장군의 아들 김두한씨는 일본에서도 아주 유명해 재일교포의 동경의 대상이어서 어머니는 꼭 만나보겠다고 늘 마음을 먹었다고 했다.

그런 어머니가 한국에 와서 통역하는 사람을 데리고 다음날 바로 찾아 간 곳은 다름 아닌 김두한씨. 김두한씨를 만나고 싶어 일본에서 일부로 한국까지 온 사연을 들은 김두한씨는 극진한 대접을 해 줬으며 이틀에 걸쳐 두 번 식사를 하고 차 대접까지 잘 받고 돌아갔다고 했다.

어머니는 그 후로도 한국에 왕래를 하셨고 그러다 아버지를 만나 혼인을 하게 되었다.

한국말을 전혀 못하는 어머니가 아버지와 한자를 써 가며 서로 의사 소통을 하고 연애를 하셨다는데 정말 생각만 해도 대단하시다.

그렇게 서로 너무 사랑한 나머지 아버지는 정식으로 집안에 소개를 하기로 마음을 먹고 어머니를 데리고 할아버지에게 나타나 인사를 시켰다.

어머니가 처음 건넨 말은 "하지메마시떼." 할아버지는 뒷목을 잡고 쓰러지셨고 집안은 난리가 났다고 했다. 그도 그럴 것이 아버지는 경주 이씨 백사공파, 비가 와도 결코 뛰는 법이 없는 전통적인 충청도 양반 집안인데 집안이 발칵 뒤집어진 것은 당연한 일이다.

할아버지는 "내 눈에 흙이 들어가기 전에는 절대 결혼은 안 된다."라고 말씀하셨다는데 그 무렵 어머니는 이미 누나를 임신한 상태였다.

그렇게 낯선 곳에서 모진 시집살이가 시작되었고 일꾼 7명을 포함한 20명의 식사를 책임지셔야 했다는데 말만 들어도 얼마나 힘들었는지 짐작이 간다.

하지만 어머니는 잘 견뎌 내시고 한국생활에 적응하셨다고 했다.

어머니는 야쿠자

일본에서 태어나 줄곧 생활한 어머니가 낯선 한국에서 모진 시집살이를 다 참고 견뎌 낸 것은 성격이 강직하고 인내심이 강하셨기 때문이다.

사람들은 종종 재일교포는 곤조가 있다고 한다. 그렇다. 재일교포는 곤조, 즉 성깔이 있다. 한 성깔 하지 않으면 일본사회에서 도태되기 때문이다.

일본 내內 재일교포들은 다들 한 성깔 하는데 게다가 어머니는 야쿠자 중간 보스였기에 더 강한 면모가 있었지 않았나 하는 생각이 든다.

물론 이 사실을 어머니에게 직접 들은 것은 아니다. 아버지와 주위 분들에게 내가 어느 정도 성장한 후에 들었다.

여자가 야쿠자 그것도 중간 보스라는 것은 참으로 믿기 힘든 일이다. 하지만 사실이며 어머니가 야쿠자 중간 보스가 된 것은 시대의 슬픈 현실이었다.

한국도 마찬가지지만 그 당시 일본은 먹고 살기 힘든 시절이었고 재일교포가 일본사회에 발붙이고 살아가기란 더욱 쉽지 않았을 것이다.

어머니와 어머니의 친언니, 즉 나에게 큰이모가 되는 분, 두 분은 어릴 때부터 동네에서 유명했다고 한다. 게다가 어머니는 고교시절 여자 소프트볼 선수 주장이었기 때문에 그 포스는 말로 표현하기 힘들 정도였다고 한다.

　내가 굳이 이야기하지 않아도 될 부분, 특히 고인이 되신 어머니에게 누가 될 수도 있는 민감한 부분을 말하는 것은 그만큼 어머니의 강한 면모를 많이 닮아서 이 힘든 세상에서 낙오하지 않고 굳건하게 일어설 수 있는 힘이 있다는 것을 말하기 위함이다.

　다시 돌이켜 보면 어머니가 일본에서 좋든 나쁘든 그 정도 위치에 있었다면 굳이 모든 걸 다 버리고 한국에 와서 고생할 필요가 없었다. 일본에 있던 부모형제들뿐만 아니라 주위에서도 심하게 말렸다고 한다.

　하지만 여자는 사랑 앞에 모든 걸 내려놓는다. 아무리 강한 여자도 사랑하는 남자 앞에 선 나약한 한 여자가 되고 마는 것이다.

　어머니의 암울했던 일본생활은 그렇게 종지부를 찍었다.

재일교포는
강하게 자랄 수밖에 없다

재일교포, 그들이 일본에서 태어나고 싶어서 태어난 것도 아닌데도 일본 내에서 차별을 받고 살아가는 것이 기정사실이다.

하지만 더 웃긴 건 한국에서도 온전한 한국 사람으로 인정받지 못한다는 것이다.

물론 지금은 예전과 많이 다르다. 하지만 아직도 어느 한쪽의 구성원이 되지 못하고 정체성이 불분명한 상태에서 한국인도 아닌 일본인도 아닌 사람으로 살아간다.

그래서 재일교포는 외롭고 쓸쓸하다. 강해야만 일본사회에서 살아남을 수 있기 때문에 더욱 강해져야만 했고 강하게 자랄 수밖에 없었다.

어머니의 말씀으로는 어머니도 어릴 때 조센징이라고 놀림을 받고 자랐는데 그럴 때마다 피터지게 싸워 반드시 이겼다고 한다. 그래야만 두 번 다시 그 누구도 놀리거나 건드리지 않기 때문이다.

선택의 여지가 없었던 재일교포들……. 그들은 그렇게 강하게 스스로를 지키며 강하게 자라며 땅속 깊이 뿌리를 내렸고 일본인들에게 무시할 수 없는 존재가 되어버렸다.

뿐만 아니라 일본 각계각층에서 두각을 나타내고 전설이 된 인물들도 많다.

그 대표적인 사람이 일본 엔카계의 전설인 미소라 히바리, 롯데의 신격호 회장, 소프트뱅크의 손정의 사장, 일본 프로야구 주니치의 감독이었던 호시노 감독, 또 무술계의 대부이시자 맞짱의 달인이신 극진가라데의 최영의 총재. 이분들이 다 한국인이다.

이 분들은 예전 세대이지만 요즘 세대도 발군의 실력을 뽐내며 활약을 하고 있는 한국인 3세들이 있다.

대표적으로 일본축구의 영웅인 나카다, 일본프로 야구에서 맹활약을 했던 자이언트의 기오하라, 지금은 격투기선수이지만 예전 유도선수였던 추성훈이 있다.

이외에도 더 많은 분야에서 한국인들이 선전하고 있고 일본에서 중심이 되고 있는데 이와 같이 일본에서 큰 영향력을 행사하고 저력 있는 사람들로 평가 받고 있는 이유는 어릴 때부터 강하게 자라왔기 때문이라고 생각한다.

집안 내력과 나

앞에서 이야기한 것처럼, 나는 경주 이씨 백사공파 오리지널 충청도 양반, 뼈대 있는 가문의 아버지와 멋지고 강직한 재일교포 어머니 사이에서 태어났다.

위에서는 어머니 이야기를 조금 했는데 이번에는 아버지와 집안의 내력에 대해서 이야기를 하고자 한다.

아버지 쪽, 그러니까 친가는 다들 학처럼, 선비처럼 살아오신 분들이다. 때문에 다들 성격이 꼬장꼬장 하시다.

뿐만 아니라 대대로 남자들은 힘이 장사(壯士)라 3대째 씨름에서 소를 놓치지 않았다고 하며 아버지의 숙부께서는 쌀 두 가마니를 이고 산을 넘어 갈 정도로 힘이 좋으셨다는데 옛날에 쌀 한 가마니는 80kg 다. 보통 사람은 엄두도 못내는 일이었다.

아버지도 그 옛날에 기계체조도 하셨고 고등학교 때는 복싱을 하셨는데 워낙 주먹이 세서 별명이 '따닥이'라고 불리셨다는데 따닥, 두 방이면 다 나가떨어진다고 붙여진 별명이라고 한다.

이러한 좋은 유전자를 물려받고도 어린 시절의 나는 정말 약골이었다.

소시지만 좋아해서 소시지 반찬을 해 주지 않으면 3일간 밥을 굶어 쓰러지기 직전까지 가기도 해서 부모님은 그제야 애가 큰일날까 봐 소시지 반찬을 해 주셨고 그러면 자리에서 일어나 허겁지겁 밥을 먹는,

고집이 센 아이였다. 그 정도로 편식이 심했었다.

초등학교 3학년 때 하루는 담임선생님이 부모님을 모시고 오라고 해서 뭔가 큰 잘못을 한 줄 알고 몇날 며칠을 숨기고 있었는데 하루는 어머니가 학교에 오셨다 가신 거다. 선생님이 집에 직접 전화를 하셨던 것이다.

소스라치게 놀란 나는 집에 가는 것이 너무 두려웠다. 어머니가 너무 센 분이었기 때문이다.

그런데 집에 갔더니 상상과는 다르게 아무 말씀도 없으시고 그냥 씻고 밥 먹으라고 하시는데 정말 이상했다. 뭔가 초조한 가운데 밥상이 들어 왔는데 상다리가 휠 정도로 맛있는 반찬이 가득한 것이다.

내 생일은 겨울이고 부모님은 봄이고 그렇다고 누나 생일은 더더욱 아닌데 참으로 이상한 일이 아닐 수 없었다. 알고 보니 내가 영양실조에 빈혈까지 있다고 담임선생님이 어머니에게 잘 좀 먹여야 한다고 당부를 하신 것이다.

그날부터 나는 의무적으로 영양제를 먹어야 했다. 그 당시 영양제는 알맹이가 왜 그리도 굵은지 매번 목구멍에 걸리곤 했던 기억이 난다.

내가 허약했던 이유

세상에 이유가 없는 것은 없다. 모든 일에는 이유가 있다.

어릴 적 내가 허약했던 가장 큰 이유는 편식을 해서 그런 것도 있겠지만 더 큰 이유는 영아 때부터 온전하게 엄마 젖을 먹지 못했기 때문에 그렇고 또 4살 때부터 9살 때까지 부모님 곁에서 자란 것이 아니고 친척들이 키워줬기 때문이다.

앞에도 이야기한 것처럼 내가 태어날 때쯤 분가를 한 것 같다.

그 무렵부터 아버지와 어머니가 자주 다투셨는데 그 이유 중 첫째는 성격차이였다고 한다.

하지만 당연한 것이다. 말이 좋아 같은 동포이고 한민족이지, 서로 살아온 환경이 다르고 말이 틀린데 어떻게 같다고 할 수 있겠는가. 게다가 서로 충분히 알아 가고 그 후에 혼인을 해야 했는데 내가 봐서는 두 분은 그러지 못한 것 같고 그럴 만한 충분한 시간적 여유도 없었다. 그전에 임신이 되었기 때문이다.

그리고 두 번째는 아버지의 현란한 바람기다.

어머니에게 없는, 오리지널 한국 여자에게만 느낄 수 있는 그 무언가가 있는지 아버지는 너무 심하게 바람을 피웠다고 한다.

그럴 때마다 어머니는 보따리를 싸고 집을 나갔다는데 낳고 백일도 되지 않은 나를 놓고 집을 나간 적도 있다고 한다.

물론 어머니는 아버지의 바람기를 잡아 보려고 무리수를 둔 것이지만 아버지도 보통 고집이 아니기 때문에 어린 나는 엄마 젖을 제대로 먹지 못해 동네 아이들보다 성장이 한참 느렸다고 고모들이 이야기하곤 했다.

　성격차이, 아버지의 바람기 그리고 아버지의 무능력. 어머니는 단지 보따리에 그치지 않고 한동안 집을 나갔다 왔었고 또 아버지의 무능력에 직접 돈을 벌기 위해 일본으로 가셨다가 1년 혹은 2년 만에 오시곤 했다. 그동안 작은외삼촌이나 큰외삼촌과 살아야 했는데 지금 생각해보면 서른도 되지 않은 삼촌과 외숙모가 제 자식도 아닌데 얼마나 잘 키웠겠으며 이제 갓 결혼한 신혼인데 얼마나 귀찮은 짐이었겠나 싶다

　그렇게 나는 엄마 품이 필요한 시기에, 부모에 관심이 필요한 시기에 보살핌을 받지 못하고 방치되었다. 그래서 저체중과 영양실조, 빈혈은 어린 시절의 나와 항상 함께 했다.

　돌이켜 생각해보면 정말 우울한 이야기이다.

나의 우울한 유년기

누나가 남자로 태어났더라면 어머니가 고생을 좀 덜 하시고 집안 어른들에게 귀여움을 받으셨을 텐데 그러지 못해서 엄청 고생을 하셨다고 했다.

그런데 둘째도 조산으로 죽고 셋째인 내가 태어났는데 그때는 할아버지가 이미 돌아가셔서 크게 귀여움을 받지도 못했고 내가 태어났을쯤에 분가를 해서 조금은 생활이 나아지고 난 후라 내가 그렇게 도움이 못 됐던 것 같다.

그렇게 나는 충청남도 예산의 한 마을에서 태어나 9살 때까지는 친척들 집에서 살았고 10살 무렵부터 부모님과 같이 살았다. 어머니는 나를 스파르타식으로 키우셔서 그 시절의 나는 어머니가 계모인 줄로만 알았다.

이런 이야기를 하면 스파르타식으로 키운 것이 아니고 아동학대라고 이야기하거나 아니면 믿지 않을 것이다.

뭔가를 잘못을 하면 영하로 내려간 한겨울에도 홀랑 다 벗겨진 알몸으로 밖으로 쫓겨나 한 시 가량 덜덜 떨어야 했고 몽둥이가 아닌 가죽허리띠나 물 호스로 맞았다.

한겨울에 물 호스로 맞아보지 않은 사람은 그 고통을 알지 못한다. 나무막대기로 맞으면 그 부위만 아프지만 물 호스는 몸을 쫙 감는다.

포기하지 않으면 된다

그때 살이 찢어지는 듯한 느낌은 이루 말할 수 없다.

뿐만 아니라 초등학교 2학년에서 3학년으로 넘어가는 무렵에 구구단을 잘 외우지 못하자 어머니는 급기야 엄청나게 큰 빨간색 고무대야에 물을 가득 채우고 나를 안에 들어가게 해서 구구단을 외우게 했다. 외우다 틀리면 바로 내 머리를 물속에 처박아 버려 숨이 깔딱 넘어가야 빼내곤 하셨다.

그렇게 나는 30분 만에 구구단을 다 외웠고 더 이상은 틀리지 않았다.

참 기억하기 싫은 옛 이야기다.

무술이 나의 친구였다 1

다섯 살 때 옆집 아저씨에게 무술을 배웠는데 아저씨는 무술 이름을 '당수도'라고 하셨고 지금도 기억이 생생하다.

당수도는 초기 태권도에 가깝다고 보면 맞을 것이다.

그 당시에는 당수도가 뭔지 알 수 없었지만 그 옆집 아저씨에게 나는 정말 어린 아이답지 않게 열심히 배웠다.

그것이 나의 무술의 기초가 되지 않았나 싶다. 하지만 그것도 잠깐 삼청동에 사시는 외할머니와 같이 살게 되어서 당수도를 더 이상 할 수 없게 되었고 그 아저씨와 헤어지면서 많이 울었다. 그때 그 아저씨를 "싸부, 싸부" 하면서 불렀는데 싸부의 눈에도 눈물이 글썽이는 것을 보았다.

그렇게 싸부와 헤어지고 배운 것을 혼자 동네 공터에서 연습을 하고 있는데 내 또래 아이들 서너 명이 하루는 우르르 몰려오더니 시비를 걸기 시작했다. 일종의 텃세라고 해야 할까.

그 어린 나이에 대장이 누구냐고 나오라고 해서 돌 집어던지지 말고 정정당당하게 싸워서 결판을 내자고 했는데 지금 생각하면 참 웃음밖에 나오지 않지만 그때는 그랬다.

그렇게 동네 꼬마들의 싸움은 시작되었고 상대 녀석은 역시 대장이라 그런지 아주 당차고 거칠었다. 하지만 난 당수도를 배웠기 때문에 내 상대는 되지 못했다.

내가 유리한 상황에서 옆차기를 제대로 맞은 녀석은 배를 움켜잡고 쓰러졌는데 그때 마침 외할머니의 목소리가 들렸다.

그 당시 옆집에 사는 또래 친구가 동네 아이들에게 광희가 맞고 있다고 할머니에게 이야기했는지 할머니가 화들짝 놀라 달려 나오신 거다.

그래서 결정적인 순간에 아이들은 다 도망가고 녀석만 배를 움켜잡고 있다가 울음을 터뜨렸다.

그게 소문이 나서 그때부터 대장은 바뀌고 아이들은 아침만 되면 쉴 새 없이 우리 집에 와 "광희야, 놀자!"를 외쳤다. 전에 골목대장을 했던 녀석도 내 말을 잘 들었다.

그렇게 외할머니댁에서 2년 정도 살았다.

일본에 계시던 외할머니가 한국에서 살게 된 것은 어머니가 한국에 오시고 2년 후에 할머니가 삼촌 둘을 데리고 한국으로 나와서 식당을 하시면서 생활하셨기 때문이었다.

어머니는 시집 식구들보다는 아무래도 외할머니 손에 키워지는 것이 마음에 놓였는지 누나와 나는 그렇게 2년 동안 외할머니와 지냈다.

부모님과 떨어져 지내면 보통 아이들처럼 엄마나 아빠가 보고 싶어져서 울고 그럴 만도 한데 전혀 그러지도 않고 잘 지내서 할머니가 한결 키우기 쉬웠으며 문제될 것이 없었다.

다만 부모의 애정이 부족하여 성인이 된 지금도 정에 약하고 외로움을 많이 타는 것이 어린 시절의 후유증이다.

무술이 나의 친구였다 2

더 이상 스승이 없어진 나에게 스승은 텔레비전이었다.

무슨 말이냐 하면 텔레비전에서 하는 〈소림 18나인〉, 〈소림사와 대림사〉, 〈걸식도사〉, 〈비룡권〉 같은 무술영화를 보고 따라하고 연습에 또 연습을 했던 것이다. 그때는 비디오가 없어서 한 번 볼 때 정신 차리고 유심히 보지 않으면 안 됐기 때문에 상당히 집중해서 보곤 했다.

그리고 동네 공터나 집 마당에서 열심히 연습했다.

꼬마애가 해봤자 얼마나 했겠냐고 생각할 수 있지만 정말 잘했다. 그때만 해도 오백 원짜리 지폐가 있을 때였는데 집에 손님이 오시면 손님에게 무술을 시범 보여서 오백 원짜리를 받곤 했으며 용돈을 주시면서 손님이 어디서 배웠냐고 물어보시면 텔레비전을 보고 흉내 냈다고 답하면 놀라면서 오백 원을 더 주시곤 했다.

이때부터 타고난 소질을 보였고 다른 아이들이 장난감을 가지고 놀 때 공터에서 무술연습을 하는 게 나의 유일한 놀이이자 친구였다.

작은외삼촌과 살게 되다

그렇게 외할머니와 지내다 할머니가 몸이 많이 안 좋아지셔서 누나와 나는 결혼해서 나가 사는 작은외삼촌에게 맡겨졌다.

작은외삼촌은 국가대표 유도선수로 활동하다 허리를 다쳐 운동을 그만두고 남대문에서 크게 옷 장사를 하고 있었고 집이 인천이어서 일주일에 이틀 정도 집에 들어오곤 하셨는데 나와 누나는 외숙모가 키운다기보다는 그냥 방치된 채 스스로 자라고 있었다고 해야 맞을 것이다.

외숙모는 재미교포 2세로 여름에 한국 친척집에 놀러 왔다가 지나가던 삼촌과 눈이 맞아서 결혼한 특이한 케이스였다.

삼촌이 처음 외숙모를 만날 당시에는 보안대에서 군복무를 하고 있어서 양복에 수갑을 차고 다녔고 그 모습이 상당히 멋있어서 연애를 시작했다고 한다.

아무튼 외숙모는 미국에서 자란 분이라 음식은 전혀 하실 줄 몰랐고 스파게티를 자주 먹었던 기억밖에 없다.

외숙모가 어느 정도 무심했느냐 하면 초등학교 입학 때도 옆집 아줌마가 "광희는 올해 학교 안 가요?" 하고 물어보니까 그제야 "오! 마이 갓" 하면서 나를 데리고 부랴부랴 학교에 갈 정도였다. 입학 사전 등록을 안 해서 모집정원에 집어넣을 수가 없는 것을 등록한 아이 중에 한 아이가 다른 학교로 간다고 해서 겨우 입학을 할 수 있었다. 자칫하면 9살에 입학을 할 뻔했다.

이 정도였으니 어느 정도인지 짐작이 갈 것이다. 그나마 5살 위의 누나가 나를 많이 돌봐주어서 좀 나았다.

그렇게 어른들의 보살핌 없이도 잘도 지내다가 외숙모가 위가 안 좋아 삼분의 일을 절단하는 큰 수술을 받게 되었다. 평소 몸도 많이 안 좋으신 분이 매일 블랙커피를 열 잔 정도 마시고 담배까지 피우시니 몸에 이상이 오는 것은 당연했고 게다가 식사도 잘 안 하면서 늘 스파게티나 면 종류로 생활했기 때문이다.

외숙모가 보름 정도 병원에 입원한 동안 누나와 내가 밥을 해먹고 학교에 다녔던 것이 지금도 기억이 난다. 예전에 할머니가 편찮으실 때 누나와 나에게 밥 하는 것을 알려 주셔서 우리 둘은 밥을 할 줄 알았다.

반찬은 외숙모가 옆집 아주머니에게 부탁하여 만들어 갖다 주셔서 아무런 문제가 없었고 오히려 잔소리하는 외숙모가 없어서 너무나 편했다. 외숙모는 잔소리가 좀 심했는데 우리가 걱정돼서 하는 것이 아닌 일종의 히스테리였다. 남편도 집에 잘 안 오고 본인에게 맞지 않는 한국생활에 미국이 그립다는 말을 자주 하곤 했던 외숙모다. 그래서 그런지 짜증 섞인 말을 할 때가 많았고 누나나 내게 신경질을 많이 내셨다.

하지만 지금 생각해보면 이해가 된다.

그때 외숙모가 20대 중반인데 오죽 했겠나! 요즘의 20대를 보면 아직도 모든 것을 부모가 다 해 주고 말이 성인이지 아직도 어린애들인데…….

그때의 외숙모도 똑같은, 요즘 같은 20대였던 거다.

아무튼 그때는 그렇게 살았다.

이소룡이 우상이 되다

초등학교에 입학해서 아침마다 누나와 손잡고 학교에 가는 것이 너무 좋았다.

하지만 누나는 코딱지만 한 동생하고 학교에 같이 가는 것이 창피했는지 언제부턴가 자기 친구들과 등교를 했고 나도 친구가 생겨 따로 다니기 시작했다.

그 무렵 정말 친한 친구가 한 명 생겼는데 그 친구는 늘 프로야구 MBC청룡 티셔츠를 입고 다녔고 연필이며 지우개, 모두 다 MBC청룡이었다.

나는 그 친구와 항상 같이 다녔는데 어느 날 자기 집에 놀러가자고 해서 아무 생각 없이 녀석의 집에 가게 됐다.

그런데 엄청나게 큰 집의 초인종을 누르더니 안으로 들어가는 것이 아닌가! 넓은 정원이 있었고 큰 사각 철창에 송아지만 한 독일산 셰퍼드가 으르렁대며 껑충껑충 뛰고 있었다.

처음에 믿기지 않았지만 안에 들어가서 내가 좋아하는 자장면과 탕수육을 시켜 먹을 때 모든 것이 현실로 다가와 그 친구가 멋있어 보였고 부러웠다.

그렇게 맛있는 음식을 먹고 나서 친구가 비디오라는 것을 보여줬는데 그때가 바로 내 인생을 바꾸어 놓은 역사적인 순간이었다.

그 비디오는 바로 다름 아닌 이소룡李小龍의 무술영화였다.

그의 신기에 가까운 몸동작과 특이한 기합 소리는 나를 완전히 매료시켰다.

그날부터 이소룡은 나의 우상이 되었고 나의 무술 스타일은 이소룡과 똑같게 변하고 있었다.

이소룡이 영화 속에서 돌리는 쌍절곤을 돌리겠다고 문구점과 체육사를 다 뒤져봤지만 없었다. 하는 수 없이 직접 만들기로 맘을 먹고 동네 공사현장에서 나무 조각을 주워 집에 있는 줄넘기줄을 잘라 테이프로 붙였는데 두 번 돌리면 똑 하고 떨어지는 거다. 그래서 집에 있던 못 쓰는 개줄을 나무에 박아 멋있는 쌍절곤을 만들었다.

태어나서 처음으로 해본 망치질이라 엄지손가락을 제대로 내리쳐 엄지손톱에 피멍이 한 달은 갔던 것 같다.

그래도 좋아서 눈만 뜨면 쌍절곤을 돌렸다. 특유의 닭소리를 내면서 ~ 아~ 뵤오~!

큰삼촌과 살게 되다

작은외숙모가 수술을 해서 좀 나아지는가 싶더니 6개월도 안돼서 재발을 하여 결국 미국에서 치료를 받는다고 결정이 되었다.

외할머니는 편찮으시고 더 이상 누나와 나를 맡아 줄 사람이 없었다.

그때 큰삼촌이 어머니에게 제안했다. 사랑하는 사람이 있는데 결혼을 하게끔 도와주고 집을 얻어 주면 애들을 맡겠다는 것이었다.

그리고 애들 한 명 당 30만 원씩 해서 한 달에 60만 원을 매달 어머니가 일본에서 큰삼촌에게 송금을 했었다. 물론 그건 나중에 알게 된 사실이었고 그것도 모른 채 삼촌이 우리 거두어 먹여 살리는 줄 알고 얼마나 눈치를 보며 살았는지 모른다.

그리고 나중에 어머니에게 들은 이야기지만 작은삼촌과 살 때도 매월 40만 원씩 양육비를 부쳤다고 한다. 그때 당시 자장면 한 그릇에 400원 할 때니까 지금으로 따지면 400만 원이다.

참으로 분통하고 원통할 노릇이다. 세상에 가족이 남보다 더하다는 생각이 들 정도다.

그 정도 돈을 지불하면 남들도 그렇게는 하지는 않을 것이다.

어머니는 큰삼촌의 조건을 받아들였고 그때가 내가 초등학교 2학년 올라갈 쯤이었다. 큰삼촌 나이가 31살, 큰외숙모가 19살이었다. 이제 만난 지 3개월밖에 되지 않은 두 남녀가 눈에 뭐가 보이는 것이 있었겠는가.

일본에서 어머니가 돈을 송금하면 둘은 나와 누나는 항상 집에 놔두고 동으로 북으로 놀러 다니고 연애하기 바빴다. 그렇게 애들은 시골에서 풀어 놓은 똥개처럼 스스로 알아서 잘 자랐고 이러한 사실이 한 통의 국제전화에 다 들통이 났다.

어머니가 애들 목소리가 너무 듣고 싶어서 전화를 했는데 아무도 받지 않았던 것이다. 이따금 어머니가 전화를 했었지만 전화가 와도 절대 받지 말라고 큰삼촌이 이야기해놓고 가서 우리는 전화는 절대 받으면 안 되는 줄로만 알았다.

그날은 끊이지 않고 전화가 계속 와서 결국 받았는데 그게 바로 어머니 전화였고 어머니 목소리를 들은 누나와 나는 서러움에 복받쳐 엉엉 울고 말았다.

어머니는 다음날 당장 귀국하셨는데 꼬리가 길면 밟힌다고 큰삼촌의 행실이 모두 들통나서 집안은 풍비박산이 났다. 그렇게 큰삼촌을 두들겨 패던 어머니는 누나와 나를 부둥켜안고서는 소리 내서 울기 시작하셨다.

그때 처음으로 우는 어머니의 모습을 보았다.

그런 일이 있고도 어머니는 그래도 삼촌이 동생이라고 얻어준 집은 그대로 두고 새로 집을 얻어 아버지를 불러 오셨다.

뭐니 뭐니 해도 자식에겐 부모만한 존재가 어디 있겠는가!

그렇게 아버지와 떨어져 살다가 근 5년 만에 다시 살게 되었다. 사실 좋다기보다는 왠지 어색했다. 아무튼 그랬다.

소질은 중요하다

큰삼촌과 살았을 때였다. 인천에서 서울 목동으로 전학을 가게 된 초등학교 2학년 때의 일이다.

전학을 가서도 친하게 지내는 친구가 두 명 있었다. 그중 친구 한 명이 태권도 체육관을 다녔는데 체육관 이름도 기억에 생생하다. 청룡체육관.

어느 날 친구가 다니는 체육관에 관장님이 의무적으로 친구 한 명씩 데리고 오라고 하셨다며 부탁을 해서 친구가 다니는 체육관에 같이 갔다. 내가 워낙 무술도 좋아하고 태권도 체육관에 한 번도 가본 적이 없어서 재밌겠다 싶어서 흔쾌히 따라 간 것이다.

생각보다 아이들이 너무 많았다. 체육관에는 빽빽하게 놓여 있는 콩나물 대가리처럼 발 디딜 틈이 없었는데 서로 대련을 하는 아이들, 공놀이를 하는 아이들, 닭싸움 하는 아이들 등등, 대체로 운동시간 전에는 이렇게 소란스럽다고 친구는 말했다.

그중에서도 대련을 하고 있는 아이들에게 시선이 갔는데 어떻게 하는지 유심히 보고 있던 중에 갑자기 노란 띠를 메고 있는 아이가 자기랑 대련 한 번 해보자고 하며 말을 건네는 거다. 알겠다고 하고 바로 대련에 들어갔다. 하지만 내 상대는 아니었다.

나의 앞차기에 아이는 금방 뒤로 벌렁 넘어졌고 순간 주변의 시선이 이쪽으로 다 집중되면서 주위가 조용해졌다.

이것을 본 파란 띠가 자기하고도 한 번 해보자며 대련신청을 했다. 시작과 동시에 파란 띠도 뒤로 꽈당 하고 넘어졌다. 주위에서 "와!" 하고 함성소리가 났고 일은 점점 커지고 있었다.

그러다가 빨간 띠를 맨 아이가 나오더니 자기랑 해보자는 것이었다. 그리고 자기가 갖고 있던 요구르트를 보여주면서 이기면 이걸 준다고 비웃었다.

이제껏 별다른 기술 없이 앞차기로만 간단하게 끝냈는데 녀석은 움직임이 좀 빠르고 간결했다. 좀 배우긴 배운 모양이었다. 그러나 녀석의 빠른 스텝도 나의 뒤돌려차기에 무너졌고 얼굴에 퍽 하고 발차기를 맞은 녀석은 그 자리에 주저앉았다.

그것을 보고 제법 덩치가 큰 아이가 "너 뭐 배웠어? 태권도는 아닌 것 같은데. 쿵푸야?" 하면서 다가왔다. 나중에 알았지만 4학년 형이었다.

다 큰 성인 한두 살은 그리 차이가 나지 않지만 성장기의 두 살은 상당히 큰 차이다.

그 형은 태권도를 4년이나 해서 품띠를 매고 있었다. 참고로 품띠는 성인이 아니라서 검은 띠를 줄 수 없기 때문에 주는 일종의 유단자의 증표나 다름없는 것이다.

순간 약간 겁이 나기 시작했다. 이렇게 일이 커질 줄이야 생각도 못했다. 게다가 상대는 4학년 형이다. 나도 모르게 안 하겠다고 했는데 그 형이 "우리 체육관 애들 세 명이나 때리고 니 맘대로 안 하려고 해. 비겁하게…… 안 하려면 니가 때린 애들한테 주먹으로 한 대씩만 맞아."라고 말하는 게 아닌가. 애들한테 맞고 싶지는 않아서 그래서 알겠다고 하겠다고 하고 대련에 들어갔다.

역시 공격이 빠르고 힘이 있었으며 단타로 끝나는 것이 아니라 연결 동작으로 무섭게 들어왔다. 하지만 나도 질 수는 없고 더욱 오기가 생겨서 절대 물러설 수 없었다.

그렇게 팽팽한 접전 중에 찬스가 와서 오른쪽 앞돌려차기로 상대의 왼쪽 옆구리를 재빠르게 걷어찼다.

퍽 하는 소리와 함께 형이 "어~억!" 하는 고통에 찬 신음소리를 내뱉더니 화가 나서 이성을 잃었는지 욕을 하면서 막싸움 식으로 달려들기 시작했다.

이때 "그만해. 동작 그만."이라는 말이 들려왔다. 언제부터인지는 몰라도 체육관 관장님이 보고 계시다가 중지를 시킨 것이다.

그러면서 그 형을 부르더니 엎드려뻗쳐를 시켰고 옆에 아이에게 벽에 걸린 정신봉을 가져오게 하더니 "대련을 하면서 욕하라고 가르쳤냐. 그리고 대련은 태권도를 수련한 사람과 수련시간에만 하라고 했어, 안 했어?" 하시면서 "잘못했냐, 안 했냐?" 하고 물어보니 그 형이 "잘못했습니다."라고 대답했다. 그러자 "잘못했으면 맞아야지. 다섯 대만 맞자."라는 말을 하기 무섭게 정말 세게 연속으로 다섯 대를 내리치셨다.

순간 너무 무서웠고 그 삭막한 분위기가 너무 싫었다.

관장님은 나를 쳐다보시면서 어느 학교를 다니는지, 누구를 따라왔느냐고 물으셨고 있는 그대로 대답했다.

그러자 관장님은 잠깐 따라오라고 하시면서 나를 사무실로 데려갔다. 의자에 앉으라고 하시더니 "너 하는 거 관장님이 봤는데 솔직히 말해 봐. 무슨 운동 했냐?"고 물으셨다. 당수도를 했다고 하니 약간 의아해 하는 표정으로 얼마나 배웠냐고 하서서 여섯 달 정도 한 것 같다고 대답했다.

"정말 여섯 달밖에 안했어? 여섯 달 한 실력이 아닌데……. 정말이야?"

"네, 정말입니다."

"너 내일 어머니 좀 모시고 체육관으로 와. 어머니가 물어보시면 체육관으로 전화를 해. 전화번호 알려줄 테니까. 오늘은 왔으니까 수련하는 거 보고 가고. 알았지?"

그렇게 그날 친구 체육관에 따라 갔다가 체육관 아이들에게 본의 아니게 불청객이 되고 분위기도 험해져서 많이 힘들었다. 그리고 어머니를 모시고 오라는 태권도 체육관 관장님의 말은 그냥 무시해 버렸다.

집에 계시지도 않았지만 계셨다 하다라도 어머니를 모시고 체육관에 가고 싶지 않았다. 어린 나였지만 태권도는 무술 같지가 않았고 왠지 엉성하게 느껴져서 별 관심이 없었기 때문이다.

졸지에 미친놈이 된 나

초등학교 2학년 때 일이다.

수업시간에 위인에 관한 이야기를 하다가 담임선생님이 문득 존경하는 위인이 누구냐며 한 사람씩 돌아가며 물었다.

아이들은 제각각 세종대왕, 이순신 장군, 장영실 등등 이름만 대면 다 알만한 위인을 이야기했고 그러다 내 차례가 와서 주저 없이 "이소룡입니다."라고 했더니 선생님이 "이소룡이 누구냐?"고 다시 물으셨다. 그러자 반 아이들이 이구동성으로 "중국 영화배우요~"라고 외쳤다.

그러자 선생님이 바로 "어~유, 미친놈." 하시는 거다.

반은 순간 깔깔 웃음으로 난장판이 되었다.

난 졸지에 미친놈이 되었지만 이소룡을 동경하던 9살짜리 꼬마가 30여 년이 지난 지금 무술 창시자가 되었을 줄은 담임선생님은 꿈에도 예상하지 못했을 거다.

그렇다. 세상일은 그 누구도 모르는 것이다. 또한 사람이 미쳐야지 한 분야에서 최고가 될 수 있는 것이지, 어정쩡하게 했다간 최고가 될 수 없다.

내가 창시한 유합도柔合道가 아직 대중화되지 못하여 그때 그 담임선생님이 알지는 못하겠지만 앞으로 더욱 최선을 다하여 유합도가 국내는 물론 해외 여러 나라에 보급되어 국위선양하는 그날이 올 것이라고 믿어 의심치 않는다.

부모님과 누나,
온 가족이 같이 살다

큰삼촌이 우리 남매를 잘 돌보지 않은 관계로 한바탕 소란이 벌어지고 나서 온 가족이 다 같이 살게 되었다. 어떻게 보면 당연한 것인데 그때는 왜 그렇게 행복했는지!

그러나 한 2개월쯤 지나자 자식을 너무 강하게 키우는 어머니의 교육방식에 많이 힘들었다. 아니 힘든 정도가 아니라 괴로웠다.

사람은 참으로 간사한 동물이다. 작은외숙모와 살 때가 그립기도 했으니 말이다.

앞에서 말한 물 호스로 맞고, 또 구구단 사건에 정말 적응하기 힘든 일들이 속속 벌어졌기 때문에 하루하루가 지옥 같았다.

처음부터 강하게 자랐으면 괜찮은데 방치하다시피 자라다가 갑자기 너무 타이트하게 생활 패턴이 바뀌니까 힘이 들 수밖에 없었다.

그러던 중에 어머니와 아버지의 마찰이 점점 심해졌고 가족의 생계를 위해서 어머니는 다시 일본으로 출국하셨다. 어머니께는 죄송스러운 이야기지만 어머니가 가시고 나니 숨통이 트이는 기분이었다.

어머니의 일본행과 분주해진 아버지

어머니가 일본으로 가시고 한 달 정도 지났을 무렵 아버지는 일이 바쁘다고 하시면서 집에 귀가하는 시간이 늦어지셨고 누나도 중학생이라 늦게 와서 늘 혼자 집에서 맛없는 밥을 먹곤 했었다.

그때의 누나는 사춘기를 겪고 있었는데 집에 들어오는 것이 싫다며 테니스부에 가입을 해서 운동을 마치면 저녁 10시나 돼서야 집에 왔고 아버지는 그 후에 들어오셨으니 못 보고 잠들 때도 많았다.

아버지는 가장으로서 역할을 하지 못하고 일하는 것을 싫어하셔서 그야말로 집에서 노시는 분이었는데 어머니가 일본에 가시고 한 달이 지나자 바쁘다며 여기저기 분주하게 다니시는 게 이상했고 이해가 가지 않았다.

알고 보니 아버지는 어머니가 송금해 주는 돈으로 좋은 양복을 여러 벌 맞춰 입고서는 마치 회사 사장인 양 술집, 다방, 횟집 등 닥치는 대로 돈을 쓰고 다니면서 여자들과 즐거운 시간을 보내시느라 바쁜 것이었다.

단지 나의 추측이 아니라 내가 인사한 여자만 3명이었다. 다방에도 갔었고 횟집에도 갔었고 술집에도 갔었다. 아버지는 누가 제일 이쁘냐고 물어보시기도 해서 난감하기도 했다. 그중에서 다방 아줌마가 조금 괜찮은 것 같기는 했지만 어린 내 눈에는 다들 그다지 이쁘지 않았다.

그래도 아버지는 엄마 없이 혼자 자라는 내가 불쌍했는지 항상 용돈은 두둑하게 주셔서 좋았고 공부 안 하고 맘껏 놀고 무술연습도 할 수 있어서 마냥 좋았다.

포기하지 않으면 된다

어머니가 귀국하고
다시 풍비박산이 난 집안

정확히 1년 후 어머니가 일본에서 돌아오셨다.

1년 만에 귀국하신 어머니. 나는 반가움 반 두려움 반 머릿속이 복잡했다.

어머니는 날 보시더니 와락 껴안고 울기 시작하셨다. 순간 어떻게 해야 할지 당황스러웠지만 내내 침착하게 있었다.

어머니는 나를 보고 1년 사이에 많이 컸다며 손을 잡고 집으로 들어가자고 하셨는데 아버지의 표정이 그다지 밝지가 않았다.

그날 저녁 장을 보고 오랜만에 온 식구가 다 모여서 어머니가 좋아하시는 고추장 삼겹살을 먹었다. 저녁식사까지는 그런대로 분위기가 괜찮았다. 식사를 마친 후 아버지와 어머니가 이야기를 나누시는가 싶더니 의자가 날아가고 방바닥이 갈라지는 듯한 굉음을 동반한 어머니의 괴성이 들리고 집안은 홍수에 떠내려가듯이 난장판이 되었다.

어머니가 일본에서 매달 송금한 돈이 1년이 지난 지금 잔고가 고작 2만 원밖에 남지 않았던 것이었다.

아버지는 아이들 생활비에 썼다고 발뺌을 했지만 우리가 금을 먹고 사는 것도 아닌데 그 많은 돈이 다 어디로 갔단 말인가! 답은 뻔했다. 여기저기 다니시면서 펑펑 돈을 쓰고 사장놀이를 하신 아버지, 당연히 돈이 남아 있을 리가 없다.

당장 다음 달 월세 낼 돈까지 다 써버린 아버지……. 어머니는 너무 소리를 지르셔서 혈압이 올라갔는지 자리에 쓰러지고 마셨다.

누나와 나는 일찌감치 잔다고 잠자리에 누웠지만 잠이 올 리가 없었고 그냥 눈만 감은 채 어머니와 아버지의 대화를 듣고 있었다. 아버지는 남자 혼자 애들 키우는데 외롭고 힘들었다는 궁색한 변명을 하셨지만 아버지의 바람기가 어제 오늘 일이 아니었기 때문에 어머니에게 통할 리가 없었다.

이미 엎질러진 물이라 다시 주워 담을 수도 없는 일이고 앞으로 어떻게 살 것이냐고 묻는 어머니에게 아버지는 정신 차릴 테니 일본에 한 번만 더 갔다 오면 안 되겠냐고 하셨지만 어머니는 너무 힘들고 일본에 있는 식구들 보기 창피해서 더 이상은 갈 수 없다고 단호하게 거절하셨다.

그렇게 한바탕 거센 바람이 몰아치고 새벽이 오니 언제 그랬냐는 듯 평화로웠다.

다시는 싸움을 하지 않겠다고 다짐하다

혼자서 무술수련을 하면서 갈수록 시험해보고 싶은 마음에 한동안 반 아이들에게 은근히 시비를 붙여서 싸움을 했고 결과는 백전백승이었다.

반에서 친한 친구 한두 명을 제외하고는 거의 한 번씩은 다 두들겨 팼던 것 같다.

하루는 한 녀석이 반에 전학을 왔는데 홍콩에서 온 아이였다.

그 당시 홍콩에서 온 녀석은 여자아이들에게 인기가 많았고 이쁜 학용품도 많아서 아이들이 친해지려고 상당히 노력하곤 했다.

나는 그게 꼴 보기 싫어서 녀석의 말투가 기분 나쁘다며 몇 대 쥐어박은 것이 그만 눈에 실핏줄이 터져서 일이 상당히 커져버렸다.

녀석의 부모님이 학교에 강하게 항의를 하는 과정에서 단지 이번뿐만이 아니고 평소에 아이들을 이유 없이 괴롭히고 두들겨 팬다고 선생님께 전부 이야기해버린 것이다.

하루는 수업시간에 선생님이 잠깐 나갔다 오시더니 어머니와 아버지가 같이 반으로 들어오시는 것이 아닌가. 너무 놀라고 당황스러웠다.

그러더니 선생님이 부모님께 잘 보시라고 하면서 "광희에게 한 번이라도 맞은 애 손들어 봐."라고 아이들에게 말하는 것이다. 나는 후환이 두려워서라도 손드는 아이가 없을 것이라 생각했는데 두 명 빼고는 다 들었다.

순간 하늘이 노랗게 변했고 아버지가 아이들에게 "내가 광희 아빤데, 정말 미안하다 광희 대신 아저씨가 사과할게. 그리고 앞으로는 절대 광희에게 맞는 일 없을 거야. 아저씨가 약속할게." 하시는 거다.

그리고 선생님과 부모님은 밖으로 나가셨다.

그날 아버지와 어머니는 선생님께 한 번만 더 광희가 애들을 때리면 전학을 시키겠다고 약속을 할 수밖에 없었다고 한다. 상대방 아이의 부모님이 애를 다른 학교로 전학을 시키겠다고 했고 그 아이 말고도 나 때문에 전학가고 싶어 하는 애들이 늘고 있어서 확실히 해 주시지 않으면 힘들다고 부모님께 말씀하신 것이다.

집에 돌아갔더니 방에 도마가 놓여 있고 그 위에 부엌칼이 놓여 있었다.

아버지의 눈은 너무 진지하게 빛나고 있었고 방은 공포의 분위기가 휩싸여 숨이 막혔다. 아버지가 앉으라고 해서 앉았더니 손을 도마 위로 올리라고 하셨다.

그때부터 "아버지 잘못했어요." 하면서 싹싹 빌기 시작했다. 하지만 아버지는 단호하게 말씀하셨다.

"너에게 이유 없이 괴롭힘을 당하고 맞은 애들은 얼마나 고통스러웠겠냐? 새끼손가락 딱 한 마디만 자르자, 니 거 자르고 아빠도 똑같이 한 마디 자를 테니까 그렇게 하자."

그러면서 강제로 도마 위에 올리려고 내 손을 당기셨다. 나는 발광을 하며 "아빠, 잘못했어요!"를 외쳤고 급기야는 대성통곡을 하면서 울기 시작했다.

그래도 아버지는 눈 하나 깜짝하지 않으시고 오히려 "그래, 너를 제대로 교육을 못시킨 아빠 잘못이 더 크니까 아빠가 먼저 두 마디를 자르마."고 스스로 손을 자르려고 하시는 것이었다.

그때 묵묵히 벽만 바라보시던 어머니가 말씀하셨다.

"광희를 정상적인 가정에서 자라게 못한 우리 잘못도 큽니다. 여보, 한 번만 용서해 줍시다."

그리고 어머니도 울기 시작하셨다. 아버지 얼굴을 보니 아버지도 눈물을 흘리고 계셨다.

그렇게 어머니, 아버지, 나 모두 울었고 다시는 아이들을 때리지 않고 싸움 자체도 안 하겠다고 부모님께 맹세했다.

그 후로 난 한동안 잠잠히 지냈다.

집에서 쫓겨나다

어머니가 일본에서 돌아오면서 모든 것이 들통 난 아버지이지만 그래도 뭔가 대책이 있지 않을까 생각했었는데 시간이 지나도 대책은 나오지 않았고 3개월째 월세까지 밀려 집을 비워 달라고 주인집에서 통보가 왔다.

방을 빼는 당일 아침인데도 이사 갈 곳이 없어 아버지가 주인집에 가서 사정을 했지만 들어올 사람이 있어 안 된 다고 비워줘야 한다는 말뿐이었다고 한다.

그렇게 점심이 막 지날 때쯤 당시 다니던 교회 목사님에게 한 통의 전화가 왔는데 목사님이 기도를 하는데 자꾸 눈물이 나고 우리 가정이 눈에 아른거린다는 것이었다.

그런데 더 신기한 건 평소 잘 알던 분이 목사님에게 전화를 해서 지하실이 세를 내놔도 깊은 지하라 나가지를 않고 사람이 너무 오래 안 살아서 냄새가 나고 이상해진다면서 누가 사정이 딱한 사람 있으면 와서 살아도 된다고 했다는 것이다.

그래서 그 집으로 이사를 갔다. 물론 이사를 가고 싶어서 간 것이 아니고 엄연히 말하자면 쫓겨난 것이 맞다.

포기하지 않으면 된다

아버지가 개척교회를 세우다

그렇게 다시 부평으로 이사를 했는데 전학을 시켜주지 않아서 1시간 20분 정도의 거리를 버스로 통학을 했다. 지금은 대중교통이 잘 되어 있어서 그렇게까지 시간이 걸리지 않지만 그때는 그랬다.

내가 멀리 통학을 해야 하는 이유는 간단했다. 바로 힘든 경험도 해봐야 한다는 것이다.

초등학교 3학년인 어린 나는 완전 미칠 지경이었다. 매일 아침 만원 버스에 샌드위치가 됐고 장시간 버스를 타고 다니니 차멀미에 집에 오면 항상 초죽음이었다.

아무리 힘들다고 해도 옛날에는 20리도 걸어서 학교에 다녔다면서 사내 놈이 웬 엄살이냐며 들은 척도 안하시는 아버지와 어머니. 가끔 생각했다, 나를 혹시 다리에서 주워 온 건 아닐까. 하지만 적응이 가장 빠른 동물이 사람이라더니 어느 새 적응을 했다. 물론 가끔은 지각은 했지만.

그렇게 시간은 지나갔고 모든 것이 정상적인 궤도에 올랐는가 싶었을 무렵 학교에 못 가는 일이 발생했는데 믿기 어렵겠지만 학교 갈 차비가 없어서였다.

어머니가 아버지에게 더 이상은 일본에 못 가겠다고 하시면서 당신이 집안에 가장이니까 가장답게 처자식을 먹여 살리라고 하셨는데 아버지가 '목동에서 오갈 곳이 없어 거리에 나앉게 생겼을 때 부평으로 올 수 있었던 것은 하나님이 이곳에서 하나님의 말씀을 전하라는 계시다'라며 돈 벌어 오실 생각은커녕 매일 기도만 하셨기 때문이다.

그렇게 금식을 하시며 작은 방에서 나오지도 않으시고 물만 드시고 기도를 하시더니 어느 날부터는 방안에서 사자가 포효하는 듯한 울부짖는 소리가 들리는가 하면 언제부턴가는 중동 아랍 쪽 방언이 들리기도 했다.

식구들은 걱정이 많았다, 저렇게 물만 드시다 돌아가시는 것은 아닌가 싶어서였다. 하루 이틀도 아니고 자그마치 40일간이다. 웬만한 사람은 죽는다.

그렇게 41일이 되던 날 방문이 쾅 하고 열리더니 아버지가 나오시자마자 '이 자리에 교회를 세우라는 하나님의 음성을 들었다'며 후다닥 나가시는 거다. 몇 시간 후에 어디서 나무 간판을 하나 만들어 오셨다. 아버지가 만든 것은 아닌 것 같은데 돈도 없는 양반이 어디서 저것을 만들었는지 어머니는 의아해하셨다.

어머니께서 어떻게 만들어온 것이냐고 묻자 간판가게에서 외상으로 간판을 만들어 줬다고 하시는데 일반적인 상식으로는 전혀 이해가 되지 않지만 하나님이 그리로 가라고 하셔서 모든 것이 가능했다고 한다.

어찌 보면 신기하기도 하고 정신이상자 같은 이야기 같기도 하지만 아무튼 아버지는 '갈릴리교회'라는 큰 나무 간판을 문 앞에 걸었다.

그날부터 우리 집은 갈릴리교회가 되었다.

어머니는 아버지의 모습에 너무나 당황스러워 하셨고 이렇게 허술한 교회를 해서 과연 먹고 살 수 있느냐고 물었지만 아버지는 확신에 찬 목소리로 하나님이 다 해결해 주실 것이라는 말씀뿐이었다.

어머니는 그래도 교회가 너무 허술해서 사람들이 오겠냐고 물었더니 크게 성공한 교회도 처음에는 다 이렇게 시작을 하는 것이며 그나마 이것은 괜찮은 편이고 천막교회로 시작한 교회도 허다하다고 하셨다.

아버지가 그냥 하시는 말씀이라면 어머니도 믿지를 않으셨을 것이지만 40일간 물만 먹고 단식을 하시고 살아남아 비장한 각오로 임하는 아버지의 모습을 보고 믿지 않을 수 없었다.

단지 믿는 수준에 그치지 않고 어머니도 새벽기도까지 하시면서 합심해서 열심히 개척교회를 위해 움직이셨다.

그러나 한 달이 넘도록 교회 성도는 달랑 2명이 다였는데 그것도 내가 부른 동네 친구들이었다.

아버지 몰래
야반도주를 감행하다

　아버지는 점점 기도에만 열중하셨고 기도만 하면 모든 것이 다 이루어진다. 이런 식으로 꼼짝도 안 하시고 오로지 계속 기도만 하셨다.

　이제 집에는 쌀마저 떨어져 어머니도 며칠째 굶으셨고 나는 어머니가 밀가루로 수제비를 해주셔서 굶진 않았지만 계속 수제비만 먹으니 속이 쓰리고 아팠다.

　어머니는 수제비를 먹고 있는 내 모습을 보시고는 한숨만 계속 내쉴 뿐이었고 집안은 어두침침해서 암울하기까지 했다.

　물론 학교도 한 달이 넘게 못 갔다. 말썽 피우는 애가 안 나오니 오히려 좋아했을 것이다. 아버지가 학교에 전화를 해서 집안 사정이 있어 학교를 당분간 보낼 수 없다고 해 놓은 상태이긴 하지만 그래도 장기간 안 나가는 것은 분명 문제가 될 텐데도 학교에서는 크게 신경을 쓰지 않았다.

　아버지는 다시 작은방에서 들어가셔서 나오지 않으시고 다시 금식기도를 시작하시는 것 같았는데 그때 어머니는 갑작스레 짐을 싸면서 내 손을 잡고 "지금 니 아버지는 제 정신이 아니다. 이러다가 다 굶어 죽고 만다. 아버지가 불쌍하지만 어쩔 수 없다. 집에서 나가자."고 하시면서 나를 데리고 밤에 아버지 몰래 집을 나갔다. 그 당시 누나는 학교 테니스부에서 합숙훈련을 했기 때문에 학교에서 생활을 했고 집에는 한 달에 한 번만 왔다.

그렇게 아버지 몰래 간 곳은 다름 아닌 큰삼촌 집이었는데 큰삼촌은 전에 그 일이 있고 나서 이태원 쪽으로 이사를 하여 이태원에서 일본손님을 상대로 하는 가라오케 지배인으로 일하고 있었다.

큰삼촌은 일본어를 한국어보다 잘해서 이태원에서 쉽게 취직을 했고 그것도 바로 지배인으로 면접을 보고 들어간 것이었다.

그렇게 또 다시 큰삼촌하고 살게 되었는데 예전 일 때문에 정말 눈치 보면서 사느라 죽을 맛이었다.

그렇게 학교도 반년을 넘게 쉬었다. 큰삼촌은 예전의 앙금 때문에 나를 처다보지도 않았고 인사를 해도 본척만척이었으며 내가 집에서 하는 일이라고는 큰삼촌의 애 보는 것이 하루 일과이자 전부였다.

그러다 학교에 다시 갔는데 출석일수가 모자라서 한 학년을 더 다녀야 한다는 말이 나왔지만 어머니는 그냥 올려 달라고 했다. 학교 측은 그건 규정상 안 될 뿐더러 된다 하다라도 애가 못 따라갈 것이 분명하다며 한 학년을 더 다녀야 한다고 강조했다.

그래도 어머니는 어떻게든 올려 달라며 개인 과외를 시켜서라도 따라가게 하겠다고 무조건 정상적으로 학년을 올려 달라고 했다. 만약 그게 안 된다면 학교를 그만두게 하겠다고 하자 학교 측에서 알겠다면서 학년을 그대로 올려 주겠다고 해서 4학년을 거의 다니지 않고 5학년으로 올라가게 되었다.

정말 불도저 같은 어머니, 얼마나 강하신지······.

부평에 깊숙한 지하방에 아버지만 남긴 채 어머니와 나는 몰래 야반도주를 했고 그 후 중학생이 될 때까지 아버지를 보지 못했다.

5학년이 되면서 전학을 가다

그렇게 4학년을 거의 다니지 않고 5학년으로 올라가면서 큰삼촌 집에서 가까운 한남초등학교로 전학을 가게 되었다. 집이 이태원과 가까웠지만 행정상 주소는 한남동이었기 때문이다.

전학을 가면 항상 행사처럼 벌어지는 것이 서열 정하기다. 수컷의 본능이라고 할까? 수컷은 3마리만 모이면 서열을 정한다고 하지 않는가.

다른 학교에서 전학을 온 터라 이곳 아이들은 나라는 존재를 몰랐기 때문에 조금 힘들기는 했지만 그래도 한 번은 꼭 거쳐 가야 하는 과정이라고 생각하고 받아 들였다.

다른 아이들은 일일이 싸움을 하지 않아도 한 학교에서 학년이 올라오는 과정에 어느 정도 레벨이 나뉘어 있지만 나는 전혀 그렇지 못해서 여러 번 싸움을 하지 않으려면 상위 레벨의 녀석을 제압하는 수밖에 없었다. 그런데 상위 레벨 애들이 아직 서열이 정해지지 않았고 춘추 전국시대처럼 애매모호 했다.

그러다 내가 한 녀석과 싸움이 붙었는데 그것도 공부시간에 선생님이 잠깐 어디 가신 사이에 난타전이 벌어진 것이다.

물론 녀석의 참패로 싸움은 끝났고 선생님이 들어오시기 전에 마무리를 지었다.

그 일이 있은 후 반에서 나를 건드리는 애들은 없었다.

5학년으로 올라가 싸우고 나서 많이 느낀 것이지만 아버지가 손가락 한 마디를 자르겠다는 사건 이후로 싸움을 전혀 안했더니 싸움 때 상당히 고전을 했고 역시 실력도 많이 줄었다. 물론 무술연습도 큰삼촌 집에 가서는 할 수가 없었기 때문에 더 그랬을 수도 있다.

어찌 됐던 단 한 번의 싸움으로 5학년 내내 편하게 지낼 수 있었고 더 이상의 싸움은 없었다.

생활력이 정말 강했던 어머니

전에는 어머니가 생활비를 보내서 그 돈으로 삼촌들이 누나와 나를 키웠지만 이제는 정말 빈 몸으로 얹혀사는 것이라 그 눈칫밥은 이루 말할 수 없었다. 그나마 어머니가 옆에 있어서 다행이었다.

어머니도 친동생이긴 하지만 전에 그런 일이 있어서 내색은 안하셔도 많이 힘들어 하시는 것 같았다.

어머니는 큰삼촌 집으로 오시자마자 한 일주일을 바쁘게 돌아다니시더니 파출부 일을 나가기 시작하셨는데 생전 그런 일은 해본 적도 없는 어머니가 그런 일을 한다는 것이 믿겨지지 않았지만 그때는 절박한 상황이어서 별다른 방법이 없었던 것이었다.

하루하루 날품으로 파출부로 일하셨던 어머니였는데 워낙 성격이 꼼꼼하고 부지런하셔서 어느 집에 고정으로 일을 하시게 되었다. 그리고 일 년이 되지 않아 파출부를 그만두셨고 모은 돈으로 그 동네에서 작게 돈 놀이를 시작하셨다.

어머니는 한 푼도 안 쓰시고 고스란히 그 돈을 악착같이 모으셨고 큰삼촌 집에 들어간 지 일 년 조금 넘었을 때 그 집에서 나와 새로 집을 얻어 이사를 가게 됐다. 물론 월세로 얻었지만 그 일대가 술집 아가씨들이 워낙 많아 보증금도 월세도 상당히 비쌌다.

그런데도 방 세 칸짜리 독채를 얻었는데 내가 곧 중학교에 올라간다고 나와 누나에게 각각 방을 하나씩 주기 위한 어머니의 배려였으니 얼마나 감사한가!

그렇게 어머니의 악착같은 노력으로 큰삼촌 집에서 벗어났고 늘 어딘가 모르게 한 구석으로 움츠려 있던 나의 마음도 한결 가뿐해져 하루하루 얼굴에 환한 미소를 지을 수 있게 되었다.

어머니에게 애인이……

중학교에 막 올라 갈 무렵 어느 날 일본에서 손님이 왔다고 인사를 하라기에 그냥 무심코 인사를 했다.

그리고 '오또상'이라고 부르라고 해서 그렇게 불렀다. 나중에 알게 된 것이지만 오또상은 아버지라는 뜻을 가진 일본어다. 그것도 모르고 아무 생각 없이 그렇게 호칭을 불렀다.

며칠 있다가 가실 줄 알았는데 그러지 않고 언제부터인가 어머니와 같이 안방을 쓰기 시작하는 것이다. 그 일로 내가 많이 예민해져 있자 누나가 나를 조용히 불렀다.

"저분은 엄마의 애인이다. 돈도 정말 많고 좋으신 분이라고 하니 그냥 모르는 척 해. 엄마도 좋아하시고 우리 도와주러 오셨다니까…….너도 알지만 우리가 그렇게 고생해도 누구 하나 도와주는 사람 있었니?

누나의 말에 잠깐 어머니를 생각했다.

누나 말이 옳았다. 하물며 친척들도 우리에게 그렇게 야박하게 하는데 생판 모르는 남이 우리 어머니를 좋아하고 우리 도와주신다는데 그것처럼 고마운 일이 어디 있으며 어머니도 아버지에게 시집와서 지금까지 남의 집 파출부까지 하며 우리를 위해서 고생하셨는데 이제 좀 자신을 아껴주는 사람과 편하게 행복하게 사셔야 하지 않겠냐는 생각이 들었다.

그렇게 어머니를 이해하기 시작하니 맘이 편했고 행동도 예전처럼 다시 자연스럽게 했다. 그러자 어머니가 나를 부르시더니 저 사람은 곧 갈 것이고 엄마는 광희 너하고 누나만 있으면 되 남자는 필요 없다 라며 눈물을 글썽 이셨다.

그러다 정말 한 보름 후에 그 남자 분은 가셨고 어머니는 강남 르네상스호텔 뒤에 대한민국에서 제일 큰 정통 일식집을 오픈했다.

그 일본분이 일식집을 차려 준 것인데 1987년 당시 내부 인테리어만 1억 2천이 들어갔으니 얼마나 멋진 일식집이었겠는가.

이태리 대리석으로 내부를 꾸몄고 나무젓가락 하나도 다 일본에서 수입해 와서 썼으며 당시 우리나라에서 잡히지 않는 생선은 일본 현지에서 첫 비행기로 공수해 왔다. 일본사람이 정통 일식을 한다고 소문이 퍼져 장사가 말로 표현하기 힘들 정도로 잘 됐다.

그때 어머니가 "돈을 갈고리로 긁는다는 말이 이런 거구나."라고 말씀하신 적도 있으니 얼마나 잘 됐는지 짐작이 갈 것이다.

중학교 1학년 때
첫 패배를 당하다

아까도 이야기했지만 학년이 바뀌면 또 다시 서열 정하기가 시작된다.

중학교에 올라가서도 어김없이 반에서 아이들이 싸움을 하기 시작했고 반은 매일같이 시끄러웠다.

그런데 중학생이 돼서 놀라지 않을 수가 없었던 것은 초등학교 때와는 달리 아이들이 너무나 체격이 크고 험상궂게 생겼다는 것이다.

그러던 어느 날 평소에 반에서 제일 친하게 지내던 녀석에게 비참하게 당했다. 그것도 화장실 뒤에서……. 녀석이 나를 때릴 줄은 정말 몰랐다.

나는 한 번 믿고 친해지면 그 친구와는 싸우지를 못한다. 아무튼 녀석이 순간 나를 먼저 치고 밀쳐서 넘어졌고 갑작스럽게 밑에 깔려 발버둥 치고 있었다. 녀석은 체중이 70kg이 넘는 돼지였는데 난 그때 겨우 39kg이 나갔다.

서서는 자신이 있었지만 누워서는 한 번도 싸워본 적이 없던 터라 너무 당황스러웠고 녀석의 육중한 무게에 눌려 고통스러웠다.

그래도 이 악물고 참고 견디며 빠져 나올 찬스만 호시탐탐 노렸는데 녀석이 그 큰 배로 얼굴을 덮어 버리는 것이 아닌가. 숨을 쉴 수가 없어 하늘이 까맣게 보이고 현기증이 났다. 정말 죽기 일보 직전이었다.

난 살려달라고 나도 모르게 소리를 쳤다. 그러자 녀석이 울면 모든 것이 끝나고 일어날 수 있다며 울라는 것이었다.

하지만 그것만은 할 수 없다고 했다. 그러자 녀석이 또 배로 얼굴을 덮어 실신 직전까지 갔다. 그러고 나서 울면 풀어 줄 테니 빨리 울라고 계속 소리를 치는 거다.

정말 죽을 것 같아서 울어버렸다. 아니 눈물이 저절로 쏟아져 나왔다. 싸움에서 처음 패했다.

그것도 정말 비참하게 밑에 깔려서 살려달라고 했으니…….

그 일이 있고 나서 밥맛도 없고 매일 정신이 나간 애처럼 멍하니 있고 완전히 바보가 되어 버렸다.

말수도 적어지고 애가 이상해지자 어머니가 하루는 무슨 일이냐며 이야기를 해보라고 해서 그냥 다짜고짜 유도가 하고 싶다고 했다.

어머니는 내가 싸워서 맞았다는 것을 짐작하셨고 초등학교 때 아이들을 너무 때려서 문제가 되곤 했는데 맞았다고 하니 어처구니없어 하시며 무척 속상해하셨다.

나는 계속 유도 안 시켜주면 학교에 가지 않겠다고 했고 그래서 결국은 유도 체육관에 가게 되었는데 어머니가 차라리 아예 전문적으로 유도를 배우든가 아니면 공부를 하든가 둘 중 하나를 택하라고 해서 유도를 택한다고 했다.

그때 나에겐 유도를 배워서 녀석을 혼내줘야겠다는 생각밖에 없었다. 그래서 유도부가 있는 학교로 전학을 갔고 그렇게 유도선수 생활이 시작되었던 것이다.

물론 유도를 배우고 나서 녀석을 혼내주지도 않았고 그럴 마음도 어느 새 사라져 버렸다. 다만 유도대회에서 메달을 따야 한다는 일념으로 열심히 유도만 했다.

너무 어려운 유도

유도에 입문하여 낙법落法이란 것을 처음 배웠다.

그렇다. 유도를 배울 때는 지는 법, 즉 넘어지는 법을 먼저 가르쳐준다. 본인이 넘어지지 않는 절대 강자라면 넘어지는 법을 안 배워도 되겠지만 그럴 수는 없기에 유도에서는 넘어져서 바닥에 떨어지는 법부터 가르친다.

한 달간 온종일 구르고 바닥에 떨어지고 하니까 온몸에 멍 자국이 생기고 등짝부터 옆구리며 팔다리 안 아픈 곳이 없었다.

내가 유도를 그만두고 싶었던 적이 한 번 있었는데 그때가 처음 낙법을 배울 때다. 그만큼 낙법이 힘들고 중요하다고 할 수 있다. 넘어지더라도 다치지 않고 본인의 몸을 안전하게 보호 할 수 있는 기술이 있어야만 계속해서 가능하고 내가 상대를 메칠 수 있는 찬스도 오는 것이기 때문이다.

그렇게 중요한 낙법을 배우고 나니 그때부터 상대를 넘어뜨리는 법을 배우기 시작했는데 멀쩡하게 서 있는 상대를 넘어뜨리는 것도 생각 외로 어려웠다.

유도柔道는 글자 그대로 보면 알 수 있듯이 부드러운 사람이 유리하다.

유도를 잘하는 사람들은 다 강해 보이지만 실제로는 상당히 유연하

꺾기하지 않으면 된다

다. 다만 유연한 면보다 강한 면만을 사람들이 보기 때문에 부드러움을 잘 인식하지 못할 뿐이다.

세상에 쉬운 것이 어디 있겠느냐마는 유도는 정말 어려운 무도武道다.

지금은 스포츠화되어서 유도를 무도라고 생각하는 사람이 많지 않지만 유도는 가노 고지로가 1930년대에 만든 무도이며 그것이 경기로 자리를 잡고 올림픽이라는 큰 무대에서 정식스포츠로 자리매김을 해서 무도라는 이미지보다 스포츠라는 이미지가 더 큰 것뿐이다.

이러한 유도를 단순히 친구의 배 밑에 깔려서 배우기 시작한 것이 선수생활로 이어져 혹독한 훈련을 견뎌 내지 않으면 안 되는 상황이 되었고 나중에는 올림픽 금메달을 목표로 삼아 구슬땀을 흘렸다.

유도를 하려면
매일 맞아야 하나

운동부는 흔히 군대에서나 있을 법한 얼차려, 즉 기합을 많이 받는다는 이야기를 유도부에 들어가기 전부터 많이 들어서 각오는 하고 있었지만 그렇게 심하게 맞을 것이라고는 상상도 못했다.

아침에 학교에 가자마자 집합해서 야구 방망이로 세 대씩 맞고 아침운동을 시작하고, 점심에도 밥 먹기 전에 맞고, 오후 운동이 끝나고 화이팅이 없다며 또 맞고, 이렇게 하루 세 번 맞는다. 처음에는 너무 힘들었지만 어느 정도 지나니까 또 맞는구나 하고 대수롭지 않게 되어버렸다.

지금 생각해보면 이제 중학교 1학년인, 고작 14살밖에 안 되는 아이가 뭘 얼마나 잘못을 했다고 그리 때렸던 건지. 하루 일과가 맞는 것으로 시작해서 맞는 것으로 끝이 날 정도였으니 얼마나 많이 맞았겠는가?

처음 유도를 시작할 때 동기생이 18명이었는데 2학년 진학할 쯤에는 겨우 3명만 남았었다.

구타는 일본의 잔재로 악순환되고 대물림되는 못된 관습이다. 나도 후배들을 때려보고 군대에서 후임병도 때려 보았지만 한 번 때리는 데 맛이 들려버리면 그 손맛의 쾌감에 젖어서 쉽게 끊을 수 없는 것이 바로 구타다.

구타를 당하는 사람은 그로 인해 정신적·육체적 고통을 겪게 되는데 심하면 정상적인 생활에 지장을 주기도 하고 그 충격으로 대인 기피증까지 초래하게 되는 것이 구타다.

요즘이야 군에서도 구타가 없을 정도로 많은 것이 변화하고 있지만 아직도 운동부에서는 구타가 심심찮게 일어나서 사회적 물의를 일으키기도 한다.

얼마 전에는 모 체육대학 태권도부에서 선배가 후배를 때려 숨지게 하는 일이 벌어져 사회에 큰 충격을 주기도 했는데 부모는 자식을 운동하러 보낸 것이지 맞으라고 보낸 것이 아니다. 학생 또한 자기의 꿈과 미래를 위하여 운동을 하고 목표를 위해 나아가는 것이지 맞으러 가는 것은 절대 아니다.

하지만 아직까지도 운동부의 오랜 관습으로 구타가 허용되고 있다. 코치나 감독이 오히려 저학년들의 기강이 해이해졌다며 기강 확립으로 구타를 부추기기도 한다. 이것은 아주 구시대적 발상이며 오히려 능력을 저하시키는 가장 큰 원인이라는 것을 아직도 모르는 체육지도자들이 있기에 안타까울 뿐이다.

꼭 구타를 해야만 성적이 향상되고 선수들이 더 빠르게 움직이는 것은 절대 아니다.

한국은 이제 세계 11위의 경제대국이자 체육강국이다. 스포츠강국의 면모를 계속 유지하려면 구타를 근절해야만 한다. 금메달 꿈나무들이 맞는 것이 무서워 운동을 기피하거나 혹은 도중에 그만두어서는 안 될 일이며 그렇게 되면 국가적인 큰 손실이 아닐 수 없다.

아무튼 지금은 옛 추억이 되었지만 유도를 시작하면서 매일같이 맞는 바람에 엉덩이의 피멍이 터진 기억도 있고 걸음을 제대로 걷지를 못할 정도여서 혹시 포경수술을 했냐는 말을 들어본 적도 있다.

그 정도로 운동부의 구타는 심각했다.

유도를 시작한 지 일 년 만에 서울시교육감배 유도대회에서 3등을 하다

유도를 시작한 지 일 년 만에 서울시 교육감배 유도대회에서 3위 입상을 했다. 그때만 해도 엄청난 일이었다.

서울에 실력 있는 3학년 형들이 즐비해 있었고 그들은 고등학교 진학을 위해서 필사적으로 입상을 해야만 했다.

하지만 입상은 그렇게 쉬운 일이 아니다. 저마다 피땀 흘리고 죽기 살기로 시합에 임하기 때문에 입상은 하늘에 별따기보다 어려웠다.

일례로 나와 같은 학교에서도 입상을 못한 선배들이 부지기수였기에 입상의 문턱이 얼마나 어려운지 알 수 있었다.

하지만 나는 타고난 운동신경과 부지런하고 성실하게 정말 열심히 했기 때문에 거기에 대한 나의 땀의 결실이라고 생각했고 더 높이 올라가지 못한 것이 정말 아쉬웠다.

그 일로 칭찬도 많이 받고 관심도 많이 받기는 했지만 부작용도 많았는데 특히 선배들에게 많이 시달렸다. 형들의 부모님이 '광희는 2학년인데 벌써 입상을 하고 고등학교 진학에 아무 문제없이 편하게 운동을 할 수 있는데 3학년인 너는 도대체 입상도 못하고 왜 그 모양이냐고 핀잔을 주니 그 여파는 고스란히 나에게 전달될 수밖에 없었던 것이다.

친구들도 상황은 마찬가지였다. 나 때문에 입상바람이 불어 광희처럼 입상을 하라는 부모님들의 성화에 친구들도 많이 힘들어했다.

나의 땀의 결실이 졸지에 주위 사람들에게 크나큰 피해를 주니 솔직히 마음이 편하지 않았다.

그래도 3위 입상은 나에게 큰 경험이자 1위에 올라가고픈 욕망을 불러 일으켰고 고기도 먹어 본 사람이 먹는다고 그 후로 계속 입상 퍼레이드를 펼쳤다.

일식집을 빚으로 날리다

정말로 잘 나가던 일식집이었다.

그런 일식집이 하루아침에 빚으로 날아가 버렸는데 다름 아닌 그 잘난 작은삼촌이 노름에 손을 대서 어처구니없는 일이 벌어진 것이다.

여자 혼자 그 큰 일식집을 하고 계셨던 어머니는 유명해지자 주위에 남자들이 하염없이 달라붙어 너무 귀찮아서 작은삼촌을 사장으로 불러들이고 당신은 뒤로 물러나 있었다.

그것이 화근이 돼서 빚쟁이들이 가게로 몰려오고 가게 문을 닫으면 집으로 몰려오고 난리가 아니었다.

사실 법적으로 노름빚은 노름 자체가 불법이라서 갚지 않아도 무관하다. 하지만 난 그 당시 겨우 중학교 2학년이었고 누나는 고등학교 갓 졸업할 시기여서 어머니에게 아무런 도움도 드리지 못했다.

어머니는 강하지만 세상물정을 잘 모르시는 분이고 성격상 구차한 것을 못 보는 성격이라 일식집을 정리하고 삼촌이 진 빚 3억을 전부 갚아버리고 앓아 누우셨다.

너무나 아쉬웠다. 이제 우리도 좀 잘 살아보는구나 싶었는데 그런 일이 벌어져 어떻게 살아가야 하나 막막했고 어머니는 며칠째 자리에서 일어나지도 못하셨다.

그 당시 나는 우리 가게지만 가게에 몇 번 가지도 않았다. 워낙 고급 일식집이고 어머니가 많이 바쁘셔서 가 봐야 10분도 있지 않고 왔기 때문에 가게에 가는 것을 좋아하지 않았다.

가끔 돈이 필요하면 가긴 했는데 내가 가면 어머니가 내 손을 잡고 손님들에게 인사를 시켰다. 그러고 나면 내 손에 수십만 원이 쥐어져 있었다.

일반 대중음식점이 아닌 최고급 일식집이라 손님도 지체 높으신 분들이 많았다. 테이블마다 인사를 하러 가면 연예인, 방송국 보도본부 국장, 체육인, 법조인 등 어린 나에게 좀 어렵고 낯선 분들이라 별로 인사하고 싶지 않았지만 돈이 급히 필요할 때는 최고의 방법이었다.

그때 처음 세상에서 제일로 예쁘다고 생각되는 여자를 만났는데 그분이 바로 탤런트 선우용여씨다. 지금은 평범한 아줌마역으로 방송활동을 하고 계시지만 그때 내가 처음 봤을 때만 해도 그렇게 예쁜 여자는 한 번도 본적이 없었다.

아무튼 작은삼촌의 노름으로 우리 집의 전부라고 할 수 있는 것을 날려버리고 결국에는 집도 작은 곳으로 이사해야만 했다.

그렇게 집안 형편은 또 다시 기울어가고 힘든 시기를 맞이했다.

기울어진 집안을
다시 세우고 싶었다

말 그대로 기울어진 집안을 다시 세우고 싶었다.

하지만 고작 중학교 2학년인 나에게 별다른 방법이 없어서 생각해 낸 것이 운동을 열심히 해서 장학생으로 학교에 다니면서 힘든 어머니를 도와야겠다는 것이었다.

그래서 중학교 2학년 때 3학년으로 올라가는 겨울 동계훈련을 피를 토할 정도로 열심히 했다

봄은 왔고 3학년 첫 시합인 춘계 서울시장기 유도대회에서 1등을 했다. 이렇게 말이나 글로는 정말 1등이 간단하지만 1등을 하기 위해서는 얼마나 힘든지 모른다. 하루 4시간 자고 매일같이 새벽이 되면 남산으로 구보를 하러 나가야만 했고 콜라병으로 두 병 이상은 땀을 흘려야 겨우 아침운동이 끝나곤 했다. 나는 추운 것을 정말 싫어하는데 추운 겨울 아침에 일어나는 것이 왜 그리 힘들던지! 또 땀 흘리고 나서는 상쾌하지만 처음 운동을 시작할 때 그 뻐근함은 안 해본 사람은 모른다.

'공부보다 운동이 더 어렵다'고 어른들이 종종 말씀하셨는데 정말 그런 것 같았다.

운동은 철저한 자기 자신과의 싸움이고 자기 체력을 한계를 극복해

야 하기 때문에 보통 힘든 게 아니다. 때론 숨이 목구멍까지 차서 쓰러질 것 같아서 포기하고 싶을 때도 있고 코치선생님에게 조르기 기술로 목을 졸려서 기절할 때도 한두 번이 아니었다. 그럴 때마다 그냥 이대로 죽었으면 하는 마음이 든 적도 헤아릴 수 없을 정도로 많다.

하지만 그 찰나의 순간을 견디지 못하면 모든 것이 무너지는 것이고 눈물을 머금고 이를 악물어서 이겨내야만 승리할 수 있다

그렇게 힘든 과정을 거친 후 나는 장학금을 받으며 학교를 다닐 수 있었고 몸이 많이 편찮으신 어머니의 입가에 미소를 볼 수 있어 너무나 기뻤다.

누나가
요정에 나가기 시작하다

작은삼촌이 일식집을 노름으로 날리고 어머니가 몸이 급작스럽게 안 좋아지셔서 누나는 졸지에 집안의 가장이 됐다.

그때 누나 나이가 고등학교를 갓 졸업한 20살이었는데 하고 싶은 것도 많고 아직은 부모에게서 도움을 받을 나이에 누나는 아픈 어머니와 동생을 위해 돈을 벌어야 했다.

꼭 술집이 아니더라도 일반 사무직이나 알바를 해도 되지만 그 돈으로는 집이 일어설 수 없다는 것을 누나도 일찌감치 깨달았고 그래서 술집을 택한 것 같았다.

누나는 항상 술이 취해서 집에 들어왔는데 그럴 때의 누나는 너무나 가여웠다. 가끔 혼자 집안 한쪽에서 눈물을 흘리는 모습을 보았을 때는 정말이지 가슴이 무너지는 것 같았다.

중학생이었던 나는 나이 어린 것이 안타깝고 어른이 아닌 것에 답답하고 한스럽기도 했다.

누나가 가끔 술에 취해 어머니에게 내가 왜 술집을 나가야 하냐며 술주정을 할 때도 있었는데 그러면 어머니는 미안하다며 그냥 눈물을 흘리셨고 나중에는 누나와 어머니가 부둥켜안고서 같이 울곤 했다.

그런 모습을 보면 작은삼촌이 너무 원망스럽고 죽이고 싶을 정도로 미웠다.

　그리고 그때 더 열심히 운동을 해서 올림픽에서 꼭 금메달을 따야겠다는 목표를 세웠고 매일매일 죽어라고 운동에만 전념했다.

포기하지않으면 된다

아버지가 돌아오다

초등학교 3학년 때 아버지를 마지막으로 보고 중학교 3학년이 돼서야 다시 뵐 수 있었다.

너무 오랜만에 봬서 그런지 정말로 서먹했다. 아버지는 그다지 변한 것이 없었지만 내가 많이 성장을 해서 아버지도 약간은 놀라는 표정이었고 그 어색함은 며칠간 계속됐다.

한 3, 4일이 지나서야 어색함이 사라졌는데 아버지가 갑자기 오신 이유가 궁금해서 여쭤봤더니 하시는 말씀이 어머니가 애타게 애원해서 왔다고 하셨다.

지금도 아버지는 돌아가신 어머니 탓을 하며 그때 다시 합치지 말았어야 했다고 후회를 하시지만 아버지는 어머니가 아니었으면 벌써 비명횡사했거나 굶어 돌아가셨을 거다.

나중에 누나에게 들은 이야기지만 우연히 길가에서 어머니가 친척분을 만났는데 아버지가 끼니도 굶고 있다며 너무 불쌍하다는 말을 들은 것이다. 그 길로 어머니는 아버지에게 가서 집으로 들어오라고 부탁을 한 것이고 그래서 아버지가 집에 오시게 된 것이었다.

어머니는 아버지가 그래도 남잔데 처자식 부양은 힘들어도 어디 가서 본인 혼자 몸은 추스를 수 있다고 생각하셨지만 전혀 그렇지 못했다. 그래서 그렇게 소리 소문 없이 객사할까 봐서 어머니는 겁이 났던 것이었다.

그것도 모르고 아버지는 아직도 어머니를 다시 만난 것을 큰 실수라고 이야기하시는데 정말 안타깝다.

그렇게 아버지가 집에 다시 오셨지만 역시 어디 일자리를 알아볼 생각은 안 하시고 온종일 신문이나 보시고 선선해지면 약수터에 가서 물을 떠오시는 것이 하루일과였으며 저녁에는 드라마 보시는 것이 낙이셨다.

그렇게 몇 개월이 지났다.

집에서 밥만 드시고 노는 아버지가 얄미웠는지 하루는 누나가 술 먹고 들어와서 아버지에게 심하게 한소리 했다.

그때 아버지 연세가 47세였는데 60이 넘어서 정년퇴직 한 사람들이 하는 그런 행동을 집에서 버젓이 하고 계시니 누나도 울화통이 터졌던 거고 딸은 한 푼이라도 벌려고 나가서 아빠뻘도 더 되는 사람들에게 술 따르고 웃음 파는데 도대체 느끼는 거 없냐고 울면서 따지기 시작한 것이다.

그러자 아버지는 어디 술 마시고 와서 행패냐며 네가 대기업에 들어갈 실력이 있었으면 대기업에 들어갔을 것이고 공무원이 될 머리가 있었더라면 공무원이 됐을 텐데 네가 술집밖에 갈 실력이 없는 것을 왜 아버지에게 그러냐며 소리를 지르셨다.

하지만 아버지 이야기는 어불성설이었다.

한 집안의 가장이면 몸이 으스러지는 한이 있더라도 밖에 나가서 일을 해서 아버지 노릇을 다 하는 것이 맞다. 정 재주가 없으면 막노동을 해서라도 말이다.

하지만 아버지는 때를 기다린다고만 하시고 일을 하시 않으셨는데 지금 아버지 연세가 74세시다. 그런데 아직도 때를 기다리신다. 여태껏 일을 하신 적이 없다.

지금이 아브라함 시대처럼 900살까지 살 수 있는 것도 아니고 도대체 언제까지 때를 기다리나?

그리고 대기업에 가는 것도 그렇다.

자식이 그렇게 될 수 있도록 부모가 어려서부터 키우고 보살펴야지 말이 맞는 거지 낳아 놓고 그대로 방치만 하고선 대기업에 들어가라니 그게 도대체 무슨 말인가?

아무튼 난 아버지를 이해할 수 없었고 너무나 한심해보였다.

내가 중학교 때 나의 인생의 목표는 두 가지가 있었는데 하나는 올림픽에 나가 금메달을 따서 그 금메달을 어머니 목에 걸어드리는 것이었고 다른 하나는 아버지 같은 사람이 되지 말자는 것이었다.

친구를 위해서 희생하다

중학교 3년간 죽도록 열심히 해서 성적이 정말 좋았다. 우승 한 번, 준우승 한 번, 3위 입상 두 번. 개인전 성적이 이렇게 화려했다.

그래서 고등학교에 진학할 쯤에 나를 스카웃하기 위해 여기저기 많은 곳에서 경쟁을 했고 좋은 학교에서 제의도 많이 들어왔다.

나는 내가 가고 싶었던 유도 명문고가 있어서 항상 그곳만 생각하고 있었는데 어느 날 감독선생님이 체육부실로 나를 부르셨다.

"광희 네가 ○○고등학교로 가면 입상성적이 없는 애들 두 명을 데리고 갈 수 있어. 강요는 아니지만 네가 거절하면 그 두 명은 받아주는 학교가 없다. 그것만 알고 있어. 다음 주 화요일까지 답을 줘야 한다. 나가 봐."

하늘이 무너지는 것 같았다. 너무나 고민을 많이 했다.

친구 두 명이 진학할 학교가 없어 일 년을 유급해야 했는데 문제는 그 애들은 실력이 너무 없어 일 년이 지나도 될 일이 아니라는 것이었다. 심각한 상황이었다. 내 꿈을 이루기 위해서는 꼭 내가 원하는 학교에 가야만 하는데 정말 난감했다.

드디어 화요일이 돼서 감독선생님이 나를 다시 불렀다.

감독선생님은 당연히 시키는 대로 할 줄 아셨는지 흐뭇한 얼굴을 하고 계셨다. 나는 작은 목소리로 내가 가고 싶은 학교에 가고 싶다고 했고 애들을 구제할 방법은 전혀 없는 건지 여쭤보았다. 그러자 감독선생님은 버럭 소리를 지르셨다.

"인마, 너는 네 스스로 하늘에서 유도기술 배웠냐? 너를 가르치고 키워준 코치하고 감독이 있었으니까 네가 있는 거야! 너는 네 친구가 중졸로 사회에 나가서 가스배달이나 하고 주유소에서 기름이나 넣고 그러면 행복하겠냐? 그러고도 네가 잘 되기를 바라는 거야? 배신자 같은 녀석, 꼴도 보기 싫다. 나가!"

그렇게 체육부실에서 나오는데 너무나 억울하고 속상해서 눈물이 주르륵 흘러 내렸다.

그 모습을 마침 코치선생님이 내려오시다 보고 나를 부르셨다. 그래서 모든 이야기를 털어 놓았는데 코치선생님도 이미 다 알고 있는 눈치였고 내 결단에 뭐라 말을 하지 않으셨다.

"울지 마라. 광희 네가 그렇게 결정을 내렸다면 그렇게 가는 거다. 누구도 너의 결정에 나쁘다 말할 사람이 없어. 감독선생님은 너희들 모두를 다 자식 같이 생각하시기 때문에 마음이 좀 안 좋으셨던 거야. 광희 네가 최선을 다 한 거 누구보다 코치인 내가 더 잘 안다. 넌 정말 열심히 했어. 오히려 열심히 안 한 네 친구들이 못된 놈들이지. 그 녀석들 때문에 이런 일도 벌어진 거잖아. 그래도 내가 광희 너에게 한 가지 말해주고 싶은 것은 특정 학교를 간다고 잘 되는 것은 아니라는 거다. 어딜 가더라도 자기하기 나름이야. 너 하기 나름이다. 광희 너라면 어느 학교를 가더라도 열심히 해서 좋은 성적 거둘 거야. 선생님은 믿어 의심치 않는다."

그리고 어깨를 두드리시며 체육부실로 들어가셨다.

코치선생님의 말씀에 위로를 받기보다는 오히려 더 마음이 착잡했다.

그렇게 이틀이 지났다. 원서를 써야 할 날이 채 3일도 남지 않았다.

하루는 어머니가 나를 불러 앉아보라고 하시는데 뭔가 말을 망설이시는 듯하시더니 조심스럽게 말씀하셨다.

"광희야, 오늘 ○○ 엄마랑 □□ 엄마가 집에 왔다 갔다."

친구엄마 두 분이 과일 바구니와 음료수를 엄청나게 많이 사가지고 집에 오셨다 가신 것 같았다.

"엄마는 광희 너처럼 잘난 아들 낳은 덕분에 기분은 참 좋은데…….같은 자식 키우는 입장에서 마음이 너무 아프더라. 그 엄마들이 무슨 죄가 있냐? 아들 잘되라고 자존심 다 버리고 엄마 앞에서 사정을 이야기하다가 목이 메어 울더라. 울면서 부탁하는데 엄마도 눈물이 나서 너무 힘들었다. 광희야 원하는 학교 포기하면 안 되겠니?"

아프신 어머니가 그렇게 말씀하시는데 나도 더 이상 뭐라 할 말이 없었다.

"네, 어머니. 알겠습니다."

그리고 내 방에 가서 한참을 울었다.

억울했다. 친구 녀석들이 미팅 간다, 소개팅 간다 했을 때 나도 사람인데 안 가고 싶었겠는가. 아침마다 더 자고 싶은 거 이 악물고 참고 매일같이 남산을 향해 달렸다.

집 근처 초등학교에서 철봉에 리어카튜브를 매달고 끊어질 때까지 당기고 또 당기고 엎어치고 손가락 마디가 다 짓물러 터질 때까지 운동을 했다.

내 목표를 향해서 그렇게 달렸다.

하지만 녀석들은 놀 거 다 놀고 잘 거 다 자고 편하게 있다가 이제 와서 나보고 희생을 하라니, 너무나 억울했다.

하지만 어머니에게 약속을 한 이상 말을 번복할 수도 없고 좋게 생각하기로 마음을 먹었다. 어디를 가더라도 난 해낼 수 있다고 마음속으로 되새기면서…….

친구들이 배신하다

그렇게 친구 둘과 고등학교에 진학했다. 하지만 녀석들은 자기들이 운이 좋아서 진학한 것으로 착각하고 있었다.

왜 그러냐면 중학교 3학년 한창 민감할 때라 애들이 기죽을지도 모른다고 나와 부모님 그리고 선생님만 아는 것으로 하고 절대 말하지 않기로 했기 때문이다.

입장을 바꿔 내가 녀석들이라도 그런 사실을 알고 진학을 했더라면 학교에 다니고 싶지 않았을 것이다.

그렇게 원치 않은 고등학교에 진학했지만 긍정적으로 좋게 생각하고 나니까 많은 것들이 좋게 다가왔다. 유도 명문학교는 아니더라도 공부로는 제법 유명한 학교였고 강남에 있는 8학군인 데다가 남녀공학이었다.

또 그 학교는 선배들이 별로 없어서 1학년부터 바로 주전선수로 시합에 나갈 수 있는 큰 장점이 있었다. 나만 열심히 한다면 좋은 입지에서 대학에 진학을 할 수 있는 그런 상황이었다.

그렇게 새로운 환경에서 열심히 운동을 했고 3개월이 지났다. 고등학교 연습은 중학교와 다르게 운동 강도도 세고 운동 시간도 길어서 정말 힘들었다. 하지만 힘들어도 참고 인내하는 수밖에 별다른 방법이 없었다.

그러던 어느 날, 힘든 운동을 참지 못하고 동기들이 도망을 갔다. 동기 열 명 중에 나와 한 친구만 빼고 운동이 너무 힘들다고 다 도망을 간 것이다.

도망을 간 것까지는 괜찮다. 뭐 어차피 잡혀서 다들 들어올 것이 뻔하니까. 그럼 도망간 녀석들만 더 힘든 생활을 하게 될 것이고 코치, 감독선생님 눈 밖에 나면 자기들만 어려워지는 거니까. 그래서 대수롭지 않게 생각했다.

아니나 다를까. 애들이 하나둘씩 잡혀 들어오기 시작했다. 그런데 이상하게도 중학교 동기생들만 끝까지 오지 않는 것이 아닌가.

이상한 소문이 나돌았다. 도망갔으니 집에는 못 들어가고 먹고는 살아야 하니까 중학생 애들 돈도 뺏고 주유소에서 알바를 하기도 하다가 한 녀석은 나이를 속여 레스토랑에 취직을 했는데 거기서 같이 일하는 여자와 눈이 맞아 여자 집에서 아예 살림을 차렸다는 이야기였다.

나는 친구의 어머니와 코치 선생님과 같이 백방으로 친구를 찾으러 다니기 시작했지만 살림을 차렸다는 집은 찾지 못했고 결국 그렇게 시간은 흐르고 녀석은 퇴학을 당했으며 한 녀석도 자퇴를 하고 학교를 그만두었다.

세상이 너무 허무했다.

나의 진로를 바꾸어 놓고서 자기네들은 학교를 그만두다니. 그것도 3개월 만에…….

내가 이런 놈들을 위해서 그렇게 고민하고 그렇게 울었다는 생각을 하니까 너무 힘들었다. 우울하고 몸이 축축 처지는 것이 힘이 나지 않았다.

그렇게 힘든 하루하루를 보냈다.

돈을 벌기 위해
일본으로 떠난 누나

내가 고등학교에 진학했을 무렵 누나가 요정을 그만두고 일본에 간다고 했다.

나는 일본에 가서 아주 살겠다는 것인 줄 알고 많이 서운했는데 그게 아니라 너무 자주 이사 다니는 것이 지긋지긋해서 전셋집이라도 얻기 위해 일본에 돈을 벌러 간다는 것이었다. 다니던 요정의 마담언니가 일본에서 술집을 오픈하게 됐는데 평소 자신을 귀여워 했다면서 한국에 있을 때보다 세 배 이상 벌이가 된다고 많이 좋아하던 누나가 기억이 난다.

전국대회를 일주일 남겨 놓고
큰 부상을 당하다

친구들이 학교를 그만두고 한 달 정도 지났다.

다시 일상생활로 돌아와야만 했고 빨리 잊어버리려고 노력했지만 생각처럼 쉽지는 않았다. 그래도 어쩌겠나. 이제 곧 전국대회도 얼마 안 남았고 빨리 모든 것을 다시 정상궤도로 올려야 했다.

이제 더 이상 친구 때문에 시간을 낭비할 수 없었다. 전국대회가 딱 한 달 남아서 정신을 가다듬고 시합에 전력을 다해야지, 안 그러면 성적이 엉망일 것은 불 보듯 뻔하다.

그렇게 다른 생각은 하지 않고 전국대회에 집중하기 위해 구슬땀을 흘렸다. 하지만 몸과 마음이 많이 지쳐 있던 상태라 최상의 컨디션을 유지하는 것이 너무 힘들었다.

그러던 어느 날 연습 도중에 큰 사고가 났다.

왼쪽 팔이 탈골이 된 것이다. 그냥 탈골이 아니라 호두 알맹이가 으스러진 것처럼 왼쪽 팔의 관절뼈가 깨져서 팔이 반대로 접혀져 버렸다. 쉽게 말하면 안으로 접히는 팔이 바깥으로 접혀진 것이다.

부러지는 순간은 아픔을 몰랐다. 차가운 계곡물에 들어간 것처럼 시원했는데 그 다음부터 엄청난 통증이 밀려오기 시작했다.

운동시간에 모든 운동은 중단되고 감독선생님이 응급처치를 한 후에 학교에서 제일 가까운 정형외과 병원으로 이동했다.

　엑스레이를 찍은 후에 의사가 하는 말이 정도가 많이 심하여 수술을 해야 하는데 여기서는 무리고 소견서를 써 줄 테니 큰 병원으로 가라고 했다.

　그래서 서울에서 유명한 정형외과 병원으로 갔다. 갔더니 바로 수술 날짜를 잡았고 일주일 후에 수술에 들어갔다.

　그렇게 전국대회를 일주일 앞두고 큰 부상을 당했는데 그 부상 때문에 내 인생이 송두리째 바뀔 줄은 그때는 미처 몰랐다.

유도를 하지 말라는
의사의 한마디

우선 수술을 하고 상태를 보자고 말하는 의사에 말을 들을 때까지도 그렇게 심각하게 생각하지 않았었다.

하지만 수술이 끝나고 3개월간 물리치료를 했는데도 팔은 원상태로 돌아오지 않았고 정상적인 팔이 아니었다.

마침 그 병원 원장님이 같은 교회에 다니는 집사님이라 빙빙 돌리지 않고 정확하게 이야기한다면서 지금 팔 상태로는 유도를 그만둬야 하고 계속하는 것은 무리라고 말씀 하셨다.

운동선수에게 운동을 그만두라는 것은 사형선고나 마찬가지다.

그 말을 듣는 순간 내 눈에서 눈물이 주르륵 흘렀다. 왜 나한테 이런 일이 생기는지 도무지 알 수가 없었다. 정말 착하고 성실하게 살았는데, 남에게 도움을 주면 주었지 피해를 주면서 산 적은 없는데 정말로 하늘이 야속했다.

팔이 다친 그날도 운동시간 30분 전에 감사기도와 더불어 부상당하는 일이 없도록 하나님께 기도를 했건만 도대체 하나님은 졸고 계셨는지 아니면 무슨 생각을 하시는지 화가 치밀어 올랐다.

그 일이 있고 나서는 교회를 나가지 않았고 모든 것을 내 의지와 운명에 맡기기로 결심했다. 신에게 백날 말해봐야 모든 것이 허사고 나약하고 기댈 곳을 찾는 어리석은 사람이 신에게 빌며 기도하는 거라고 나름대로 단정해버렸다.

그렇게 교회와 담을 쌓고 살았고 운동을 포기할 수 없어 혼자 물리치료를 하며 재활훈련에 들어갔다.

여간 고통스러운 것이 아니었다. 매일 뜨거운 물리치료를 해야만 했고 팔이 제대로 펴지지 않아 수건을 입에 물고 눈물을 흘리며 팔 펴는 연습을 했다. 부상을 당할 당시 뼈가 너무 심하게 다쳤고 수술은 잘 됐다고는 하지만 팔에 힘을 줄 수 없었으며 힘을 주면 팔에 통증이 왔다.

상태가 너무 좋지 않아서 부모님이 유도가 인생의 전부가 아니라고 하시면서 나를 설득하기 시작하셨고 나 역시 점점 의욕을 잃어 가고 있었다.

아버지가
건설용역 회사를 차리다

아버지가 일하는 모습을 처음 보았다.

어느 의학서적에서 보니 사람은 3살 전에 일들은 기억을 못 하는 것이 정상이라고 하던데 3살을 떠나서 나는 아버지가 일하는 것을 아예 본 적이 없다.

그런 아버지가 일을 하신다니 놀라운 일이 아닐 수 없었다. 아버지는 누나가 일본에서 집으로 돈을 송금한다는 것을 알고 집요하게 어머니를 귀찮게 해서서 결국은 건설용역 회사를 차리셨고 현대에서 새로 나온 엘란트라 승용차도 한 대 뽑고 사장행세를 하기 시작하셨다.

이유야 어찌 되었던 처음 6개월간 너무 사무실이 잘되고 자리를 굳건히 잡아서 어머니도 안도의 한숨을 쉬셨다. 만약 잘못되면 누나가 한국에 돌아왔을 때 그 사태를 수습하기가 쉽지 않기 때문에 항상 마음이 놓이지 않으셨던 것 같다.

그런데 욕심이 화를 부른다고 건축에 '건' 자도 모르는 예산농고 출신인 아버지는 드디어 사고를 치셨다.

건설용역 회사는 건설현장에 일용직 일꾼을 보내고 일꾼이 받아오는 일당에서 10%의 수수료를 받는다. 많이 나갈 때는 40명씩 나갔으니 그래도 한 달에 평균 500만 원 정도 수입은 됐기 때문에 그대로 유지만 했어도 어머니가 다시 아픈 몸을 이끌고 파출부나 남대문 새벽시장에 나가지 않으셔도 됐는데 아버지는 하나님이 주신 절호의 기회라며 신축건물을 짓는 오더를 받아서 크게 이익을 남기려고 하셨다.

이론상으론 될 것이라고 생각했던 것들이 막상 실제로 해보니 전혀 생각처럼 되지 않았고 용역회사에서 번 돈과 누나가 일본에서 계속적으로 송금하는 돈까지 모두 다 날려 버렸으며 결국 일 년 만에 아버지의 건설용역 회사는 문을 닫고 어머니는 남대문에 새벽시장에 일을 나가셨다.

그때는 내가 팔을 부상당해서 몸과 마음이 많이 힘들 때였는데 회사가 그렇게 되고 매일 집에서 낮잠이나 주무시고 해가 지면 남산에 가셔서 약수나 떠 오시는 아버지를 보고 있자니 돌아버릴 지경이었다.

아버지는 곧 죽어도 사장 아니면 안 하신다. 집에 처자식이 굶어 죽어도 그것 자체도 하나님이 뜻이라고 하시면서 날아가는 새도 먹이시는 하나님이 어떻게든 주신다며 그냥 기도만 하신다.

그런데 그 기도가 이루어지면 되는데 30년 전이나 지금이나 하나도 이루어지지 않는다는 것이 문제다.

친척들과 살다가 9살, 그러니까 내가 초등학교 2학년 때 아버지를 다시 만났다. 그때 아버지는 집안 벽에 빨간 글자로 '1억'이라고 써 놓고서는 매일 기도하셨다. 나는 아버지가 정신이 이상하다고밖에 생각할 수 없었고 울며불며 기도하실 때는 소름이 끼치기까지 했다.

그렇게 해서 1억이 생긴다면 세상에 안 할 사람이 어디 있겠는가?

매일같이 1억이라는 빨간 글자 밑에 무릎 꿇고 "주시옵소서, 주시옵소서." 하는 아버지가 불쌍했다. 아버지는 성경에 구하면 준다고 했다면서 계속 '주시옵소서' 기도를 하지만 하나는 알고 둘은 모르는 처사다.

성경에는 기도하면 준다고 분명히 나와 있다 하지만 한편으로 신은 스스로 돕는 자를 돕는다고 했다. 다시 말해서 땀 흘려 일하는 사람을 돕지, 아무것도 하지 않고 달라고만 하면 누가 주겠는가. 내가 신이라도 안 줄 것이다.

아들이 아버지를 가르치려 들면 안 되는 것이지만 하루는 어머니가 아픈 몸을 이끌고 남대문 시장에 나가시는데 아버지가 연속극을 보시며 누워 계시길래 뭐 느끼시는 거 없냐고 했더니 "모든 것이 다 때가 있는 법이다. 모를 심으면 바로 추수를 하냐? 여름이 가고 가을이 와야 되는 거야. 기다리는 거다. 그건 됐고 냉장고에 먹을 거 있으면 좀 가져와라." 하셨다. 그냥 모른 척 하고 내 방으로 들어갔다.

사람이 때를 기다리는 것도 좋지만 뭔가 준비를 하면서 때를 기다려야지 마냥 기다리면 될까?

모를 심으면 바로 추수를 하냐고? 모도 안 심었으니 문제인 것이다.

아버지는 건설용역 회사 문을 닫고 부터 또 기도를 하기 시작하셨는데 초등학교 때 1억이었던 것이 물가가 올라서 그런지 20억으로 기도를 하셨다.

하루하루가 너무 힘들었다.

누나가 일본에서 돌아오다

일 년 만에 부푼 마음을 안고 집으로 돌아온 누나.

하지만 모든 사실을 알고 나서 펄쩍펄쩍 뛰기 시작하더니 끝내 울음을 터뜨렸다.

"하루에도 몇 번씩 집으로 돌아오고 싶은 마음 달랬어. 물가 비싼 일본이라서 돈 아끼려고 그 싼 돈가스 하나 사먹지 않고 집으로 다 송금했는데……."

계속 울던 누나……. 그 소리를 듣고 나도 모르게 눈시울을 적셨고 어머니는 벌써 울고 계셨다.

그때 아버지는 "누가 죽었냐? 왜 울어? 아빠가 돌려 줄 테니까 울지 마!" 하고 당당하게 말씀하셨다. 하지만 아직도 돌려받지 못했다.

그 일이 있고 나서 누나는 집을 나가 혼자 살았고 아버지와 인연을 끊겠다며 다시는 아버지를 찾지 않았다.

포기하지 않으면 된다

지독한 재활훈련을 마치고
다시 유도복을 입다

　팔이 온전한 상태로 돌아오지 않았다. 유도를 그만둬야 할 상황까지 갔으니 얼마나 심각했겠는가? 뼈를 깎는 고통을 참고 재활치료를 해서 어느 정도 상태가 호전되긴 했지만 예전과 같을 수는 없었다. 그나마 그렇게 상태가 호전되기까지도 일 년 하고도 2개월이 걸렸고 운동을 할 수 있다는 것만으로도 감사해야 했다.

　고등학교 1학년 6월에 다쳤는데 2학년 8월에 다시 운동을 시작을 했으니 그간 마음고생과 심적 부담이 얼마나 컸는지 알 수 있을 것이다. 부모님도 포기한 상태여서 운동 이야기는 한 번도 꺼내시지 않았고 내가 다른 것을 했으면 하는 눈치였다.

　어찌 되었던 운동을 시작하긴 했지만 그 사이 너무나 많이 쉬었더니 몸은 마음대로 움직여 주지 않았고 자꾸 팔에 신경이 쓰여서 제대로 예전 같은 기술을 발휘할 수 없었다. 게다가 갑자기 키가 10cm 크고 체중은 20kg가 늘었기에 적응이 되지 않았으며 그 많던 자신감은 어디로 갔는지 자꾸 움츠러들어 나약해져만 갔다.

　올림픽 금메달은 고사하고 이대로 유도를 계속 할 수 있을까 두려워만 졌고 하루하루가 말로 표현하기 힘들 정도로 힘들어 우울증까지 걸렸다.

물론 그때만 해도 우울증이 어떠한 증상인지 확실히 알 수 없었지만 지금 생각해보면 우울증이다. 그런 상태에서 빠져 나오기 위하여 마음을 가다듬고 매일 한 시간씩 명상시간을 가졌다.

그렇게 마음을 가다듬는 것에 성공한 것이 계기가 되어서 명상을 하는 습관이 들어 20년이 넘게 지금도 새벽 다섯 시만 되면 일어나 명상을 한다.

그렇게 두 달 정도 명상을 하니까 마음에 평안이 찾아오기 시작했고 처음부터 다시 시작한다고 생각하니까 아무 것도 두려울 것도 없었고 더 이상 잃을 것이 없다고 생각을 하니 앞으로 얻을 것이 많다고 느껴서 오히려 기대가 부풀어 오기 시작했다.

그런 상태로 2학년 겨울을 맞았고 앞으로 3학년 1년이라는 기간 동안 네 번의 전국대회에서 입상을 해야 대학을 갈 수 있는 절박한 현실에 직면하게 됐다.

머리를 짧게 깎고
투혼을 불사르다

예전부터 뭔가 잘 풀리지 않으면 머리를 빡빡 깎았다. 우연이겠지만 그러고 나면 모든 것이 잘 풀렸고 순조로웠다. 그렇게 머리를 짧게 깎고 다시 이른 새벽에 남산을 향해 달렸고 본격적으로 몸만들기에 들어갔다.

나에겐 시간이 얼마 없었기 때문에 하루하루가 절박했으며 내가 유도를 그만둔다면 과연 무엇을 해야 할지 생각한다는 자체가 나에게는 모순이었고 유도가 나의 전부라고 생각했다.

잘못된 것은 아니지만 지금 생각해보면 참 맑고 순수한 영혼이었던 것 같다.

그렇게 죽기 살기로 운동에 전념하고 투혼을 불살랐다.

반성문이 아닌 각서를 쓰다

고3이 되었다.

앞으로 있을 네 번의 전국대회. 만약 여기서 입상하지 못하면 나의 유도인생은 끝날 수도 있는 그런 절박한 상황이었다. 아침에 일어나서 잠들기 직전까지 유도, 유도, 유도만이 내가 살 길이라고 생각했다.

그러던 어느 날 유도부 도장에 있는데 노크 소리가 들려서 마침 문 바로 앞에서 벤치프레스(역기)를 들고 있던 내가 문을 열었고 150kg의 벤치프레스를 들고 있던 나를 본 아이는 얼굴이 하얗게 질려 있었다.

어떻게 왔냐고 물어 보자 뭔가 내키지 않는다는 듯 "3학년 6반 이광희 찾아 왔는데요."라고 말하는 것이었다. 그래서 이광희는 왜 찾냐고 물었더니 "담임선생님이 데리고 오라고 하셔서……" 하면서 말끝을 흐렸다.

"내가 이광희야."라고 했더니 순간 놀라면서 뭔가 애절한 표정으로 "같이 좀 가시면 안 돼요?"라고 하는 것이었다. "그래. 근데 넌 누구냐?" 하고 물었더니 같은 반이란다.

순간 웃음이 빵 터졌다. 하하하하!

"야! 같은 반이라며. 근데 무슨 존댓말이야?"

"초, 초면이라서……."

그러면서 녀석은 쑥스러워했다.

그 당시 학교에서 운동부는 정말 대단한 존재였다. 입학했을 때 2학년 일반학생도 내게 존대를 하곤 했다. 그만큼 운동부는 악명 높았다. 얼핏 들으면 멋있고 대단한 것처럼 들리는데 나뿐 아니라 그때는 운동부 자체가 일반 학생은 다가가기 힘든 존재였다.

"알았어. 3교시 끝나면 교무실에 찾아 간다고 담임에게 말해라."

"약속하는 거죠?"

"알았어, 간다니까. 그리고 앞으로 존대하지 마라."

"응, 알았어."

재차 약속을 받은 녀석은 돌아갔다. 그런데 깜박 잊고 그날 교무실에 못 갔다.

다음날이었다.

같은 시간에 벤치프레스를 들고 있는데 이번에 애들이 세 명이 와서 담임이 부른다고 하는 것이다. 그래서 알겠다고 지금 바쁘니까 있다 올라 갈 거라고 그렇게 알고 가라고 보냈다. 애들은 신신당부를 하면서 돌아갔다. 그런데 그날도 안 갔다.

다음날 똑같은 시간에 다섯 명의 건장한 아이들이 왔다. 반에서 싸움을 잘하는 순서대로 1위에서 5위까지 일어나라고 한 다음 나를 잡아 오라고 그대로 유도부실로 보낸 것이다. 와서는 애들이 통사정을 했다. 같이 안 가면 담임이 가지고 다니는 당구 큐대로 세 대씩 맞기로 했다며 같이 가주면 안 되겠느냐고 너무 애처롭게 이야기하길래 오늘은 꼭 담임에게 갈 테니 돌아가라고 보냈다. 그런데 그날도 안 갔다. 왠지 내키지 않았다.

그리고 다음날.

똑같은 시간에 운동을 하고 있는데 한 사람이 이광희를 찾는 것이었다. 나는 새로 오신 수위 아저씨가 소포가 와서 오셨나 했다. 어떻게 오셨냐고 했더니 "내가 3학년 6반 이광희 담임인데, 있으면 좀 불러줄래?" 하시는 거다. 순간 앞이 하얗고 멍했다. 그래서 "예, 잠시만 기다리세요." 하고는 그대로 뒷문으로 도망을 갔다.

다음날 감독선생님이 내 귀를 땡기시면서 말씀하셨다.

"이광희, 너 왜 담임이 오라고 해도 안 가고 그래? 네 담임이 나한테 하소연하더라. 3개월이 넘었는데 네 얼굴을 모른대. 네가 무슨 연예인이냐고, 그렇게 바쁘냐고 묻더라."

어쩔 수 없이 그날 점심을 먹고 교무실에 담임을 만나러 갔다. 누구냐, 어떻게 왔냐 물으시길래, "네, 이광희입니다." 했더니 담임이 그 자리에서 완전 크게 웃으시더니 "너 배짱 좋다. 내가 그날 이광희 불러달라고 했을 때 나를 거기다 쉬는 시간 내내 세워놓고 어떻게 될 생각을 했나? 대단한데. 나 안볼 수 있을 거라 생각했냐?" 하셨다.

선생님은 부산분이였는데 정말 남자다웠다. 그런데 나하고는 서로 의견이 잘 맞지 않는 부분이 많아서 나중에 많이 부딪쳤고 심지어는 각서까지 썼다.

각서를 쓴 이유는 4교시까지는 들어오라고 하셨는데 나는 그 시간에 산악구보를 하고 매일 체력단련을 했기 때문에 수업에 들어갈 수 없었고 담임은 무조건 들어오라고 했기 때문이었다.

실은 담임선생님 말씀이 맞다. 운동으로 성공하는 사람은 아주 극소수다.

나머지는 운동과 관련 없는 것들을 하며 살아가는 것이 현실이며 성공한 운동선수도 지도자의 길로 가는 사람은 많지 않다. 가기 싫어서 안 가는 것이 아니고 자리가 없을 뿐더러 들어가는 것도 쉽지 않기 때문이다.

선진국에서는 운동선수도 정규수업을 다 받아야 운동부 생활을 할 수 있고 성적이 일정 수준에 미치지 못하면 운동부에서 나와야 하기 때문에 공부와 운동을 병행한다. 굳이 설명을 안 해도 알 수 있듯이 선수의 먼 미래를 위해서 정부에서 정한 시스템이다.

지금도 여전히 운동부 아이들은 수업에 안 들어간다고 한다. 많은 부분이 변화해야 하는데 스포츠강국인 국내 실정에는 쉽지 않은 것이 현실인 것 같다.

아무튼 담임이 수업에 들어오라고 했지만 안 들어가서 결국에 각서까지 썼다.

"선생님, 반성문을 써야 맞는 거지 학생에게 각서는 좀 안 어울리지 않습니까?"

"나도 교직생활 15년 넘었는데 각서는 처음이다. 하지만 너는 반성문으로 안 돼. 네가 더 잘 알잖아?"

그렇게 무슨 일이 있어도 4교시 수업까지는 들어가겠다고 각서를 쓰고 한 이틀은 잘 들어갔다. 하지만 이건 도저히 아닌 것 같아 담임을 찾아가 담판을 지었다.

"선생님. 제가 각서를 쓴 것은 사실이지만 아무리 생각해봐도 이건 아닌 것 같습니다. 각서 쓴 것을 취소하고 예전처럼 수업시간에 운동을 하고 싶습니다."

"한 가지만 물어보자, 너의 신분은 뭐냐?"

"운동선수입니다."

"운동선수인 것은 알고 있어. 운동선수이기 전에 뭐냐고."

"학생입니다."

"그렇지, 학생이지. 그럼 학생이 수업시간에 수업에 들어오는 것은 당연한 것 아니야?"

"맞습니다. 하지만 저는 운동이 제 인생의 길입니다. 일반 학생이 대학에 갈려고 저렇게 피터지게 열심히 공부 하는 것처럼 저도 죽어라 운동에 전념해야 합니다. 일분일초가 아깝습니다. 만약 제가 수업에 들어가느라 연습량이 부족해 입상성적도 저조해지고 대학에 못 가는 상황이 벌어지면 그땐 선생님이 제 인생 책임지시겠습니까? 선생님께서는 제가 단지 수업을 땡땡이치는 줄 알고 계시는 것 같은데 그게 아닙니다. 제가 운동하는 시간에 매일 오셔서 확인하셔도 됩니다."

선생님은 한참을 생각하시다가 "그래, 알았다. 운동 열심히 하거라." 라고 하시고 각서를 무효화 했다.

지금 생각해보면 선생님 말씀이 맞았지만 그때는 내가 하는 말이 맞았다. 그래서 선생님이 나를 배려해 주신 것이라고 생각이 든다.

이제 선생님도 정년퇴직 하셨을 텐데 건강하게 지내시고 계신지 궁금하다.

대학 진학에 실패하다

최선을 기준을 어떻게 잡아야 하는지 모르겠지만 최선을 다했다.

그런데도 유도대회에서 입상을 하지 못해 결국은 대학에 진학을 할 수 없었다.

어머니가 유도 명문대학에 관계자를 만나고 오셨는데 아무리 실력이 있어도 입상성적이 없으면 진학할 수 없고 정말 실력이 있다면 입상을 했을 것이라 말하면서 삼천만 원을 기부하게 되면 입학을 허용한다는 것이었다.

그러나 집은 그만한 형편이 되지 못했고 형편이 되었다 하더라도 그렇게까지 해서 가는 것을 내 자신이 원치 않았다.

그렇게 나는 대학에 진학을 하지 못했고 내 인생의 유도는 허무하게 끝났으며 올림픽 금메달의 꿈은 그렇게 산산이 부서졌다.

킥복싱에 입문하다

대학을 진학하지 못한 것에 대한 자책감으로 너무나 힘든 하루하루를 보내고 있었다.

중학교 때 친했던 친구 집에서 마시지도 못하는 술을 매일같이 마시고 친구와 푸념하며 밤을 지새우며 남들 다 가는 대학도 못 가는 내 자신이 너무 한심하고 못나서 참을 수가 없었다.

지금 생각하면 별 일 아닌데 그때는 나에게 그 어떤 중대한 일보다 더 심각했다. 시간이 약이라고 지나면 괜찮아질 것이라고 생각했지만 오히려 더 나는 황폐해져만 갔다.

하루는 내 자신을 학대하고 싶어서 술을 진탕 마시고 지나가는 사람에게 시비를 걸어 죽도록 한 번 맞아야겠다고 마음을 먹었는데 막상 해보니 내가 상대방에게 무차별 공격을 가하고 있었다.

이래서는 안 되겠다 싶어 서울 아현동에 있는 킥복싱 체육관에 찾아가서 무작정 킥복싱에 관심이 많은 사람인데 스파링 좀 하고 싶다고 하니까 체육관 관계자분들이 무척이나 당황스러워 하는 표정이었다.

멀쩡하게 생긴 놈이 와서 다짜고짜 스파링을 하자고 하니 얼마나 어이가 없었을까?

"스파링 하는 것은 문제가 되진 않습니다. 하지만 만약에 다치면 모든 것이 체육관 책임으로 돌아오기 때문에 정말 스파링을 하고 싶다면 정식으로 입관을 하시는 것이 좋겠습니다."

킥복싱 체육관 트레이너의 말에 그 자리에서 돈을 지불하고 입관을 했다. 입관서 내용에는 운동 중에 부상을 당해도 체육관에 그 어떠한 책임을 묻지 않겠다는 서약이 있다. 사인하고 스파링에 들어가려고 하던 참에 관장님으로 보이는 분이 체육관으로 들어왔다.

"못 보던 관원생인데 저분은 누굽니까?"

트레이너가 상황을 이야기하자 관장님은 트레이너에게 제정신이냐며 여기가 무슨 싸움하는 곳이냐고 호되게 야단을 치고 스파링 하려고 하는 것을 중지시켰다. 그리고 이야기 좀 하자며 나를 사무실로 데리고 들어갔고 돈을 돌려줄 테니 다른 데로 가라는 것이었다.

"정말 킥복싱을 배워 보려는 마음이 있어서 입관한다면 받아 주겠지만 그런 식의 입관은 받아 줄 수 없습니다. 왜 스파링을 하려고 합니까? 여기 선수들은 다 프로들이라 위험해서 절대 안 됩니다."

돈을 돌려받기는 쑥쓰러워서 그럼 언제쯤 스파링을 할 수 있냐고 했더니 최소한 기본기는 익히고 해야 한다는 것이었다. 그게 얼마나 시간이 걸리냐고 물었더니 사람에 따라 다르다며 잘 소화하면 일주일이면 할 수도 있고 몇 달이 걸릴 수도 있다고 했다.

자신이 있었기에 해보겠다고 했고 그날부터 기본 스텝을 밟고 하나씩 배우기 시작했으며 배우는 속도는 엄청나게 빨랐다.

한 일주일이 지나서 트레이너가 아직도 스파링해보고 싶은 마음이 여전하냐고 하길래 그렇다고 하니까 그럼 하자며 죽은 사람 소원도 들어주는데 산사람 소원을 못 들어주겠느냐며 스파링을 하자고 했다.

체육관 선수도 아닌 트레이너와 하는 스파링. 사람 마음이 참 이상

한 게 막상 원하던 스파링을 하려니 약간 기분이 이상했다. 하지만 이제 와서 말을 바꾸는 것도 남자답지 못하고 이왕 이렇게 된 거 죽기 아니면 까무러치기였다.

그렇게 스파링은 시작됐고 시작하자마자 얼마 안 있어 나는 트레이너의 얼굴에 정확한 왼손 훅을 꽂았고 그는 휘청하면서 순간 중심을 잃었다. 복싱으로 말하면 스탠딩다운이다.

하지만 킥복싱에는 스탠딩다운이 없다. 그 여세를 몰아 소나기 펀치를 날렸는데 트레이너는 끝내 넘어지지 않았다. 그러다 한순간 트레이너의 왼쪽 로우킥에 제대로 맞았는데 무릎에서부터 뒷목까지 전기가 쫙악 타고 올라와 온몸이 굳어버렸다. 이어서 공격을 해도 되는데 트레이너는 괜찮냐고 하면서 계속 할 수 있겠냐고 물었고 나는 아무 말도 하지 못했다.

그렇게 스파링은 어이없이 끝났다.

그래도 잘한 것이라면서 주위에서 웅성거렸고 트레이너가 이야기를 했는지 보름 정도 나를 유심히 지켜보신 관장님이 신인왕전에 한번 경험삼아 나가보지 않겠느냐고 제의를 하셨는데 나는 겁도 없이 알겠다고 승낙했다.

그날부터 나는 트레이너가 아닌 관장님이 직접 가르쳤고 훈련강도는 장난이 아니었다. 어려서부터 운동을 두루 섭렵하고 특히 유도선수까지 했던 나였기에 체력에는 자신 있었지만 킥복싱은 또 달랐다.

나는 그렇게 킥복싱에 입문했고 신인왕전에 도전하게 되었다.

킥복싱을 위해 집을 나오다

다리를 절며 집에 올 때도 있고 눈이 부어오를 때도 있으니 하루는 어머니가 요즘 뭐하고 돌아다니냐고 물으셨고 할 수 없이 솔직히 말씀 드렸다.

어머니는 난리가 나셨다. 유도해서 팔 다친 것도 내가 속이 상해 죽겠는데 이번에 킥복싱을 해서 아예 죽으려고 하냐고 당장 집어치우라고 하셨는데 그럴 수가 없었다.

그러자 어머니는 말 안 들으려면 짐 싸고 나가라고 해서 방에 들어가 조용히 짐을 싸서 어머니에게 인사하고 나왔다. 친구 집에 가려고 하다가 관장님께 찾아갔다. 관장님은 마땅히 기거할 곳이 없으니 체육관에서 숙식을 하라고 했고 김치와 쌀은 갖다 주셨다.

그렇게 나의 또 다른 생활이 시작되었다.

어머니에게 죄송스럽지만 그때 당시에는 나의 우울한 삶의 유일한 돌파구였다. 샌드백을 치면 스트레스가 해소됐고 시합이라는 새로운 도전은 나에게 크나큰 목표가 되었다.

킥복싱에 몰두하여 대학 진학을 못해서 생긴 우울증과 좌절을 훌훌 털어 버리고 싶은 마음이 강했고 집에서 놀고먹는 아버지를 보는 것도 싫었다.

또 집에서 왔다 갔다 하면서 한두 시간 연습해서는 링에 오르는 자체가 위험하다고 생각했고 좀 더 연습량을 늘렸으면 하던 차라 집을 나오는 것에 대한 후회는 없었다.

오히려 누나가 내가 걱정되었는지 아니면 동병상련이었는지 가끔 찾아와 용돈도 주고 반찬도 사주고 해서 좋았다.

포기하지 않으면 된다

킥복싱 전국 신인왕이 되다

킥복싱에 입문한 지 3개월 만에 신인왕이 되었다. 전무후무한 일이다.

보통 사람이 3개월을 하면 이제 겨우 초보단계이고 시합은 생각할수도 없다.

나에게 시합을 권유한 관장님은 경험 삼아 나가보라고 하셨지만 보통 신인왕은 적어도 2년 정도는 해야 출전할 수 있다고 한다. 나중에왜 시합에 나가라고 권유했는지 관장님께 물어봤다. 그러자 관장님은내가 의지가 강해보였고 눈에 살기가 있었다고 했다.

그렇다. 그때는 세상이 싫었고 누구든 다 죽여 버리고 싶은 그런 충동이 있었을 때라 아마 눈에 살기가 있다는 관장님의 말씀이 맞을지도 모른다.

신인왕이 됐지만 그날 나는 기쁜 마음 반 허전한 마음 반 그런 심정이었다.

집에서는 반대하니까 당연히 시합을 알리지 않았고 주변에 아무에게도 알리지 않아서 나를 응원하거나 기뻐해주는 사람은 관장님뿐이었다.

모든 시합이 끝나자 몸이 욱신거리고 여기저기 너무 아팠다. 그렇게아픈 몸을 이끌고 우승 트로피를 들고 체육관으로 갔는데 왠지 모를공허함이 왔다.

    우승 상금 봉투를 열어 보니 만 원짜리 다섯 장이 들어 있었는데 너무 웃음이 나와서 그냥 껄껄 웃었다. 지금으로부터 20년 전이기는 하나 5만 원은 좀 서글펐다. 물론 돈을 바라고 한 것은 아니지만 다섯 장이라는 액수가 나를 슬프게 했다. 차라리 주지 말지……. 아아, 파스 값 주는 거구나.

    그렇게 웃고 그날 난 단잠에 들었던 기억이 난다.

포기하지 않으면 된다

트레이너가 되다

　체육관 관장님과 트레이너 사이에 가끔 마찰이 있었긴 했지만 그렇게 심각하게 생각하지 않았다.

　그러던 어느 날 트레이너가 나에게 짧은 시간이었지만 고마웠다고 앞으로 수고하라며 악수를 하는 것이다. 너무 갑작스럽게 일어난 일이라 당황스러워 아무 말도 하지 못했다. 이제야 좀 정들었는데…….

　알고 보니 급여에 관한 문제로 관장님과 마찰이 있었고 관원생들로부터 트레이너가 가르치는 것을 핑계로 구타를 한다는 항의가 간간히 들어 왔었는데 단순한 항의가 아니라 어떤 관원생은 아예 그만두고 나가버리는 상황이 발생하자 결국은 일이 커져버린 것이었다.

　그래도 잘 마무리되겠지 했는데 결국은 두 분 다 한 치도 양보를 안해서 트레이너가 다른 체육관으로 자리를 옮겼다. 그리고 그 자리를 내가 맡게 되었다.

　"앞으로 광희 네가 관원생을 가르쳐야겠다. 별로 어렵지 않아 너라면 충분히 할 수 있어."

　"이제 4개월 됐는데 제가 가르쳐도 되겠습니까?"

　"신인왕 타이틀이 있으니까 괜찮아."

　관장님은 다음날부터 나에게 지도를 맡기셨다. 내가 실력이 있어서 된 것이 아니기 때문에 기분이 그렇게 좋지는 않았다. 하지만 책임감이 생겨 더 열심히 할 수 있을 것 같았고 체육관에서 생활하고 있기 때문에 체육관을 위해서 그 정도는 해야 한다고 생각해서 다음날부터 관원생을 가르치기 시작했다.

이때 큰 것을 깨달았다. 사람은 기회가 언제 어떻게 올지 모르기 때문에 항상 준비해야 한다는 것을……

체육관을 인수하다

내 나이 겨우 20살 때 킥복싱 체육관을 인수받게 되었다.

관장님이 친구분과 예전부터 구상하던 사업이 크게 성공을 하자 더이상은 체육관에는 신경을 쓸 시간도 없었고 체육관은 솔직히 돈이 되지 않기 때문에 내놓으려고 하다가 나에게 해보라고 권유하신 것이다.

하지만 나는 돈이 없어서 할 수 없다고 말씀드렸더니 시설비와 권리금은 생각지도 않는다며 한 달에 수입의 몇 프로만 주고 보증금은 일년 안에 갚아 나가라고 했다.

너무나 좋은 조건이었고 지금 생각해보면 태어나서 처음으로 사업아닌 사업을 시작하게 된 것이기 때문에 그 기쁨은 말로 표현할 수 없을 정도였다.

의욕에 넘쳐 열심히 했지만 3개월이 지나자 관원이 점점 떨어지더니 4개월이 되는 달부터는 적자에 들어가기 시작했고 그것을 본 관장님은 안 되겠다며 건물주와 재계약을 포기하고 임대만료일까지만 체육관을 하고 보증금 받아 체육관을 철수하셨다.

내가 돈이 있었더라면 보증금을 관장님께 드리고 계속 해보겠다고 했겠지만 그럴 수 있는 형편도 아니고 군 문제도 있기 때문에 불가능했다. 설령 돈이 있어 계속 했더라도 적자를 면치 못했을 것이다.

나이가 어리다 보니 30대 이상의 성인들은 나에게 배우려 하지 않았

고 자기보다 나이 많이 어린 사람에게 숙이고 싶어 하는 한국 사람은
그리 많지 않았다.

그렇게 체육관을 4개월 정도 운영하고 접었고 킥복싱까지 그만두고
집으로 돌아가게 됐다.

사설경호원이 되다

체육관을 접고 집에서 한동안 쉬고 있으니 몸에 살이 붙어서 불과 3개월 만에 20kg이 쪘다. 다시 운동을 시작해야지 도저히 안 되겠다는 생각을 하던 차에 우연히 신문광고에서 사설경호원, 보디가드를 뽑는다는 문구가 눈에 쏙 들어 와 바로 전화를 했고 사무실로 찾아가 상담을 한 후 일주일 후부터 경호원교육에 들어갔다.

세상에 쉬운 게 없다더니 경호원교육은 결코 만만치 않았고 너무너무 힘들었다. 4주간 빡센 교육을 받고 최종테스트를 받는데 동기생 12명 중에 나 혼자 통과해서 수료를 했다. 기쁨도 잠시, 왠지 같이 고생한 동기들에게 미안해서 정말 난처했고 수료식 날도 서먹해서 혼났다.

그렇게 경호원 배지를 달고 한동안 우쭐해서 돌아다녔다. 그때가 1994년 1월로 유난히 추웠는데 추위도 잊은 채 경호원으로써 열심히 활동을 했다.

내가 주로 신변보호를 맡은 분은 〈돌아오지 않은 해병〉으로 유명하신 영화배우협회장 고故 장동희 선생님, 패션계의 거장 고故 앙드레 김 선생님이었고 당시 외국에서 오는 유명 가수와 모델들의 신변보호를 맡았었다.

고등학교를 갓 졸업한 내가 유명인을 직접 보니까 너무 신선했다. 그것도 그들을 보호하면서 가장 가까이에서 볼 수 있다니 얼마나 재

있었겠는가.

게다가 KBS 9시 뉴스에 '한국에도 영화에서나 볼 수 있는 사설경호원들이 있다'라는 내용으로 출연하기도 했다. 뉴스에 나오고 나서 얼마나 전화를 많이 받았는지 모른다. 그때만 해도 한국에 사설경호원이란 직업이 굉장히 낯설고 일반인에게는 잘 알려지지 않은 시기였다.

이때 경호원의 활동이 계기가 되어 경호, 경비회사의 최고책임자로도 근무했었고 지금은 경찰청법인 ㈜최강수비대 대표로 경호회사를 운영하고 있다.

검정양복에 선글라스를 끼고 어깨에 힘주고 다니는 것이 멋있어 보여 무작정 뛰어들었던 것이 지금은 경호 신변보호 회사의 오너가 되었다.

세상일은 아무도 알 수 없다. 다만 도전하고 꾸준히 노력하면 이룰 수 있다. 중국의 주나라 때 문왕이 만든 주역에도 노력하라는 말이 나온다. 정말 어릴 때부터 줄곧 들어온 얘기다. 하지만 그 노력이 제일 어렵다.

나는 20살의 신입 경호원에서 경호회사 오너가 되기까지 18년의 세월이 걸렸다. 세상에 그냥 되는 것이 어디 있겠느냐마는 정말 많은 우여곡절이 있었고 그 수많은 장벽을 넘어서 비로소 최고의 자리에 오를 수 있었다.

박근혜대통령의 동생이신 육영재단 박근령 이사장 결혼식 때 신변보호 사진.

당시 사회를 본 개그맨 권영찬씨.

군 입대를 하다

　6개월간의 짧은 경호원 생활을 뒤로 하고 영장이 나와 입대를 했다. 입영연기를 할까도 생각했지만 어차피 가야 하는 거 빨리 갔다 오는 것이 나을 것 같아 바로 입대했다.

　어른들은 요즘 군대가 어디 군대냐면서 너무 편해졌다고 염려 말라며 다들 한마디씩 했다. 하지만 그건 단지 어른들 생각이었지 실제로는 많이 달랐고 군 생활은 운동선수생활만큼이나 힘들었다. 하지만 나 혼자만 하는 것도 아니고 여럿이서 다 같이 하는데 못할 게 뭐가 있겠나 싶어 항상 긍정적으로 생각했다.

　처음 신병교육대에 들어가서 직각식사를 한다면서 밥을 한 숟가락을 퍼서 얼굴까지 올리고 밥을 먹게 했다. 그렇게 두 숟가락 먹으니까 식사 끝. 어이가 없어 웃음이 나왔다. 군대는 내가 생각했던 것보다 쉽지 않았다. 제일 힘든 게 배고픈 것이었다.

　그렇게 군 생활이 시작됐다.

신병교육대 배식장이 되다

신병교육대에서 빠릿빠릿하게 움직였더니 조교 중에 한 사람이 나를 잘 봤는지 하루는 "네가 오늘부터 120명의 식사를 책임지는 배식장이다. 알겠나?" 하는 것이었다.

배식장은 밥 먹기 전에 하는 체력훈련, 군가제창, 제식훈련이 다 열외다. 하지만 배식이 빵구가 나면(실패하면) 군기교육을 받아야 하는 쉽지 않은 일이다.

배고픈 신병훈련소에서 배식장의 파워는 하늘을 찌른다. 나에게 잘 보여야 맛있는 닭고기라도 하나 더 주고 햄버거에 들어가는 고기도 넉넉하게 주지 안 그러면 택도 없다.

남들은 밥 먹기 전에 목이 터져라 10분간 군가를 불렀고 팔굽혀 펴기, 앉았다 일어서기 500회를 해야만 밥을 먹을 수 있었는데 나는 배식을 총괄 지휘해야 하기 때문에 한 번도 해본 적이 없다. 지금 생각해도 아찔하다

신병훈련소 생활은 재밌고 배부르게 잘했던 것 같다.

악명 높은 수색대대로 차출되다

그렇게 신병교육을 마치고 자대로 배치되는 날 한숨만 나왔다.

신병교육대 퇴소 일주일 전에 교육관으로 다 집합하라고 해서 모였다.

소문에 의하면 독수리마크를 단 부대는 사단에서 제일 빡센 수색대대인데 그 부대에 차출되면 군 생활 꼬인다는 것이다. 설마 내가 거기 가겠나 싶어 별 신경 쓰지 않았는데 이상한 독수리마크를 달고 나타난 중위 한 명이 "야, 이리 나와 봐."라고 해서 관등성명을 대고 앞으로 나갔다.

"너 체력 좋아?"

"체력 좋지 않습니다."

"팔굽혀펴기 실시."

"팔굽혀펴기 실시!"

그렇게 팔굽혀펴기를 했는데 한 2개 하고 3개째 올라오면서 팔을 달달 떨다가 푹 쓰러졌다.

"괜찮아. 우리 수색대대 오면 100개는 숨도 안 쉬고 한다. 일어서."

벌떡 일어섰더니 중위가 일주일 후에 보자며 나의 훈련병 번호를 적고 웃으면서 가버렸다.

그렇게 수색대대에 차출되고 자대로 배치되는 날 조그만 트럭이 데리러 왔다. 나는 나 혼자인 줄 알았는데 나 말고도 세 명의 동기가 더 있어서 왠지 모르게 힘이 났다.

그렇게 네 명은 트럭을 타고 가는 40분 내내 한 명씩 트로트를 불러야 했고 끊기면 바로 머리를 바닥에 박아야 했는데 동기 중 한 명이 트로트를 못해서 그 녀석 차례만 되면 계속 다 같이 머리를 박았다.

그렇게 한참을 가다가 큰 독수리상이 보였는데 부대에 거의 다 온 것 같았다. 입구에서 차가 섰고 "전부 내려!"라는 소리가 들려서 내렸더니 이제 부대 안쪽까지 오리걸음으로 가라고 한다. 맨 마지막으로 들어오는 놈은 오늘 저녁은 없다는데 치사하게 밥 먹는 것 가지고 또 이러는 구나 싶었지만 군대에서는 제 시간에 밥을 못 먹으면 어디 가서 먹을 수가 없다. 죽기 살기로 해서 1등으로 들어 왔다.

그렇게 수색대대에서의 군 생활이 시작이 되었다.

군 생활 1

누구나 다 자기 군 생활은 힘들다고 한다.

내 친구 중에 학교를 일찍 들어와 나이가 한 살 어려서 군대를 제일 늦게, 그것도 상근예비역으로 간 녀석이 있다.

상근예비역이란 방위제도가 없어지고 일 년은 현역생활을 하고 일 년은 방위병처럼 동네 동사무소에서 근무를 하는 시스템이다.

하루는 이 친구와 소주를 한 잔 하는데 한 잔 쭈악 들이키더니 눈물을 글썽이는 거다. 군 생활이 힘들다면서……. 너무 어이가 없어서 뭐가 힘드냐고 물어봤더니 걸핏하면 동사무소 옥상에 집합해서 고참들이 갈구고 겨울에 추워서 고지서 돌리려 다니기 너무 힘들다는 것이었다.

참 기가 막히고 어이가 없었다. 누구는 영하 19도나 되는 최전방 수색대대에서 죽을 고비도 여러 번 넘기면서 그 고생을 하고 제대했다. 또한 수색대대는 훈련 강도도 엄청나게 세고 군기가 장난이 아니다 그런데 고작 집 앞에 동사무소에서 근무하면서도 힘들다고 우니 녀석이 그렇게 한심해보이고 갑자기 꼴도 보기 싫어지는 것이다.

사람이 다 같지는 않기 때문에 별 거 아닌 것도 다른 사람에게는 힘이 들 수 있고 어렵게 느껴질 수도 있는 것인데 하지만 젊은 시절은 힘들게 고생도 해보는 것이 나중에 본인에게 도움이 많이 되는 것은 확실한 것 같다.

일본에서는 군대를 가고 싶어도 못가기 때문에 군대 체험을 하고 싶어 하는 사람이 제법 많다. 뿐만 아니라 국내에서도 군 면제 받아서 총을 쏴보고 싶어도 쏴볼 기회가 없어서 돈을 내고 사격장에 가서 쏘는 사람도 있다.

결국 모든 일은 입장의 차이고 어떻게 받아들이느냐의 차이이지 상대의 입장에 서서 보면 이해하지 못할 일도 아닌 것 같다.

나 역시 군대에서 영하 19도에서 동상도 걸려보고 야간 행군하다 절벽으로 미끄러져 죽을 고비도 넘겨보고 온갖 힘든 역경을 이기고 큰 경험을 한 것이 나중에 사회에 나와서 엄청난 도움이 된 것을 생각해보면 수색대대에서 근무한 것을 감사하게 생각한다.

군 생활 2

수색대대 자대배치 받고 3개월 만에 28kg이 빠졌다.

규칙적인 생활에 매일같이 기상하면 팬티 하나 달랑 걸치고 구보를 한다.

어차피 민간인 통제구역이라 누가 보는 사람도 없고 사람이라곤 같은 부대 군인이 전부다. 그렇기 때문에 팬티 하나 달랑 걸치고 매일 한 시간씩 달린다.

게다가 훈련도 힘들고 수색대대는 걷는 것이 상당히 많다. 모르는 사람들은 걷는 게 뭐가 힘든가, 그냥 걸으면 되는 거 아니냐고 생각하는데 나는 걷는 것이 세상에서 그 무엇보다도 힘들다는 것을 군대에 가서 처음 알았다.

그렇게 많이 걷기 때문에 군살이 붙을 겨를이 없었고 또 고참 들이 수색대대는 몸집이 너무 크면 안 된다고 하면서 밥을 조금씩 먹이는데 정말 미쳐버린 뻔했다.

밥을 많이 푸면 강제로 2/3를 덜어 버리고 계속 많이 푸면 밥을 아예 먹지 못하게 심부름을 시킨다. 그나마 심부름은 좀 괜찮은 것이다.

며칠간을 밥 먹는 것을 쳐다만 본 적도 있다. 그래서 너무 배고파 버리는 빵을 버리는 척하면서 몰래 다른 곳에 짱 박아 놓고 동기랑 둘이서 망을 보면서 먹기도 하곤 했다. 이게 무슨 말이냐면 제대가 얼마

포기하지 않으면 된다

남지 않은 병장들은 군대에서 나오는 정량 소보루 빵을 맛이 없다며 먹지 않는다. 그게 쌓이면 갖다 버리라고 우리 이등병에게 시킨다. 그러면 그 빵을 버리는 척하면서 쓰레기장 옆에다 봉지에 잘 넣어서 잘 보관해 놨다가 기회가 오면 먹는다.

먹는 장소는 실외 소연병장 옆 간이 화장실이다. 동기와 둘이서 한 명씩 망을 보며 먹어야만 하는데 빵을 먹다 걸리면 얻어맞기 때문에 몰래 들키지 않고 먹을 만한 곳이 푸세식 간이 화장실밖에 없었다.

푸세식 화장실은 냄새도 많이 나서 잘 이용을 하지 않는다. 가끔 전투 체육시간에 고참들이 실내 화장실로 들어가는 것이 귀찮아서 이용하기도 하지만 대체로 이용을 안 하기 때문에 들키지 않고 빵을 먹을 수 있는 유일한 곳 이었다.

지금 생각하면 웃음만 나온다. 그때는 그 정도로 배가 고파 힘들었다.

이런 말을 하면 무슨 6.25 때 군 생활 했냐며 안 믿는 사람들도 있는데 그렇게 힘들게 고생을 했기 때문에 오늘날의 내가 있는 것이 아닐까 생각을 하기도 한다.

나의 슬픈 옛 이야기다.

군 생활 3

자대 생활 3개월 만에 집에서 처음 면회를 왔다.

군대에서는 면회를 자주 와도 고참들 눈치가 보이지만 너무 오지 않아도 무시를 당한다.

면회가 왔다고 하길래 누가 왔을까 너무 궁금했다. 집에서 왔을 것이라고는 상상도 못했다.

면회가 오면 고참들이 분주해진다. 1계장 전투복을 다려줘야 하고 급조로 전투화 물광도 내줘야 하고 머리가 지저분하면 5분 만에 머리도 깎아 준다.

그렇게 깔끔하게 준비를 하고 피엑스 쪽으로 갔는데 저 멀리 식구들이 보였고 어떻게 된 것인지 누나도 아버지, 어머니 옆에 같이 있었다.

내 쪽을 쳐다보고 기다리고 계셨는데 점점 거리가 가까워져서 알아봤다고 생각했지만 가족들은 전혀 나를 알아보지 못했고 바로 앞에서 경례를 하니까 어머니는 그만 그 자리에 주저앉으셨다. 내가 너무 살이 많이 빠져서 식구들이 알아보지 못한 것이었다.

어머니가 울자 누나도 울고 아버지도 눈물을 글썽이시고 그 모습을 보자 나도 한없이 눈물이 뺨을 타고 밑으로 뚝뚝 떨어졌다.

한참을 그렇게 있었더니 아버지가 여기서 이러지 말고 부대 밖으로 나가서 광희 뭐 좀 먹이자고 하면서 어머니를 일으켜 세우셨다. 그렇

포기하지 않으면 된다

게 고깃집으로 갔고 온 가족이 식사를 했는데 다 같이 식사를 한 것이 얼마만인지 너무나 기뻤다.

가족끼리 식사하는 것은 당연한 것인데 그 한 끼의 식사가 왜 그리 감사하고 좋았는지 그리고 그 식사가 온 가족이 모여서 같이 하는 마지막 식사라고는 그때는 미처 생각하지 못했다. 그리고 그 면회는 내 군 생활 26개월 중에 처음이자 마지막 면회였다. 그 후로는 아무도 면회를 오지 않았고 나 또한 바라지도 않았다.

집안 형편이 너무 어려웠기 때문에 면회 한 번 오면 비용도 만만치 않고 어머니도 몸이 편찮으셔서 오히려 안 오시는 게 맘이 편했다.

하지만 나는 꿋꿋하게 군 생활을 그 누구보다 더 열심히 잘 했다.

군 생활 4

일병 정기휴가를 나갔다.

집에 가니까 모르는 사람이 나오는 거다.

누가 집에 놀러 왔나 싶었다. 그런데 그 사람이 되려 나에게 어떻게 오셨냐면서 누굴 찾냐고 하길래 우리 집이라고 했더니 그 사람이 2달 전에 이사 왔다는 것이다.

전에 살던 분은 어디로 갔는지 혹시 아시냐고 했더니 "잘 모르는데 전화를 해보지 그러세요."라며 이상한 눈으로 나를 쳐다보는데 기분이 씁쓸했다. 알겠다며 그냥 돌아서 나왔는데 너무나 허무하고 멍하니 어리둥절했다.

그래서 하루는 친구 집에서 머물고 다음날부터 수소문해서 이틀 만에 대충 집이 어디쯤이라는 것을 알아냈다.

근데 수중에 돈이 하나도 없어서 서울에서 안성까지 걸어갔다. 11시간 30분 정도 걸렸는데 그것도 빠른 걸음으로 작전 뛴다고 생각하고 강행군을 했다.

친구도 집에서 노는 것이 눈치가 보여 최근에 당구장에서 알바를 시작한 것 같아서 차마 돈 이야기를 할 수가 없어 그냥 걸어가기로 마음을 먹었는데 군대에서 흙 위를 걷는 행군과 도로 위를 걷는 것은 차이가 많았다.

하지만 군대에서 천리행군도 하고 24시간 동안 잠을 안 자고 100km 행군도 했던 터라 훈련의 일부라고 생각하면서 걸었다.

안성에 도착하니 피로가 몰려 왔다. 번지수를 보고 찾아서 집에 도착하니 밤 열 시가 막 지날 무렵이었다.

그 시간에 올 사람이 없는데 누군가 싶었는지 아버지가 "누구요?"라며 큰소리로 물으셨다. 단결 경례를 붙이고 "일병 이광희는 몇 년 몇 월부터 며칠까지 일병 정기휴가를 명받았습니다. 이에 신고합니다!"라고 했더니 깜짝 놀라셨다. 어머니는 겨우 자리에서 일어나셨는데 몸이 많이 편찮으셔서 제대로 거동을 못하셨다.

전에 있던 집에서 왜 이리로 왔냐고 아버지에게 물었더니 보증금 다 까먹고 집세를 못 내서 이리로 왔는데 아는 분이 6개월은 그냥 살고 6개월 후부터 집세를 내라고 했다면서 이것이 모두 하나님의 은혜라고 말씀하시는데 울화통이 터졌다. 그래도 휴가 나와서 아버지와 싸울 수도 없는 일이라 그냥 타는 속을 가라앉혔다.

그럼 생계는 어떻게 유지하냐고 여쭤봤더니 어머니가 너무 몸이 안 좋으셔서 아버지가 막노동에 나가신 지 열흘 째라고 하셨다. 아버지가 막노동에 나가신다니 참 해가 서쪽에서 뜰 일이었다.

그렇게 아버지와 어머니 두 분이 살고 계셨는데 누나는 여전히 연락이 없다고 하셨고 어머니와 아버지는 내가 휴가 나올 것이라고는 꿈에도 생각을 못하시고 부대에 연락을 안 하셨다고 한다.

그것이 내가 집으로 갔던 처음이자 마지막 휴가였다.

나중에 알게 된 사실이지만 막노동을 며칠 나가던 아버지가 자괴감에 빠지셨는지 소주 열 병 정도를 드시고 승용차로 사람을 치었는데 사람이 많이 다쳐서 합의금으로 8천만 원을 요구했고 돈이 없어서 10개월 동안 감옥 생활을 하셨다고 어머니에게 들었다.

그나마 상대가 죽지 않아서 다행이지 음주운전에, 신호위반에, 과속에, 중앙선 침범에 아무튼 도로교통법 항목에 들어가 있는 것 중에서 중대과실 7개 이상을 다 어기셨으니 실형 10개월이야말로 하나님의 은혜였다.

그렇게 아버지는 감옥에 가셨고 누나는 혼자 산다고 집을 나가 연락이 없고 어머니는 아시는 분 식당에 숙식을 하며 일하고 계셨는데 그 사실도 말년휴가를 나와서야 알았다.

내가 혹시나 탈영할까 봐 걱정이 된 어머니가 일부러 연락을 안 하셨고 나도 집안일은 모든 것을 잊고 살고 싶어서 군 생활에만 전념을 했다.

위의 모든 사실은 제대를 얼마 남겨두지 않은 어느 날 어머니가 부대로 전화를 하셔서 알게 되었다.

집이 공중분해 됐는데도 그리 놀라지는 않았다. 어릴 때부터 너무나 많은 것을 겪어 왔었고 또 아버지가 일을 하지 않는 집안이 잘될 리가 없다고, 당연한 것이라고 생각했기 때문이다.

아버지가 막노동을 과연 며칠이나 하실까. 안 그래도 그런 생각을 했었는데 아니나 다를까, 그런 일이 생겨서 모든 식구가 뿔뿔이 흩어져 살아갔다.

참으로 가슴 아픈 가족사이다.

군 생활 5

난 군 생활이 힘들었지만 나에게는 잘 맞았다. 군인이나 경찰을 직업으로 했으면 아마도 크게 됐을지도 모르겠다.

군대에서는 휴가가 정해져 있다. 일병, 상병, 병장 말년휴가는 육해공 전군이 동일하다. 지금은 어떻게 바뀌었는지 모르겠지만 그때는 그랬다.

그리고 부수적으로 포상휴가가 주어지는데 나는 군 생활이 체질인지 제대하는 동안 9번의 포상 휴가를 받았다. 저격수라 사격을 상당히 잘해서 받기도 하고, 씨름을 해서 받기도 하고, 체육대회 때 나가서 받기도 하고, 지휘관 자체 포상으로 받기도 하는 등등 고기도 먹어본 놈이 먹는다고 한두 번 포상휴가를 따내니까 그다음은 문제도 아니었다.

또한 수색대대는 다른 부대와는 달리 자체 휴가권을 발급할 수 있는 부대라서 휴가를 많이 갈 수 있었다.

수색대대는 사단 직할대라서 훈련도 힘들고 고된 일은 전부 맡아서 하기 때문에 사단에서 유일하게 자체 휴가권 발급을 용인하는 유일한 부대였고 그래서 그런지 수색대대장님이 파워가 세고 항상 멋있어 보였다.

하지만 나는 휴가가 반갑지 않았다. 집안 돌아가는 것 보면 속상해서 오히려 기분이 우울해져 부대로 돌아오고 또 왔다갔다 경비가 들어가고 하니 제대할 때까지 휴가를 나가지 않는 게 나의 목표였다.

그래서 휴가를 부대원들에게 다 나눠주고 해서 부대원들이 날 상당히 좋아했고 나중에는 부대원들이 이상하게 생각하자 소대장님에게 반납했다. 당시 소대장님이 학창시절 유도부 선배였다. 그렇게 만나기도 상당히 힘든데 말이다.

그러던 어느 날 상병 정기휴가가 다가오자 너무나 고민이 되어서 잠도 오지 않았다. 위에서 말한 포상휴가는 남에게 줄 수도 있고 반납도 되지만 정기휴가는 무조건 전군이 동일하게 다 가야 하는 것이다.

그래서 상병 정기휴가도 반납을 하고 싶다고 했더니 중대장님 개인 면담이 들어 왔다. 내막을 잘 모르는 중대장님은 당연히 이해가 가지 않았을 테고 혹시 무슨 심각한 문제라도 있나 싶어서 걱정을 많이 하신 것 같다. 나도 나지만 대대에 무슨 큰 문제라도 생기면 중대장님과 대대장님은 승진이 누락된다. 군에서는 그것이 얼마나 큰지 군대 갔다 온 사람들은 아마 잘 알 것이다.

그래도 나는 휴가 나가는 것이 정말 싫었다. 한 번은 포상휴가를 받아 나갔는데 집에는 가고 싶지 않아서 친구 집으로 갔다. 그러나 친구가 반가워하는 것도 딱 이틀이다. 친구들 집에 이틀씩 머물며 6박 7일을 보냈더니 이것은 할 짓이 아니라고 느껴서 그 후부터 아예 휴가를 나가지 않았던 것이다.

하지만 정기휴가는 반납이 안 된다기에 휴가 나가서 바로 건설 인력 사무소로 갔고 막노동을 하기로 마음을 먹었다.

그런데 인력사무소에서 신분증을 달라고 하는 것이다. 군인은 입대

하는 순간 민간인이 아니라 국방부에서 신분증을 가져가 버린다. 그래서 신분증을 분실해서 재발급 중이라고 핑계를 댔다. 그때 당시는 재발급 받으려면 보름 이상 걸렸다. 법적으로 군인은 일을 할 수 없게 되어 있어서 나는 별다른 방법이 없었고 어떻게든 보름을 버텨야 했기 때문에 그렇게 할 수밖에 없었다.

간신히 거짓말을 해서 일을 시작했고 13일간 일하고 하루는 쉬고 부대에 복귀했다. 일도 잘한다고 돈도 더 받고 해서 부대에 복귀할 때는 수중에 꽤 많은 돈이 모여 있었다.

그 후로 나는 휴가를 부대원들에게 안 주고 내가 직접 나가 바로 막노동판에서 열심히 일을 해 돈을 모으기 시작했다.

지나간 추억이지만 아직도 머릿속에 선명하게 남아 있는 나의 군대 생활이다.

군 생활 6

여태껏 살면서 죽을 고비를 여섯 번 넘겼는데 그중에서 세 번이 군 대에서 벌어진 일이다.

세 번 중에 한 번은 야간 행군 중에 졸다가 절벽 밑으로 떨어진 것 이고 한 번은 기관총 사격 중에 신병의 실수로 큰 참변이 일어날 뻔한 것이며 마지막 세 번째는 수류탄 투척시간에 벌어진 일이다.

대대장님은 상당한 괴짜셨는데 수색대대 요원들은 담력이 좋아야 한다며 수류탄 안전핀을 뽑고 손에 가장 오래 들고 있는 사람에게 6 박 7일 포상휴가를 준다고 했다.

보통 수류탄은 이중 안전장치가 되어 있다. 하나가 안전클립이고 또 하나는 안전핀인데 안전클립을 제거하면 안전핀을 뽑아야 한다. 이 안 전핀까지 확실히 뽑고 손을 떼야만 안전손잡이가 반대로 확 젖혀져서 뇌관을 치고 그 충격으로 화약이 타 들어가 4~5초 사이에 꽝 하고 터 지는 것이다. 아무리 강심장도 2초 이상은 들고 있기 힘들다.

나는 오히려 휴가를 싫어하기 때문에 오래 들고 있을 이유가 하나도 없었는데 내 스스로 얼마나 담력이 좋은지 시험해보고 싶어서 최대한 들고 있었지만 2초에서 더 이상은 들고 있기 힘들었다.

옆에서 부소대장님이 숫자 카운터를 세고 다들 긴장감이 돌고 있는 가운데 어제부터 이등병 녀석 하나가 기운이 없어 보이더니 포상휴가라는 말에 눈빛이 달라지는 것이 예사롭지 않았다.

3초까지 갔는데 아무런 미동도 하지 않아서 카운터를 하던 부소대장님이 손을 꽉 쳐서 수류탄이 절벽으로 떨어졌고 곧바로 꽝 하고 소리가 났다.

수류탄 투척은 절벽 위에서 아래로 던진다. 평지에서는 위험해서 할 수가 없고 자칫 큰 사고로 이어지기 때문이다. 다 엎드렸는데도 공중에서 터져서 파편이 위로 솟구쳤다. 다들 너무 놀랐고 대대장님도 그 후로는 다시는 포상을 걸지 않으셨다.

후임병이 그런 무모한 짓을 한 것은 다름 아닌 여자 친구가 헤어지자고 편지가 와서 탈영을 결심했는데 마침 그런 포상이 주어지자 눈에 보이는 게 없었기 때문이었다.

그렇게 녀석은 휴가를 갔고 여자 친구의 마음을 돌리지는 못하고 깔끔하게 정리를 하고 돌아왔다고 했지만 아무튼 그 일로 정말 순간 죽음의 문턱까지 가는 그런 상황이 벌어졌었다.

생각만 해도 끔찍하다.

군 생활 7

　유합도 창시자인 나는 어릴 때부터 텔레비전에서 나오는 중국무술을 보고 나름대로 흉내도 내고 또 마음대로 지어서 하기도 했는데 군대에서는 특공무술 특술형 1형 2형을 직접 만들어서 하기도 했다.

　수색대대는 전 대원이 태권도 100%의 승단률은 기본이고 특공무술과 강도 높은 체력단련으로 항상 만반의 준비를 하고 있는 최정예부대였다.

　지금 현 특공무술 창시자인 회장님이 보시면 웃으시겠지만 그때는 그랬다. 얼마 전에도 특공무술 회장님과 같이 뼈다귀 감자탕을 먹으면서 국내무술계의 흐름에 대하여 이야기하고 차도 한 잔 하며 좋은 시간을 가졌는데 엘리트체육에 집중되어 있는 현 시대의 문제점을 보완하기에는 많은 어려움이 있는 것이 사실이다.

　군 생활이 한참 젊고 중요한 시기에 흐름을 깨는 것이고 시간을 낭비하는 것이라고 말하는 사람도 상당수다.

　하지만 나는 군에서 내성적인 성격도 바뀌었고 생활력도 강해지고 철이 들어서 제대를 했기 때문에 정말 큰 도움이 됐고 나에게 정말 중요한 시기였다고 생각한다.

군 생활 8

1996년 9월 18일 무장공비의 잠수정이 동해로 침투했는데 기능고장으로 강릉 해안가에 정박했고 공비들이 뿔뿔이 흩어져 나라는 초비상사태로 이어지고 전방지역 군이 거의 다 동원이 되어 전시상황과 같았다.

이때 나는 상병 말호봉으로 M60기관총 사수였다. 갑자기 아침에 비상사태 발생이라고 해서 훈련 상황인 줄 알았는데 중대행정반의 마이크 소리에 훈련이 아닌 실제 상황이라고 해서 정말 너무 놀랐다.

상부에서는 공비들이 북쪽으로 이동을 하여 도주할 것이니 미리 도주로를 차단하겠다며 그물망처럼 촘촘하게 병력을 배치했다. 수색대대인 우리는 몇 개 분대는 매복을 하고 나머지는 토끼 사냥처럼 밑에서 위로 몰아가고 위에서도 밑으로 몰아가는 식으로 수색정찰을 실시했다. 이때 우리 수색대대는 인명피해가 없었지만 타 부대에는 사망자도 있었고 부상자도 상당했었다.

이때만 해도 공비 잡아서 포상금 받고 1계급 특진하자며 열의에 차 있었다. 그러나 점심을 먹고 중대장님이 분대별로 손톱깎이를 주시더니 가족에게 편지를 쓰고 손톱과 머리카락 하나씩 뽑아서 넣으라고 하는데 그런 기분은 태어나서 처음 느껴봤고 정말이지 순간 그 멍한 느낌은 지금 생각해도 소름이 끼친다.

세월이 많이 지나서 하는 말이지만 이때 공식적으로 보도된 것보다 사상자가 훨씬 많았으며 같은 아군끼리 서로 총을 쏘고 수류탄 던지고 정말로 아비규환이었다.

　며칠을 그렇게 보내고 공비 한 명만이 북으로 도주했고 나머지는 전부 소탕하여 모든 게 잘 마무리됐지만 참으로 여러 가지를 느끼게 해준 기억이다.

군 생활 9

어머니에게 한 통화의 전화가 왔다.

일 년 만에 들어보는 어머니의 목소리였다. 어머니는 언제 제대하냐고 물어 보시며 한없이 흐느끼셨다. 그러면서 미안하다고 하시는데 오히려 내가 죄송했다. 남자가 돼서 어머니 옆을 지켜드려야 하는데 군대 간 핑계로 어머니를 혼자 방치했으니······.

어머니가 주소와 전화번호를 알려주셨다. 어머니가 일하고 있는 식당 주소와 전화번호였다.

내일 모레가 말년 휴가였는데 어머니가 계시는 식당으로 가지 않고 다시 인력사무실로 갔고 그렇게 열심히 일하고 3일은 쉬면서 제대하면 일할 직장을 알아보기 위해 주위에 아는 분들에게 부탁을 드리러 분주하게 움직였다.

경호원을 계속 하고 싶은 마음도 있었지만 그 당시는 정식으로 경비업법이 생기기 전이라 내가 다니던 경호회사를 포함한 국내 주요 몇몇 사설 경호회사가 합법이 아니라는 이유로 다 문을 닫고 대표들이 구속된 그런 상황이었다.

그래서 경호회사에서 가장 절친했던 형이 외국계 일류호텔 보안팀에 근무를 하고 있다고 하길래 그곳에 찾아갔다.

그런데 형이 호텔은 티오가 없고 2년에 한 번 정도 인원을 선발하기 때문에 힘드니까 우선 아쉬운 대로 일반 나이트에서 일하고 있다가 자리가 나면 바로 옮겨 주겠다고 했다. 난 알겠다고 했고 그것만으로도 정말 고마운 일이었다. 그때가 1997년 4월이었는데 연봉 1,500만 원을 받고 일하기로 계약했다.

영화 〈로드하우스〉의 패트릭 스웨이즈가 하는 일이 바로 내가 하는 일이었다. 일명 '가드맨' 또는 '바운서'라고 하는데 술 취하고 행패부리는 손님을 막거나 밖으로 내보내는 그런 업무를 한다. 우리나라에서는 주로 '유흥업소 기도'라고 많이들 이야기한다.

그렇게 직장을 구해 놓고 마음 편하게 부대로 복귀했다.

군 생활 10

병장 정기휴가, 즉 말년휴가를 갔다 오고 제대가 열흘 밖에 남지 않았다.

하지만 중요한 훈련이라면서 중대장님, 소대장님이 훈련을 해주기를 바라셨다. 승진에 관련된 정말 중요한 훈련이었던 것 같다.

보통 말년휴가를 갔다 오면 떨어지는 낙엽도 조심하라고 대부분 군 생활 열외를 시켜준다. 그동안 열심히 군 생활 잘 해줬다는 부대의 배려라고 보면 맞을 것이다.

솔직히 나도 그 동안 그 누구보다 열심히 군 생활을 해 왔기 때문에 이제는 좀 쉬고 싶었지만 중대장님과 소대장님의 부탁을 거절할 수 없었다. 그래서 그날 다시 머리를 짧게 깎고 내 생의 마지막을 훈련을 내가 진두지휘하고 내 대원들을 이끌고 마지막을 훈련을 나갔다.

보통 말년 병장은 후임병들에게 잘 해준다. 그동안 잘 못해준 것, 또는 서운한 일 등을 풀고 사회로 복귀하려는 의미에서 되도록이면 간섭을 하지 않고 이제 앞으로 군 생활을 계속할 이들에게 모든 것을 인수인계하고 뒤로 물러나는 것이다.

그래서 부대원들이 내가 제대할 날이 며칠 남지 않았는데 융통성 있게 쉬엄쉬엄 하자고 하길래 정신이 바짝 나게 큰소리를 쳤다. 그렇게 할 것 같으면 아예 훈련에 나오지 않았을 것이라고 말이다.

부대원들은 약간 서운해하는 표정이었다. 하지만 어쩔 수 없는 일이었고 나는 마지막 하루까지 최선을 다하고 싶었다. 그렇게 열심히 했고 타 부대에게 우리 부대가 큰 점수 차로 이겨서 사단에서 우리 수색대대로 돼지 몇 마리가 포상으로 나왔다.

그렇게 일주일간의 훈련을 마치고 나는 곧바로 사단으로 들어가 3일간 전역대기를 하고 군 제대를 했다.

나중에 후임병들에게 들은 이야기지만 나 때문에 부대에 말년병장 열외가 없어졌다며 다들 나를 무척이나 원망하고 있다고 했다.

군 생활은 정말 잊지 못할 나의 소중한 추억이다.

제대 후 사회로 복귀하다

그렇게 군 생활을 마치고 사회로 복귀했다.

어머니가 계시는 식당을 가보니 어릴 때 옆집에 사는 아주머니가 식당을 운영하고 계셨는데 어머니는 거기서 숙식제공에 월 70만 원을 받으시며 지내고 계셨다.

어머니를 보는 순간 나는 너무 놀랐다. 그렇게 멋쟁이 어머니가 동네에서 흔히 볼 수 있는 구부정한 할머니가 되어 있었다. 불과 2년 반사이에 말이다.

어머니에게 거수경례를 했다.

"단결! 예비역 병장 이광희는 1997년 7월 2일부로 전역을 명받았습니다. 이에 신고합니다. 단결!"

어머니에게 큰절을 하고 어머니와 나는 부둥켜 안고 한 없이 울었다.

그러자 주인아주머니가 두 사람 너무 울면 쓰러진다면서 그만 울라고 하셨고 '광희 배고플 텐데 밥 먹어야지' 하면서 밥을 차려 주셨다. 어머니는 내가 밥 먹는 모습을 옆에서 끝까지 지켜보셨다.

밥을 다 먹고 어머니가 잠깐 같이 갈 곳이 있다면서 내 손을 이끌고 나를 큰 대로변으로 데리고 가셨는데 도착한 곳은 다름 아닌 휴대폰 가게였다. 거기서 어머니는 맘에 드는 것을 고르라면서 흐뭇하게 웃고 계셨고 가장 저렴한 게 어떤 거냐고 직원에게 묻자 어머니는 아니라고 가장 비싼 걸로 달라고 하시면서 전역기념 선물인데 제일 비싼 걸로 사주고 싶다고 하셨다.

그렇게 제일 비싼 백만 원 정도 하는 핸드폰을 선물로 받아서 매장을 나오는데 또 눈물이 계속 밑으로 흘러내렸다.

어릴 때는 계모인 줄만 알았던 어머니, 항상 스파르타식으로 키우시던 강하고 멋진 어머니가 어느새 주름이 자글자글한 할머니가 되어 저렇게 힘없는 눈으로 나를 바라보시는데 마음이 찢어지는 것 같았다.

난 마음속으로 다짐을 했다. 이제부터 죽도록 일해서 어머니를 편하게 모시겠다고 말이다.

첫 출근을 하다

군 전역을 하고 그날 하루 정말 어머니와 같이 편히 잠들었다.

다음날 오후 4시 출근인데도 군에서 매일 6시에 기상했기 때문에 아침 6시에 눈이 떠졌다. 한 달 정도 그랬는데 역시 반복적인 것이 얼마나 무서운지 새삼 느끼게 되었다.

그렇게 첫 출근을 했다. 내가 일하던 곳은 '하드록카페'라고 세계적으로 유명한 일반 대중음식점인데 각 나라마다 하나씩 있는 제법 큰 회사였다.

오후 4시부터 밥장사를 하고 저녁 9시가 되면 나이트로 바뀌서 12시에 마감을 하는 곳이었는데 강남의 청담동에 위치한 이곳은 그때만 해도 연예인이 많이 오고 제법 물이 좋기로 소문나서 밤만 되면 불야성을 이루곤 했다.

그러다 보니 술을 마시고 옆 테이블과 시비가 붙어 싸움이 일어나기도 했고 기물을 부수는 사람들, 돈 안 내고 도망가는 사람들, 이런 사람들 때문에 많이 애를 먹었다.

바운서는 나와 또 한 명이 더 있었고 나이가 5살이나 많은 형님이었다. 그런데도 나에게 말을 놓지 않고 너무나 조심스럽게 잘 대해줬는데 알고 보니 경호회사 후배 기수였다. 그것도 한참 밑에 후배기수.

이 일을 하면서 군대에서 기른 인내심이 많이 도움이 되었다. 바운서는 직원이고 상대는 손님이라 무조건 방어만 해야 한다. 계약 당시에도 손님과 싸움이 나면 안 되지만 혹시 시비가 붙어 싸움이 나도 회사 측에서는 아무것도 해줄 수 없고 모든 것을 본인이 처리해야 한다는 조건이 있었다.

세상사는 것이 참고 인내하는 것에 연속인 것 같다. 대체로 사람이 실수하고 후회를 할 때 보면 순간을 참지 못해서 안 좋은 일이 벌어지고 그로 인해 돌이킬 수 없는 그런 상황을 어렵지 않게 보곤 하는데 그것이 다 인忍이 부족해서 그런 것이다.

성질이 급한 사람일수록 참는 것은 더욱 힘든데 이것을 단지 타고난 성격性格이라고 생각하고 넘어 간다면 언젠가는 그 성격 때문에 큰 낭패를 볼 것이 분명하다.

나도 성격이 급한 편이라 지금도 새벽 다섯 시에 일어나 산에 올라 2시간 이상 차분하게 유합도 수련을 한다.

예전에는 서예를 하기도 했다. 그래서 지금은 예전보다는 많이 차분해졌고 살아가는데 많은 도움이 되는 것 같다. 노력으로 고칠 수 있는 것은 반드시 고치는 것이 맞다.

나의 군 제대 후 첫 직장은 그렇게 고단했다.

어머니가 간암 말기 판정을 받다

내가 제대한 지 3개월이 지났을 무렵이었다.

평소에도 어머니가 몸이 안 좋아서 걱정이 많았는데 그 당시 평소보다 더 불편해 보여 병원에 가자고 했지만 어머니는 한사코 거절하셨다.

원래 그런 거니까 신경 쓰지 말라고 하셨지만 하루는 기침하면서 피를 토하시는 것을 보고는 바로 병원에 모시고 가서 여러 가지 검사를 받았다. 담당 주치의는 검사 결과는 좀 더 지나봐야 알겠지만 십이지장도 안 좋으시고 간도 많이 안 좋다며 입원을 해야 한다고 했다.

그래서 바로 입원을 했는데 어머니는 갑자기 누나가 보고 싶다며 전화번호를 주셨다. 누나에게 전화를 했지만 뭔가 마음이 불안했다. 누나는 제대한 것은 어머니에게 들었는데 무슨 일이냐며 차갑게 전화를 받았다.

어머니가 많이 편찮으시고 누나를 보고 싶어 하신다고 전했더니 요즘 너무 바빠서 바로는 힘들고 며칠 후에 시간을 내서 가겠다고 하는데 속에서 천불이 났다.

나는 누나가 내가 군대 가고 없으면 어머니를 보살필 줄 알았는데 전혀 그러지 않았고 내가 군에 있을 때 아버지, 어머니와 같이 면회 왔던 것이 어머니를 마지막으로 본 것이었다고 한다.

누나는 일본에서 송금한 돈으로 어머니가 아버지 회사를 차려 줬던 것에 대한 서운함을 끝내 떨쳐버리지 못하고 집과는 아예 인연을 끊었던 것이다. 누나를 이해하지 못하는 것은 아니지만 정도가 지나치다는 생각에 정말이지 화를 참지 못할 정도였다.

그렇게 누나는 이틀 후에 병원에 왔고 검사 결과는 간암 말기였다. 오래 사셔야 6개월이라고 했다.

꿈을 꾸는 듯했다. 드라마에서나 나오는 일이 나에게 벌어지고 있으니 믿어지지 않았다. 이제 막 제대했는데 정말로 하늘도 무심하다는 생각이 들었고 현재 상황을 믿고 싶지 않았다.

그렇게 어머니는 간암 말기 판정을 받았다.

직장을 그만두고
어머니 병간호를 하다

어머니 병간호를 위해서는 24시간 누군가 옆에 있어야 했기 때문에 누나와 상의했다.

누나는 신천에서 조그만 카페를 하고 있었는데 내 월급보다 누나가 좀 더 벌지 않겠냐며 나보고 회사를 그만두고 어머니를 간호하는 것이 어떻겠냐고 해서 내가 일을 그만두고 어머니 병간호를 시작했다.

한 달 정도 병간호를 하다 보니 나도 점점 야위어 갔고 너무 힘들었다. 하지만 아프신 어머니만큼 힘들겠는가! 어머니는 너무 아파하셨고 복수가 차서 매일 하루에 2리터짜리 병에 세 병이나 물을 빼야만 했다. 그러다가 하루는 어머니가 피를 토하시고 피 설사와 피 오줌을 누시다 쓰러지셔서 중환자실로 옮겨졌다.

위독하시기 때문에 마음에 준비를 하라고 의사가 말하는데 아무런 할 말이 없고 아무런 생각도 들지 않았다.

누나가 소식을 듣고 재빨리 병원에 왔지만 누나가 와 봐야 아무런 도움이 못되고 오히려 누나 얼굴을 보면 화가 치밀어 올랐다.

어머니는 이틀 동안 의식이 없으셨고 산소마스크를 착용하고 계셨는데 이게 다 작은외삼촌 때문이라는 생각이 들자 눈앞에 있으면 정말이지 죽이고 싶은 충동까지 들었다.

그렇게 시간이 지나고 나도 몸과 마음이 힘들어지니까 아버지까지 원망스러웠다. 늘 신선놀음만 하시는 아버지 때문에 식구들이 이렇게 힘든데 당신은 도대체 왜 모르는지…….

어머니는 너무나 편안한 모습으로 계시다가 이틀 만에 의식이 돌아오셨고 겨우 고비를 넘겼다고 의사가 말을 하면서도 항상 마음에 준비를 하라고 해서 참 막막했다.

포기하지 않으면 된다

어머니가 퇴원하다

어머니가 중환자실에서 나오시고 상태가 약간 호전이 되어 조금이나마 불안한 마음이 누그러졌는데 주치의가 나를 불렀다.

약간 좋아지셨지만 병원에 있으면 환자가 심리적으로 불안해하고 가족들도 힘들고 하니 차라리 퇴원해서 환자분과 여행도 좀 하시고 편안하게 집에 계시는 것이 나을 거라며 퇴원을 권유하는 것이었다.

주치의에게 물었다. 앞으로 얼마나 사실 수 있으시냐고. 길어야 3개월이라고 한다. 지난달에 물어봤을 때는 6개월이라고 했는데 한 달 사이에 3개월이나 단축됐다. 길어야 3개월이니 그전에 돌아가실 수 있다는 이야기인데 정말 죽고 싶은 심정이었다.

처음 주치의가 검사 결과를 말할 때가 생각났다

"방법은 있습니다. 쉽지는 않지만 간 이식 수술을 하면 어머니를 살릴 수는 있습니다."

그런데 수술비용이 못해도 8천만 원은 든다고 해서 그냥 그렇게 포기하고 만 것이다.

지금 생각해보면 얼마나 나약하고 나쁜 자식인가. 노력이라도 해보는 것이 맞는 것인데 시도조차 하지 않았다. 남을 위해서도 목숨을 바치는 사람도 세상에 많은데 부모를 위해서라면 설령 나쁜 짓을 해서라도 구해야 하는 게 맞지 않나.

하지만 난 그렇게 하지 못했다. 만약 내가 죽는 상황에 돈이 필요하다면 어머니라면 무슨 수를 써서라도 구했을 분이다.

어머니께 많이 좋아졌으니 이제 집에 가자고 했더니 너무 좋아하셨다. 몸 상태가 좋아져서 기뻐하시는 것이 아니라 병원비 때문에 걱정이 많으셨는데 퇴원하면 병원비가 들지 않게 되니 기뻐하신 것이다.

너무나 가여운 나의 어머니. 그렇게 어머니는 어린아이처럼 기뻐하시며 퇴원을 하셨다.

어머니가 돌아가시다

나는 어머니에게 정말 나쁜 불효자다.

어머니가 언제 돌아가실지 모르는데 하필이면 그날 여자 친구 집에서 밤을 보냈다. 새벽 다섯 시에 깊은 잠이 들어서 휴대폰 벨소리를 못 들었는데 여자 친구가 받아서 급하게 나를 바꿔줬다. 전화를 받으니 누나였는데 계속 울기만 하는 거다.

순간 소름이 쫙 끼치면서 불길한 생각이 들었다.

누나에게 울지 말고 천천히 이야기해보라고 하니까 어머니가 돌아가셨다며 서울의료원으로 오라고 했다. 옷만 대충 입고 밖으로 달려 나가 택시를 타고 서울의료원 영안실로 갔다.

안에 들어가니 어머니가 해맑은 모습으로 정말 편안하게 누워 계셨는데 솔직히 정신이 하나도 없었고 눈물 한 방울도 나오지 않았다.

어머니가 주무시다가 다시 한두 시간 후에 일어나 나에게 밥은 먹었냐고 말을 하실 것 같은데 돌아가셨다니 정말 믿고 싶지 않았다 이 못난 놈은 여자랑 같이 밤을 보내느라 어머니 임종도 보지 못하고 유언도 듣지 못했다.

어머니는 내가 군에 있을 때부터 몸이 많이 아프셨는데도 제대하기만을 기다리시며 정신력으로 참고 또 참으셨던 거다.

그렇게 어머니는 내가 제대하고 6개월 만에 돌아가셨고 하루하루가 너무 힘들었다.

정말 멋쟁이 어머니셨는데 당신은 옷 한 벌 사지 않으시고 돈만 있으시면 나에게 좋은 거 입히고 먹이고 오로지 나를 위해 희생하셨다. 그 추운 겨울에도 남대문 새벽시장에 나가셨고 생전 해보지 않은 남의 집 파출부에, 김 공장에서도 일을 하셨던 어머니…….

과연 나는 어머니를 위해서 무엇을 했을까 생각해 봤는데 아무것도 한 것이 없다.

어머니에게 아무것도 해 드리지 못하고 그냥 그렇게 보내버렸다.

아버지와 인연을 끊기로
작심하다

어머니가 돌아가시기 며칠 전부터 꿈에 아버지가 나타나셨다고 나중에 꼭 아버지 옆에 묻히고 싶다고 하시면서 아버지가 보고 싶다고 하셨는데도 나는 알아차리지 못했다. 그 말씀이 이제 그만 하늘로 가시겠다는 암시였는데도 왜 몰랐을까. 모든 것이 지나고 나서 깨닫는 것은 이미 늦은 것. 후회해도 소용이 없는 거다.

그렇게 바보처럼 어머니를 보내고 백방으로 수소문해서 아버지에게 연락했다.

아버지의 첫마디는 "제대했구나."였다. 그래서 그렇다고 말씀드리고 어머니가 돌아가셨는데 아버지를 애타게 찾으셨다고 전했다.

"나는 거기 안 간다. 너희 내가 옥살이 할 때 단 한 번이라도 왔냐?"

물론 아버지가 서운하신 부분은 이해할 수 있다. 하지만 어머니가 돌아가셨는데 그런 말을 하시며 못 오겠다는 것은 절대 용납할 수가 없었다.

어머니가 누구에게 시집와서 그렇게 고생만 하시다 돌아가셨는데 아버지의 목소리에서는 조금의 애석함도 찾아 볼 수 없었다.

그때 나는 느꼈다.

'내 아버지이지만 이 사람은 사람이 덜 됐다.'

"아버지, 한오백년 사시는 것 아닙니다. 아버지가 어머니 영전에 안 오시면 저도 아버지 영전에 갈 수가 없습니다."

"그래 알겠다."

그 전화를 끝으로 13년 동안 아버지를 보지 않고 연락도 드리지 않았다.

누나와 사이가 멀어지다

어머니가 돌아가시자 누나는 많이 울었다.

내가 봐도 심하게 많이 울었다. 그것도 그럴 것이 누나는 부모님께 죄송스러운 것이 많을 것이다. 보통 보면 남자가 사고를 치고 부모님 속을 많이 썩인다. 하지만 우리 집은 반대였다.

누나는 중학교 때부터 테니스를 한다고 학교에서 생활했는데 그러다 보니 그것이 바로 부모님 눈에 보이지 않은 사각지대였던 것이다.

중3때 벌써 호프집에 드나들며 정학을 두 번이나 당했고 고등학교 때는 남자 테니스부 선배와 혼숙도 해서 퇴학당할 것을 당시 교육청에 과장으로 계셨던 당뇨로 돌아가신 막내고모부가 겨우 막아서 지방으로 학교를 옮겨 모면한 적도 있다. 그리고 한 번은 다단계에 빠져 부모님 속을 썩이더니 나중에는 유부남과 사랑에 빠져서 간통으로 옥살이를 하면서 죄는 지가 지어놓고 애꿎은 어머니에게 옥살이 못하겠다고 힘들어 죽겠다고 상대 여자에게 가서 어떻게든 합의를 보라고 들들 볶는 바람에 딸 가진 죄인이라고 어머니가 잘못했다며 통사정을 하고 합의를 봐서 풀려난 적도 있다.

내가 아는 것만 이 정도인데 알게 모르게 얼마나 어머니 속을 썩였겠는가? 누나가 대성통곡을 하는 것은 어찌 보면 당연했다. 하지만 정말 내가 화가 나는 것은 누나가 부모님 속을 썩어서 그런 것만은 아니다.

내가 군에 가 있는 동안 아픈 어머니를 방치해서 돌아가시게 만들었다는 것이 정말 화나는 부분이다. 나는 누나가 정말 싫었다. 누나가 내 동생이 아닌 것이 어쩌면 다행일지도 모르겠다.

어머니가 돌아가시고 나는 직업이 없어 누나 집에 있었다. 때마침 IMF라 직장 구하기도 힘들었다. 구한 직장도 그만두라고 해서 그만뒀는데 어머니가 돌아가시자 성가신 존재로 취급하는 것이다. 게다가 매일같이 술을 먹고 와서 주정하는 것을 도저히 더 이상은 받아 줄 수가 없어 내가 집을 나갔다.

그렇게 누나와는 연락을 하지 않고 사이가 멀어졌다.

채소가게에서 일하다

고아나 다름없는 나는 앞이 깜깜했다.

물론 군대까지 갔다 온 사내 녀석이 혼자 힘으로 살아가는 것은 당연하지만 집도 절도 없고 돈 한 푼 없으니 정말 힘들었다. 그래서 보증금 없는 월세 15만 원짜리 지하실에 한 달 후 세를 내기로 하고 들어갔으며 아무 일이나 닥치는 대로 하자고 마음먹고 정 안되면 막노동이라도 하려고 했다.

그러던 중 벼룩시장 신문에서 채소가게 직원을 구한다는 광고를 보고 면접을 보고 왔는데 내일부터 나오라고 연락이 왔다. 월급은 백만 원.

작은 월급이지만 이것저것 가릴 처지가 아니었기 때문에 일 하게 된 것만으로도 너무나 고마웠다. 일하는 장소는 가락동 농수산물직판장 채소도매 시장이었고 아침 4시 30분에 출근해서 저녁 일곱 시가 돼서나 마치는 정말 고된 일이었다. 1톤 트럭으로 배달도 하고 식당에서 사러 오면 물건 팔고 차에 실어주는 것까지가 나의 몫이었다.

동네 야채가게가 아니고 가락동시장이라 그런지 밥 먹을 틈도 없어서 식사를 거른 적이 한두 번이 아니고 넥타이 메고 다니는 직장이 아니라서 월급을 제때 받아본 적이 단 한 번도 없었다. 그래서 한 번은 너무 화가 나서 사장님께 이렇게 장사가 잘 되는데 왜 월급을 못 맞춰 주시냐고 했더니 빚이 20억이라고 미안하다고 하시는데 할 말이 없었다.

정말 일은 열심히 했지만 평생직장은 아니었기에 4개월을 일하고 그만뒀다. 한겨울에 배추 500포기를 싣고 강원도 홍천에 가다 언덕에서 차가 퍼져 배추를 다른 차로 옮겨 실어야 했고 영하 13도의 날씨에 나중엔 손이 갈라지는데 정말 눈물이 날 정도로 힘들었던 것이 가장 기억에 남는다. 지금 생각해도 쓴 웃음이 난다.

그렇게 야채가게를 그만두고 유성타(柔成打)라는 실전무술 체육관을 오픈하게 된다.

실전무술 체육관을 오픈하다

야채가게를 그만두고 잠실 엄마손 백화점 근처에 실전무술 체육관을 오픈했다.

지하 창고로 쓰던 곳인데 안에 기둥도 없고 35평 정도의 크기에 수도도 있어 상당히 맘에 들어 바로 계약하고 내부 공사를 시작했다. 내부 공사와 바닥공사 페인트칠까지 내가 직접 다 했다.

군대에서 봄이 되면 막사에 이런저런 내부 시설을 교체하고 공사를 하는데 모든 것을 내부에서 다 해결하기 때문에 군인들은 만능이다.

인원이 많기 때문에 사회에서 제각기 하다 온 일이 다르고 재주가 다양한 사람이 모인 집단이 바로 군대다. 건축일 하다 온 사람, 미술하다 온 사람, 보일러 만지다 온 사람 등등 별별 사람이 다 있다.

이때도 군대에서 실내를 꾸미고 내부공사를 배웠던 것이 많은 도움이 되었다. 역시 남자는 도둑질 빼고는 다 배워야 한다. 잘해서 나쁜 건 아무것도 없으니 말이다.

간판만 간판집에 맡기고 모든 것을 내가 멋지게 만들어 체육관을 오픈했는데 돈이 없어 월세 집을 빼고 체육관에서 숙식을 했다. 겨울이라 너무 추워서 오리털 잠바를 입고 잤는데도 아침에 일어나면 온몸이 몽둥이로 맞은 것 같이 욱신욱신 쑤셔서 잠을 잔 것 같지도 않았다.

그래도 내가 땀 흘려 번 돈으로 처음 세운 무술도장이라 항상 즐거웠다.

하지만 관원이 8명이 전부였다. 가르치는 무술이 내가 군에서 틈틈이 생각하고 만들어서 창안한 무술이라 인지도가 없고 생소하기 때문에 관원이 없었을지도 모른다.

앞에서도 이야기했지만 나는 어려서 유도를 했고 그 후에 킥복싱을 했기 때문에 항상 이 두 가지를 접목해서 하나의 무술을 만든다면 정말 막강한 무술이 될 것이라고 늘 생각했었고 군대에서 병장이 되고 나서 틈틈이 접목을 시키는 작업을 했었다. 그것이 지금 유행하고 있는 이종격투기다.

내가 체육관을 1998년에 오픈했으니 시대를 너무 앞서간 것이 문제일지도 모른다.

1998년 한국은 이종격투기, 즉 발리투도가 아예 있지도 않을 시절이었다. 물론 나도 몰랐다. 단지 순수하게 유도와 킥복싱을 접목시켰고 똑같지는 않지만 발리투도란 무술이 있다는 것을 일본에 가서 알게 되었다.

발리투도는 판크라티온이라는 고대 그리스의 격투술로 〈벤허〉 같은 영화에서 종종 나오기도 하는데 손발과 온몸을 다 사용하여 상대에게 항복을 받아내는 격투술이다.

이러한 무술이 그때 정서에는 맞지 않았고 무자비한 싸움이라고 사람들이 생각했으니 부모님들이 아이들을 체육관으로 보낼 리가 없었다.

지금 이종격투기 도장에 가보면 많은 곳은 배우는 사람이 백 명이 넘는다. 그래서 난 또 다시 생각했다.

'사람이 남보다 너무 앞서가도 안 되는구나.'

예전에 가수 공일오비가 있었는데 나는 그들을 참 좋아했다. 노래도 잘하고 독특한 뭔가가 있는 그룹이어서 좋았다. 1990년대 초반에 공일오비가 '너에게 들려주고 싶은 이야기'라는 곡을 발표했는데 이 곡이 바로 랩의 시작이다.

그 이전에 코미디언 서영춘씨가 "인천 앞바다가 사이다라 할지라도 코프가 없으면 못 마십니다."라는 랩을 했기 때문에 원조격이라고 할 수 있겠지만 그분은 가수도 아니고 정식 음반이 아닌 콩트의 소재로 잠깐 사용했기 때문에 랩이라고 하기에는 무리가 있다.

그 당시 공일오비의 랩은 대중에게 너무 생소했고 그래서 크게 사랑을 받지 못했다. 그러다가 2년 정도 후에 서태지와 아이들이 '난 알아요'라는 노래를 발표하며 전국을 강타했고 여기저기 가는 곳마다 그 노래의 랩이 들리곤 했다.

불과 몇 년 후지만 이때 시기적으로 방황하는 엑스세대들에게 서태지와 아이들의 랩과 댄스, 패션이 제대로 먹혀들어 갔던 것이다.

말이 너무 길어졌는데 그만큼 시기란 중요하고 그 타이밍을 맞추기는 더더욱 어렵다. 남보다 앞서가는 건 좋지만 너무 앞서가도 성공할 수 없다.

체육관을 정리하고 일본에 가다

　6개월 동안 체육관을 운영했지만 관원은 8명 이상으로 늘지 않았다. 당시 월세 50만 원을 내고 나면 달랑 30만 원이 남았는데 공과금이며 휴대폰 요금을 지불하고 쌀과 김치, 라면을 사면 고작 몇 천 원이 남곤 했다.

　그렇게 빠듯한 생활을 하다 도저히 앞이 보이지 않아 일본행을 선택하고 모든 것을 정리하기 시작했다. 매사에 포기라는 것을 모르는 내가 그렇게 빠르게 정리를 할 수 있었던 것은 더 나은 고지를 점령하기 위한 일보 후퇴였다.

　체육관을 정리할 때 관원생의 할머니가 오셔서 계속하면 안 되겠냐고 내 손을 꼭 잡던 생각이 난다.

　8명의 관원생 중에 초등학교 5학년 아이가 한 명 있었다. 부모님의 사정으로 할머니 밑에서 자라는 아이였는데 어릴 때 내 생각이 나서 더욱 열과 성의로 관심을 갖고 가르쳤던 아이다.

　이 아이는 도벽이 심하고 학교도 잘 안가고 문제가 좀 있는 비행 소년이었다. 그런데 나에게 무술을 배우고 학교도 잘 가고 전에처럼 말썽을 안 부린다고 아이의 할머니가 좋아했었는데 정리를 한다고 하니 너무나 서운해하셨다.

　나 또한 입술 부르트고 코피가 나면서 힘들게 모은 돈으로 오픈한 체육관이라 많이 아쉬웠지만 더 큰 뜻을 이루기 위해 어쩔 수 없었다.

그렇게 체육관을 정리하고 보증금으로 일본어학교 등록금과 경비를 제외하니 수중에 남은 돈이 정확히 13만 원이었다.

그 13만 원으로 나의 일본 생활은 시작되는데 그 당시 환율이 13.7 대 1이었으니 엔화 1만 원이 채 안 되는 돈으로 일본 생활을 시작한 것이다.

지금 생각하면 완전한 모험이었다. 다시 하라고 하면 과연 할 수 있을까?

그렇게 나의 일본 생활은 시작되었다.

일본에 대한 첫인상

1998년 한국에 관한 것을 모두 정리하고 일본행 비행기에 몸을 실었다.

처음 타보는 비행기이자 처음 나가보는 외국, 도쿄 나리타공항까지는 2시간 25분 정도 걸린다고 하길래 잠을 청하려고 눈을 감았는데 여러 가지 생각과 부푼 꿈에 사로잡혀 잠이 오지 않았다.

재일교포 어머니의 영향으로 어릴 때부터 일본에 대한 친근감이 있었지만 막상 일본생활을 한다니까 왠지 낯설었다.

이런저런 생각을 하다 일본어책을 꺼내 들었다. 어머니가 재일교포셨지만 나는 일본어를 전혀 할 줄 몰랐고 히라가나 오십음도도 기내에서 외웠다. 열심히 히라가나를 외우고 나니 곧 나리타공항에 도착했고 내려서 한 발 내딛는 순간 습한 기운이 확 밀려 왔다.

일본은 섬나라여서 습기가 많다는 것은 익히 들어서 알고 있었지만 기분이 찝찝할 정도로 눅눅했고 오후 네 시인데도 어두컴컴한 것이 날씨가 좋지 않았다.

리무진 버스를 타고 신주쿠로 향한 동안 첫 느낌은 차들이 운전을 정말 안전하게 한다는 것과 도로 상태가 상당히 좋다는 것 그리고 가식적일지는 몰라도 제법 친절하다는 느낌을 받았다.

한 시간 정도 달려서 신주쿠에 도착했다. 가방을 들쳐 메고 내려서 바라본 신주쿠. 도쿄에서도 제일 번화한 곳이라고 들었는데 그런 느낌은 들지 않았고 택시를 타고 숙소로 가는 동안 내가 일본이 아니라 꼭 중국에 온 거 아닌가 하는 생각이 자꾸 들었다.

거리는 비좁았고 다닥다닥 붙어 있는 집들은 많이 답답해보였다. 이것이 바로 일본이다. 일본은 지진이 잦아서 웬만하면 거의 목조건물이고 집들이 공간이 좁다. 그래서 일본이 공간 활용을 잘하고 실내 인테리어가 발달했는지도 모르겠다.

그렇게 숙소에 도착해서 짐을 내려놓는데 바닥은 말로만 듣던 다다미였고 다다미 벌레가 기어 다니는 것이 참 인상적이었다.

그날부터 나는 수시로 다다미 벌레를 퇴치하는 약을 뿌리며 일본 집에 적응을 해야 했고 일본어 공부에 최선을 다했다.

나의 일본어 공부법

혹자들은 외국어는 그 언어를 사용하는 나라에 가서 공부하는 것이 최고라고 한다.

그 말도 맞지만 그러나 더 빠른 방법은 그 나라 언어를 사용하는 이성과 교제하는 것이 가장 빠르다.

일본에는 나보다 8개월 정도 먼저 가서 공부를 하고 있는 중학교 유도부 친구가 있었다. 친구는 일본에 가서 바로 일본인 여자 친구가 생겨 일본어 실력이 제법이었는데 자기 여자 친구의 친구를 소개해 줄 테니까 만나 보라고 해서 친구와 같이 롯데리아로 갔다. 그 당시 롯데리아는 그래도 저렴해서 돈 없는 유학생에게는 적격이었고 학교 다니는 동안 자주 이용했던 곳이다.

친구와 앉아서 기다리던 차에 친구의 여자 친구와 그녀의 친구가 왔는데 솔직히 너무 마음에 안 들었다. 그 후로는 만나지 않았는데 친구가 나에게 한마디 충고를 해준다며 말했다.

"광희야, 여기는 외국이고 상대는 일본인이야. 일본어 공부도 하고 네가 일본생활 하면서 힘든 부분을 옆에서 여러모로 도움을 받을 수도 있다. 일본에서 살면서 무슨 일이 어떻게 일어날지 누가 알겠니? 그리고 외로울 때 기분도 풀고 좋잖아~"

친구 말이 맞지만 난 다른 것은 다 되도 싫은 사람은 죽어도 못 만

난다. 성격 자체가 까칠해서 희로애락이 얼굴에 한 번에 다 나타나는 타입이라 불편해서 만날 수가 없고 그럼 상대도 금방 알아차려서 불쾌할 것이 뻔하다. 그래서 그냥 열심히 하다 보면 어떻게든 되겠지 하고 열심히 공부했다.

그러던 어느 날 너무 억울한 일이 생겼는데 이 일을 계기로 일본어를 미치도록 공부하게 되었다.

하루는 집 앞 옷가게에서 청바지를 사고 집에 가서 입어 봤는데 엉덩이 밑에 안쪽 사타구니 쪽이 오십 원짜리 정도 크기로 탈색되어 있는 것이었다. 마치 락스 닿으면 색이 빠지는 것처럼 말이다.

바로 가게로 가서 어설픈 일본어로 교환을 요청했더니 뭐라고 하는데 알아들을 수가 없어 친구에게 전화해서 바꿔 주었다.

그랬더니 세탁한 것은 교환이 안 된다고 한다는 것이다. 어이가 없어 5분 전에 사갔는데 언제 세탁해서 말리냐고 친구에게 다시 말하라고 시켰다.

그러자 주인이 '자신은 이곳에서 옷 장사만 10년째다. 세탁을 하지 않으면 옷이 이렇게 될 수가 없는데 실컷 입고 세탁해서 바꿔 달라는 중국인만 하루에 서너 명이다. 절대 교환은 안 된다'고 한다는 것이다. 너무 열이 받아서 참을 수가 없었다.

친구도 일본어를 하긴 하지만 어느 정도 통할 뿐이지 하고 싶은 말을 다 할 수 있는 정도는 아니기에 더 화가 났다.

그래서 그 많은 손님들이 있는 가운데로 가서 큰소리로 "스미마셍!" 했더니 다들 나를 쳐다봤다. 어설픈 일본어 반 영어 반 섞어서 "노체인지 요꾸나이 미세."라고 말하고 바지를 거꾸로 들어 가랑이를 힘껏 잡아

당겼더니 찌지이~직 하고 아주 소름끼치는 소리가 나며 반으로 쭉 찢어졌다. 나는 그것을 주인에게로 가서 던지고 나왔다. 그랬더니 옷을 고르고 있던 손님들이 죄다 나를 따라 나가버렸다.

"노체인지 요꾸나이 미세."는 바꿔주지 않는 안 좋은 가게라는 소리다. 나도 손해를 봤지만 옷가게 사장도 타격이 컸을 것이다.

그 일이 있고 나서 나는 더 일본어에 매달렸다. 그러나 외국어라는 것이 그렇게 쉽게 되는 것이 아닌지라 어떻게 하면 빨리 늘 수 있을까 하고 생각했더니 방법은 오로지 한 가지, 말이 빨리 늘려면 말을 많이 하는 수밖에 없었다.

그래서 길거리로 나가 매일 길을 물었다. 그러나 내가 일본어가 익숙하지 못하니 무시하고 지나가는 사람도 있었고 가는 길이 바쁘니 빠르게 이야기하는 사람도 있는데 알아들을 수가 없어서 이렇게 해서는 도저히 안 되겠다 싶었다. 차라리 백화점에 들어가서 물건을 사는 척하면서 말을 걸고 대화를 나누는 것이 나을 것 같아서 매일같이 백화점에 갔다.

오늘은 이 백화점 내일은 저 백화점, 내 예상은 적중했고 백화점 점원들은 내가 말이 서툴러도 자기들이 귀를 기울여 어떻게든 알아들어서 옷을 팔려고 노력을 했다. 그러면서 일본어가 하루가 다르게 늘기 시작했는데 나중에는 백화점에서 나를 알아보기 시작해서 할 수 없이 동네를 더 멀리 옮겨서 다른 동네 백화점에 들어가 일본어 공부를 했다. 그렇게 일본어 회화를 마스터할 수 있었다.

그리고 일본은 한자를 쓰는데 3,600자 정도를 알면 일상생활에서는 거의 문제가 없다. 그래서 늘 한자 공부를 했고 심지어 한자사전을 베고 자고 품고 자고 해서 5,000자를 넘게 외웠다. 예전에 이렇게 공부했으면 서울대 갔을 것이라고 주위에서 말하기도 했을 정도다.

나의 일본어 회화는 그렇게 차츰 능숙해졌고 백화점 점원이 나의 개인교사나 마찬가지였다.

지금 생각해도 그때는 정말 열심히 했다.

한국인 최초로
전 일본 킥복싱 프로에 입문하다

단순히 일본생활을 체험하러 일본에 온 것이 아니었기 때문에 어느 정도 일본어가 가능해지고 나서 한국에서 킥복싱 신인왕이었다는 것을 공증 받아 일본 킥복싱협회에 찾아 갔다.

처음에는 환영하는 분위기는 아니었다. 한국에서 추천을 받아 오거나 아니면 단체에서 정식으로 보내온 사람이 아니라서 못 믿는 눈치였는데 그래도 일본어로 번역한 정식으로 공증 받은 문서가 있으니 그나마 인정은 해줬고 얼마간의 테스트 과정을 거쳤다.

한 3개월을 가만히 지켜보더니 내가 정말 열심히 하자 조금씩 마음의 문을 열기 시작했고 6개월 만에 프로테스트를 볼 자격이 주어져서 테스트에 응했다. 나는 자신이 있었기에 그다지 걱정을 하지는 않았지만 주위에서는 내가 필기에서 떨어질까 봐 걱정을 많이 했다.

한국 프로테스트에는 필기시험이 없다. 지금은 어떤지 잘 모르겠지만 그때 당시는 한국 프로에 필기시험이라는 것이 없었다.

그러나 일본은 정말로 체계적인 것이 선수가 시합에 있어 알아야 할 모든 사항을 숙지해야 하고 필기시험에서 80점 이상을 받아야 통과가 된다.

시험을 직접 보니 이것은 심판교육이나 심판자격시험을 보는 수준이지, 선수들이 보는 시험이라고 하기에는 상당히 세부적인 내용을 서술하라는 식의 높은 수준의 답을 요구하고 있었다.

하지만 열심히 해서 93점으로 당당히 통과했고 다들 놀라는 눈치였다. 그 당시 12명이 프로테스트를 응시했는데 여섯 명이 합격하고 내가 2등으로 합격을 해서 다들 놀랐다.

그렇게 프로에 입문했고 학교 다니면서, 운동하면서, 아르바이트 하면서 너무 너무 고된 일본생활을 계속 해나갔다.

아르바이트 이야기가 나와서 조금만 이야기하자면 일본에 10년간 있으면서 정말 궂은 일을 많이 했다.

식당에서 그릇도 닦았고, 중고가전제품 센터에서도 일하고, 철로를 놓는 막노동도 하고, 술집에서 웨이터도 하고, 힘들고 고된 3D직종에서 일하고, 공부하고, 운동하고, 하루에 네 시간밖에 잠을 자지 못해서 항상 전철에서 잠을 잤던 기억이 지금도 난다.

5년간의 냉수마찰

숙소에 같이 사는 사람들이 술도 많이 마시고 시끄럽고 해서 먼저 일본에 온 중학교 유도부 친구 집에서 같이 살기로 하고 이사를 했는데 환경은 정말 열악했다.

친구 집에 비하면 전에 살던 집은 궁궐이었다. 집의 창문 바로 2미터 위로 전철이 다니는데 한 번 지나갈 때마다 집이 흔들려 그 진동은 이루 말할 수 없을 뿐더러 새벽 4시 30분이면 첫 차가 지나가 아침 알람이 필요 없었고 게다가 온수도 나오지 않는 그런 집이었다.

그래서 겨울에 매일 가스레인지로 물을 데워서 목욕을 해야 하는데 가스비도 많이 나오고 매일 번거로워서 시작한 것이 냉수마찰이다. 그것도 실내가 아닌 실외, 수도꼭지가 밖에 마당에 있어서 추운 겨울날도 어쩔 수 없이 밖에서 씻어야 했다.

그때는 외국생활 편하게 사는 것보다 어렵게 살면서 인생의 어려움도 극복하고 꼭 성공하겠다는 마음으로 살아가기 위해서 일부러 그랬던 것이다. 그래야 나태해지지 않고 본인 스스로를 제어할 수 있다고 생각했다.

아무튼 그렇게 시작한 냉수마찰이 5년이나 계속되었고 이상하게 5년 동안 냉수마찰을 했을 때는 단 한 번도 감기에 걸린 적이 없는데 냉수마찰을 그만두고 나서는 종종 심한 독감에 걸렸었다.

포기하지 않으면 된다

지금 생각해보면 젊은 패기로 가능했던 것이지 다시 하라고 하면 자신이 없다.

　그때는 심장마비 걸릴까 봐서 동네를 서너 바퀴 뛰고 팔굽혀펴기 백 개 하고 냉수로 샤워를 하곤 했는데 그래도 죽기는 싫었나 보다.

　그래도 나의 소중한 추억이다.

술집 마담과 사귀다

일본에 있었던 그 시절에는 정말 타국에서 꼭 성공하고 돌아가겠다는 마음이 절실했다.

일본 돈으로 만 원도 안 되는 돈으로 일본생활을 시작했기 때문에 바로 아르바이트를 하지 않으면 안 되는 상황이었고 그래서 처음 시작한 것이 웨이터 일이었다.

열심히 일을 하는데 성실한 나를 보고 가게에서 일하는 호스티스 아가씨들이 호감을 가졌지만 한가하게 사랑이나 하고 그럴 입장이 아니었다.

그러다가 가게에서 제일 예쁜 마담과 서로 좋아하게 되었는데 처음부터 마담이 나에게 호감을 가졌다는 것을 모르고 있었다. 그냥 나에게 잘 대해 주기에 남자 힘이 필요할 때 이삿짐도 날라 주고 벽에 못 박을 일이 있거나 무거운 물건을 옮길 일이 있으면 아무 사심 없이 도와주곤 했는데 그러던 와중에 서로 좋아지게 된 것이다.

외국 생활을 해 본 사람은 향수병이 얼마나 무서운지 잘 알 것이다. 그것을 못 견디고 외국생활 실패하고 돌아가는 사람도 무수히 많이 보았고 특히 외롭고 의지할 곳이 없으니 약에 빠지는 사람도 있고 술과 유흥에 빠지는 사람도 많이 있으며 눈이 높고 콧대가 센 사람도 외국에서 누가 자상하게 대해주고 잘해주면 힘없이 무너지는 것도 자주 보았다. 외로움은 칼보다 무섭다는 말이 있다.

일본에 살면서 정말 못생긴 남자가 예쁜 여자랑 다니는 것을 심심찮게 보곤 했는데 그렇게 서로 좋아해서 나중에 같이 한국에 나가면 대부분 헤어지고 만다. 외국생활을 오래 하면서 외로움에 판단이 흐려졌다가 한국에 돌아오면 제정신으로 돌아온다는 것이다. 참 신기한 노릇이다.

그렇게 예쁜 여자와 몇 개월간 아무도 모르게 사귀었는데 사귀면서 운동도 잘 안 되고 공부도 안 되고 해서 두 번이나 헤어지자고 했지만 여자는 나를 놔주지 않았다.

황당한 사건도 있었다.

하루는 사귀는 여자의 집에서 사랑을 나누고 있었는데 갑자기 초인종 소리가 들렸다. 일본은 한국과 다르게 한번 초인종을 누르고 반응이 없으면 그냥 돌아간다. 그런데 계속 초인종을 누르길래 여자 친구가 밖을 내다보는 조그만 구멍으로 내다봤는데 갑자기 그 자리에 주저앉아버리는 것이다. 그러더니 창백해진 얼굴로 나를 건넛방에 가서 나오지 말라고 하면서 신속히 움직이는 것이었다.

나는 영문도 모르고 방에 들어가 있었다.

밖에서 여자 친구와 어떤 남자의 대화소리가 들렸는데 남자는 일본 특유의 야쿠자들이 쓰는 말투였다. 남자가 왜 늦게 문을 열었냐고 했고 여자 친구가 몸살감기라 약을 먹고 잠들어서 초인종 소리를 못 들었다고 하니까 그러냐고 하더니 지나가다 들렀다며 한 5분 있다 나갔다.

그제야 어떤 상황인지 알아차렸고 여자 친구에게 화를 내며 모든 이야기를 숨김없이 다 하라고 하자 여자 친구가 자신은 일본 야쿠자 오야붕의 여자이며 술집도 야쿠자 오야붕이 차려준 거라고 사실대로 고백했다.

그러나 사랑하는 사람은 나이고 야쿠자 오야붕은 장사하고 돈 벌기 위해서 이용하는 것 뿐이지 다른 마음은 전혀 없다고 나를 설득하려 들었다.

너무나 어이가 없었고 배신당했다는 기분을 감출 수가 없었다. 남들은 상대가 술집 여자라면 그 정도는 감수하고 만나야 하는 거 아니냐고 생각할 수도 있겠지만 내 생각은 다르다.

직업에 귀천은 없다. 술집에서 일할 수도 있고 나 또한 술집에서 일을 했다. 내 친누나도 20살에 화류계에 입문해서 아직까지 몸담고 있다. 단지 그 사람이 무엇을 하더라도 어떻게 행동하며 얼마나 진실한지가 중요한 것이다.

여자 친구는 그런 면에서 진실하지 못했고 나를 속였으며 앞으로 이 사람을 믿지 못하게 돼서 서로 힘들어지는 것이 싫었다. 그리고 운동도 공부도 점점 소홀해져서 더 이상은 관계를 지속하기 힘들어 일을 그만두고 정리를 했다.

그녀에게 한 통의 문자가 왔다.

'상대가 야쿠자 오야붕이라 비겁하게 물러서는 거야?'

그렇게 나를 자극할려고 했지만 그래도 답장도 하지 않았다.

야쿠자의 여자라는 것을 알게 되기 전부터 두 번이나 헤어지자고 했고 내 생활이 흐트러지는 것이 너무 싫어서 벗어나야겠다고 항상 생각했던 차에 그런 일이 생겨 오히려 정리하기 더 수월했는지도 모른다.

남들은 저렇게 예쁘고 돈도 많은데 왜 헤어지냐고 말들이 많았지만 나는 그보다 더 중요한 것을 해야 했고 앞으로 더 큰일을 할 사람이라 시간을 낭비하고 싶지 않다고 못을 박았다.

그 후로 사람들은 그녀 이야기를 하지 않았는데 10개월 정도 후에 그녀가 죽은 소식을 들었다. 신주쿠의 한 공용화장실에 그녀와 또 한 명의 남자가 변사체로 발견됐는데 그냥 죽은 것이 아니라 둘 다 얼굴 가죽이 벗겨진 상태로 발견되어 주위를 많이 놀라게 했다.

그 소식을 듣는 순간 소름이 돋았고 너무나 허무했다.

일본 엔카(트로트)의 여왕
계은숙씨를 찾아가다

일본 킥복싱 프로테스트를 통과하고 1년 안에 챔피언이 될 자신이 있었다. 하지만 학교 다니며 아르바이트 하다 보면 운동량이 적어서 그것이 문제였다.

문득 일본에서 성공한 한국인이 누가 있을까 생각해보게 되었고 찾아보니 제일 성공한 사람은 계은숙이라는 여자 가수였다. 그래서 한국에서의 신인왕 공증 받은 것과 일본 프로테스트에 합격한 것 등 내 프로필을 들고 무작정 전화를 걸고 만나자고 했다.

생각해보면 나도 웃긴 것이 가수에게 전화해서 무작정 만나자고 한다고 그 누가 만나줄 것인가. 만나자는 사람도 이상한 것이다. 그런데 그때는 왠지 만나줄 것이라는 예감이 들었다.

그런데 정말 계은숙씨는 일본 아자부주방麻布十番이라는 동네로 와서 전화를 하면 나가겠다고 했다. 바로 그 동네로 가서 전화를 하니 미팅 중이라 근처 커피숍에서 기다리라고 했고 한 시간 정도 기다렸는데 매니저라는 사람이 커피숍으로 와서 간단하게 대화를 나눈 후 차에 태워 한 고급빌라로 데려갔다. 60평 정도의 규모의 집에 상당히 고급스러운 가구들이 있었고 예쁜 장모長毛 치와와가 멍멍 대고 있었다.

안으로 들어가서 계은숙씨와 첫 만남을 가졌는데 여자지만 풍기는 기氣가 장난이 아니었다.

하지만 나는 나의 모든 것을 어필해야 하고 설득력 있게 이야기해서 목적을 달성하지 않으면 안 되었기 때문에 더욱 정신을 바짝 차리고 솔직하게 말했다.

"저는 단돈 만 엔도 안 되는 돈을 가지고 일본 생활을 시작했고 악착같이 운동을 해서 프로가 되었습니다. 지금 학교 다니고 아르바이트하면서 운동을 하고 있는데 운동량이 부족하여 아르바이트를 그만 두고 운동에 전념하여 반드시 챔피언이 되고 싶습니다. 그래서 저를 후원해줄 사람을 찾고 있습니다. 더도 말고 일 년만 후원을 해 주시면 반드시 챔피언이 될 것이고 보답은 열 배로 해 드리겠습니다."

계은숙씨는 참 용기가 있는 사람이고 진술해보인다며 그 자리에서 후원을 하겠다고 말씀하셨다.

단 밑 빠진 독에 물을 붓고 싶지는 않다면서 내가 생활비를 주면 열심히 운동을 하는지 그 돈으로 유흥에 탕진 하는지 어떻게 알 수가 있냐면서 정말 챔피언이 되고 싶으면 방을 하나 내줄 테니 이 집으로 들어와서 숙식하고 오로지 운동에만 몰두해야 한다고 했다. 그리고 모든 것을 스파르타식으로 계은숙씨가 스케줄을 관리 할 것이고 개인적인 시간도 없다면서 그렇게 할 수 있냐고 나에게 물었다.

어리둥절했다. 단지 약간의 후원만 해 주기를 원했는데 생각지도 않은 일이 벌어진 것이다. 하지만 나에게 절호의 기회였기에 그렇게 하겠다고 하고 돌아갔다.

지금도 은숙이 누님에게 죄송스러운 것은 내가 집으로 들어가고 나서 가수 계은숙이 '젊은 영계를 한 명 키운다.', '호스트랑 동거를 한다.' 등등 별 소문이 다 돌았었기 때문이다.

그렇게 하기로 하고 집에 가서 친구에게 이야기했더니 친구가 웃으면서 "광희야, 일본생활이 힘들구나. 이젠 소설까지 쓰고 쓸 데 없는 소리 그만하고 자자."는 것이다. 그래서 정말이라며 짐을 하나둘씩 싸기 시작했고 친구의 표정이 점점 이상해지기 시작하더니 "가수 계은숙이 그렇게 한가하냐? 뻥 좀 치지 마! 왜 그래 진짜……."라고 말했다. 믿기 싫으면 말라고 하고 짐을 계속 쌌다. 그제야 친구는 내 말이 장난이 아니라는 것을 알아채고 "야, 대박이다! 우와! 광희야, 축하한다!"라며 나를 부둥켜안았다.

그렇게 짐을 싸고 다음날 아침 은숙이 누나 집으로 들어갔고 은숙이 누나의 매니저가 나의 시간계획서를 검토했다.

나는 아침 4시 30분에 기상해서 운동을 시작하여 학교에 갔다가 다시 체육관 가서 운동하고 밤 9시 30분까지 반드시 집으로 귀가해야 했으며 모든 외출, 외박은 금지이고 학교와 운동하러 가는 것 이외에는 나갈 수가 없었다.

점점 숨이 막혔고 군대 생활보다 더 힘든 그때의 생활이 싫었다. 원하는 운동을 마음껏 하는 것은 좋은데 자유를 박탈당하는 것 같아서 지치기 시작했고 그 무렵 은숙이 누나가 소속사와 여러 가지 트러블로 인해서 활동을 중단하고 매스컴에도 나오지 않고 있는 상태에서 내가 집으로 들어가자 위에서 말한 안 좋은 소문이 점점 크게 나돌아 그 집에서 나와야겠다는 생각이 들어서 다시 나오게 되었다.

누나는 정이 많고 착한 사람이었다.

포기하지않으면 된다

4개월 정도 한 지붕 아래서 같이 한솥밥을 먹은 내가 본 누나는 정말 정이 많고 여자 혼자 몸으로 일본에 와서 뼈를 깎는 아픔을 이겨내고 일본 엔카의 여왕으로 최고의 자리에 오른 정말 대단한 분이다.

누나는 내가 누나 집에 들어간 지 일주일 정도 되자 자신을 '누나'라고 부르라고 했고 친동생처럼 나에게 잘해주신 정말 고마운 분이다.

물론 집에서 누나와 나, 단 둘이 지낸 것은 아니다. 집의 살림을 도맡아서 하시는 집사님이 한 분 계셨고 음식과 청소를 도맡아 하는 가정부 이모도 한 분 계셨다. 다들 잘해주셨던 고마운 분들이다.

나의 일본 생활에서 잊지 못할 추억 중 한 부분이다.

큰 부상을 당하고
킥복싱을 그만두다

은숙이 누나 집에서 나오고 더 이를 악물고 운동했다.

남에게 도움을 받지 않고 혼자 힘으로도 할 수 있다는 것을 보여 주고 싶었다.

그렇게 너무 열심히 한 것이 화를 불렀고 넘치면 부족한 만 못하다는 속담이 있듯이 몸 관리도 좀 했어야 하는데 그때의 나는 무조건 앞으로 직진이었고 맹연습이었다.

중요한 시합을 앞두고 오른쪽 발목을 심하게 다쳐서 시합도 무산되고 너무나 우울하게 치료를 하며 큰 좌절감에 빠져 있었는데 이상한 생각이 들기 시작했다.

'내가 이렇게 몸을 다쳐가며 연습을 해야 하는가?'

'상대를 처참하게 치고 때리고 밟고 올라가야만 하는가?'

'또 반대로 내가 처참하게 짓밟힐 수도 있는데 과연 그런 성공이 옳다고 볼 수 있나?'

그러다 우연하게 한 편의 동영상을 보게 되었는데 아주 작고 왜소한 할아버지가 큰 남자들을 사뿐사뿐 던져버리고 심지어는 손만 대도 날라 가고 쓰러지는 것이었다.

보는 순간 웃음이 나왔고 연출에 의한 것이라고 생각하고 그냥 지나쳐 버렸는데 자꾸 머릿속에 그 장면이 떠올라 지워버릴 수가 없었다.

궁금증을 풀기 위해 그 동영상의 주인공을 만나보겠다는 마음을 먹고 직접 찾아갔다. 그런데 그 할아버지는 이미 돌아가셨다고 했다.

'그럼 그렇지, 사기꾼들.' 이렇게 생각하고 나오려는데 나에게 설명을 하던 분이 그분은 돌아가셨지만 제가 제자인데 괜찮으시다면 이왕 오신 김에 체험을 하고 가는 건 어떠냐고 권유했다. 알겠다고 하니까 그분이 자기 손을 꽉 잡아 보라고 해서 손목을 살짝 잡았다.

그러자 그분이 내 팔이 부러져도 치료비를 청구 안할 테니 정말 꽉 잡아도 좋다고 했다. 후회할 텐데 하고 혼자 생각하며 손목을 꽉 잡는 순간 몸이 붕 뜨더니 바닥에 쾅 하고 뒤로 처박혔다. 너무 놀랍고 창피해서 벌떡 일어났는데 그분은 덤덤한 표정이었다.

그러면서 나보고 괜찮냐고 그러는 것이다. 괜찮다고 했더니 그럼 두 손으로 잡아보라고 한다. 그래서 이번에는 이를 악물고 두 손으로 손목이 부러지도록 잡았는데 순간 몸이 더 높이 공중에 붕 뜨더니 바닥에 떨어졌다.

나는 유도를 했기 때문에 나도 모르는 순간 낙법을 쳐서 다치지는 않았지만 너무 신기하고 놀랄 일이었다. 놀라다 못해 창피해 죽는 줄 알았다.

바로 그날 입관원서를 쓰고 입문을 했는데 나를 넘어뜨린 분이 바로 합기도의 달인인 양신관합기도의 창시자의 수제자, 치노 스스무千野進 선생님이었다.

치노 스스무 선생님은 일본본부도장 도장장이자 일본경시청 무도사범이시고 창시자의 움직임을 그대로 표현하는 분 중에 한 분이시며 허리 움직임이 정말 대단한 분이다.

그렇게 나는 글로브를 벗어 던지고 합기도에 입문하게 되었다.

나는 정말 운이 좋은 사람이다.

나의 합기도 스승은 세 분이 계시는데 한 분은 현 양신관 합기도의 종가 시오다 야스히사 선생님이시고 한 분은 위에서 말한 일본경시청 무도사범이시며 마지막 한 분이 일본 소방청 합기도 사범이신 야마시마 선생님이다.

합기도를 잘 모르는 사람들은 뭐가 운이 좋다는 말인가 하고 의아하겠지만 위 세분은 합기도계에서 손에 꼽는 고수이며 의도적으로 만나고자 해도 쉽지 않은데 우연하게 스승으로 모시게 된 것이 얼마나 운이 좋은가 말이다.

세 분의 공통점은 공력功力이 말도 못하게 세고 중심력中心力이 강하다는 것이며 움직임 자체가 무술이자 곧 예술이다.

한국에는 왜 이런 분들이 안 계시는지 참으로 안타깝다.

일본 전통무도 합기도

합기도合氣道는 유도柔道, 검도劍道, 공수도空手道와 더불어 일본을 대표하는 전통무도이며 대동류합기유술大東流合氣柔術을 모체로 하고 있다.

1940년대 초에 대동류합기유술大東流合氣柔術의 제자인 우에시바 모리헤이 옹은 새로운 사상과 이념으로 공격해 오는 적마저도 다치지 않게 배려한다는 사랑의 정신을 합기도에 주입하여 인간의 존엄과 생명의 소중함을 일깨우게 하는 한 차원 높은 무술을 행한다.

원래 무술이란 전장戰場에서 내가 살아남기 위해 상대를 죽어야 하는 불가결의 기술이자 살아남기 위한 도구였다.

무술에 철학이 깃들어 이를 몸으로 표현한다는 것은 그 당시뿐만 아니라 지금도 굉장히 놀라운 일이며 이와 같은 사상과 이념 때문에 합기도에는 상대를 때리는 타격이 없다. 그러므로 신사적이고 한 차원 품격이 높은 무술이 바로 합기도라고 말할 수 있다.

뿐만 아니라 합기도는 큰 힘을 필요로 하지 않고 기술의 반복으로 인한 숙달과 중심의 이동 그리고 상대와 합合이 되어 끊어지지 않는 련連이 되게끔 수련을 하여 하나가 되는 것을 배우는 독특한 무도武道다.

상대를 때리지 않으면 과연 어떻게 제압을 하는지 합기도를 모르는 사람은 궁금해 할 수도 있는데 합기도는 상대가 공격해 오는 힘을 역이용하여 상대의 중심을 무너뜨리거나 관절을 꺾거나 눌러서 제압을 한다.

이러한 합기도가 상대를 때리지 않고 나를 보호하는 호신으로서 큰 의미를 가지고 있고 진가를 발휘하기 때문에 전 세계적인 호신술로 각광받고 있으며 특히 상대에게 해를 가하지 않고 제압하는 장점이 있어 본국인 일본에서는 황실경비대의 지정무술로 되어 있을 뿐만 아니라 경시청과 자위대에서도 의무적으로 합기도를 수련하고 있다.

이런 합기도가 한국에 유입流入된 것은 광복 후였는데 그때는 합기도가 아닌 야와라柔라는 명칭으로 수련을 하다가 지금의 공수도空手道의 발차기를 첨가하여 일본의 정통합기도의 원형을 훼손하고 전혀 다른 무술로 변하게 된다.

이때 명칭은 합기도의 종주국인 일본의 명칭과 같은 합기도로, 삼국시대부터 내려오는 우리 고유의 전통무술로 둔갑하여 호국무예로 알려지기 시작했고 이로 인해 합기도가 많은 이들에게 잘못 알려지게 되는 오류를 범하게 된다. 그러나 그때 당시에 관련자들은 아무런 문제가 없을 것이라고 생각을 했고 정말 별다른 문제가 없었다.

하지만 현 시대는 가만히 방에 앉아서도 키보드 몇 번만 누르면 전세계 이모저모를 손쉽게 알 수 있고 실시간으로 모든 것을 공유할 수 있는 첨단 과학의 시대다. 예전 사람들은 이런 시대가 올 것이라는 것을 미처 생각을 못했을 것이다.

요즘 같은 글로벌시대로 세계화가 되어 있는 시점에 똑같은 명칭을 가진 서로 다른 무도武道가 있다는 것은 많은 사람들에게 혼란을 주게 되었고 그 일이 점점 커지기 시작해서 마침내 합기도合氣道의 종주국인 일본에서 문제를 제기했다.

그리하여 한국 정부는 합기도에 관해서 명쾌한 답을 일본에게 줘야하는데 합기도가 한국의 전통무술이라고 주장하는 단체나 사람들은 그 어떤 증거나 자료도 제시하지 못했고 그저 겨우 전승되어 내려 왔기 때문에 자료는 없다고 하거나 6.25때 불타 소멸됐다는 식의 변명이 전부였다. 국내의 우리의 고유 전통무술이라고 주장하는 단체의 대부분이 6.25 핑계를 대는데 6.25가 없었으면 저들이 어떤 말을 했을까 궁금하지 않을 수 없다.

현재 국내에는 단언컨대 전통무술이 제대로 전승되어 오지 못한 것이 정확한 사실이고 한편으로는 가슴 아픈 현실이다.

기존에 전통무술이라고 하는 무술은 정말 계승되어 온 것이 아니고 갑자기 생겨난 것이다. 없던 것이 갑자기 생겨났는데 어떻게 전통무술이라고 말한단 말인가? 복원무술 또는 창작무술이라고 해야 정확한 것이다.

혹자는 한국의 전통무술은 씨름과 국궁 정도라고 하는데 이것도 틀린 말이다. 씨름은 무술이라기보다는 민족놀이이고 국궁은 병기를 사용하는 무술의 한 부분이기에 완전할 수가 없다. 어퍼컷이 복싱은 아니다. 주먹기술 중에 어퍼컷만 있다면 복싱이라고 할 수 있지만 그렇지 않다. 어퍼컷은 복싱의 기술 중 한 부분이지 그것이 복싱의 다가 아니라는 것이다.

그러므로 한국에는 전통무술이 없다는 것이 맞는 것이다. 한국인으로서 안타까운 현실이고 후세에게 미안해야 할 노릇이다.

다시 합기도 이야기로 돌아가 어찌됐던 합기도가 한국의 전통무술이라는 것을 명백히 하지 못한 정부(문화체육관광부)는 한국의 전통무술을 계승 발전시키자는 취지에서 입법화한 무예진흥법에 합기도를 외래무술로 편성시켰다. 합기도는 더 이상 한국의 전통무술이나 호국무예가 아니다.

정부에서도 합기도를 전통무술로 인정하지 않고 있는데 여타 합기도 단체의 홈페이지에 들어가 보면 아직도 삼국시대를 운운하며 전통무술이라고 버젓이 기입해 놓고 아무것도 모르는 고사리 같은 손으로 무술을 하며 순수하게 뛰노는 아이들에게 전통무술이라고 잘못 가르치고 있다.

신문지 몇 장으로 하늘을 가릴 수는 없는데도 그렇게 하고 있으니 정말로 한심할 뿐이고 너무나도 안타깝다.

일본의 장인정신

일본에서 10년간 생활하고 일본에 대해 하나둘씩 알아가면서 많은 것을 보고 배우고 여러 가지를 느끼며 20대를 보냈다.

그러면서 일본이란 나라는 가장 가까운 곳에 있는 가장 무서운 나라라는 것을 확실히 느꼈는데 이유는 여러 가지가 있지만 가장 큰 것은 일본 사람들은 군대도 안 가면서 해병대정신이 아주 뿌리 깊이 박혀 있다는 것이다.

무슨 이야기인가 하면 질서를 참 잘 지키고 단합이 정말 잘 된다는 말이다. 마치 단결이 잘 된 해병대를 보는 듯한 기분이 들 정도다. 아니 그 이상이다.

지진이나 산사태 또는 어마어마한 쓰나미가 와서 그 큰 피해를 입었는데도 잘 정리된 책상과 걸상처럼 줄을 서서 차분하게 대처하고 구호품을 받으며 웃으면서 인터뷰까지 하는 여유를 봤을 때는 소름이 돋기까지 했다.

그뿐 아니라 어느 하나에 목숨을 바칠 정도로 파고들며 명맥을 이어가는 장인정신은 정말 그 어느 나라도 따라가기 힘들 정도다.

어느 정도냐 하면 지방에서 3대째 100년이 훨씬 넘도록 우동을 만들어 파는 가게의 외아들은 도쿄에서 변호사를 하고 있다. 아버지가 이제 그만 집으로 내려와 가업을 이으라며 잘하고 있는 아들을 불러 들여 우동을 쫄깃하게 뽑는 법을 사력을 다해 가르친다. 이는 지어낸 것이 아니라 실제 이야기다.

과연 한국에선 있을 수 있는 일인가? 물론 있을 수도 있겠지만 참으로 힘든 이야기다.

나도 한국인이고 외국에서 한국인의 긍지와 자부심을 갖고 살아온 사람이라 한국에 대해 나쁘게 말하고 싶지 않다. 하지만 한국에서는 아들이 변호사인데 시골에 내려가서 아버지 우동 뽑는 것을 돕는다고 하면 아마 아버지가 귀싸대기를 때릴 것이다. '내가 너를 어떻게 키웠는데, 피땀 흘리며 너만큼은 이거 안 시킨다고 다짐을 했고 그 덕에 너를 변호사 만들어 놓은 것이다. 그런데 우동을 뽑겠다고! 내 눈에 흙이 들어가기 전에 안 된다!' 아마 이러지 않을까 싶다. 이러한 한국인들의 생각 때문에 명맥이 끊어진 것이 너무나 많다.

일본에 있을 때 우연히 일본 도자기에 대하여 나오는 다큐멘터리를 보았다. 거기서 일본의 도조日本陶祖 이삼평의 후손이 나와서 하는 이야기를 들었는데 일본에서 너무 큰 대우를 받고 있어서 혼을 담아 자기가 만들고 싶은 도자기를 마음껏 만들며 살아가고 있고 그래서 행복하다는 내용이었다.

그는 한국인이다. 한국에 가서 도자기 만들며 살고 싶다는 생각은 해본 적 없냐고 묻자 그런 생각도 있었지만 한국에서는 현실적으로 일본처럼 마음껏 도자기 만들며 살 수 있는 환경이 아니기 때문에 마음은 있지만 가고 싶지 않다고 말했다

이것이 한국의 현실이다.

남들은 그를 어떻게 생각할지 모르겠지만 나는 그를 충분히 이해한다.

나와 내 가족이 생활고에 힘들어 하는데 마음 편하게 도자기를 만들 수 있을까? 도자기를 구울 때는 혼을 담는다는 말을 하곤 한다. 그러려면 잡생각이 있어서는 안 되는데 과연 그것이 되겠는가 말이다.

나조차도 무술을 하면서 많이 힘들었고 지금도 크게 변함은 없다. 그래서 대우가 좋은 미국이나 유럽으로 나가려는 생각을 한 적이 있다.

잠깐 미국에 산 경험이 있는데 미국만 보더라도 무술사범의 지위가 상당하다. 꼬집어서 비교하기는 좀 그렇지만 굳이 따지자면 의사, 변호사, 교수 그 위가 무술사범이라고 해도 과언이 아니다. 그만큼 무술사범의 지위가 높다. 보디빌딩이나 테니스, 농구, 탁구와 같은 운동은 단지 기술을 가르쳐주고 건강에 도움을 주지만 무술은 기술을 지도하고 건강하게 도와줄 뿐 아니라 정신적인 면까지 이끌어 주고 있기 때문에 상당히 어려워하며 스승으로서 그 가치를 높이 생각하는 것이다.

무술은 예를 중요시한다. 예로 시작해서 예로 끝나며 몸을 단련하기 전에 마음을 먼저 단련해야 한다. 바른 마음과 정신에서 비로소 제대로 된 몸의 움직임이 나올 수 있기 때문이다.

미국에서 허리 굽혀 인사를 받는 사람은 무술지도자 말고는 없다. 미국이란 나라 자체가 대통령이 와도 악수를 하거나 손을 흔들지 허리를 굽혀 인사하지 않는다. 허리를 굽히는 인사는 오직 무술사범만 받을 수 있다. 이 얼마나 대단한가!

한국은 많은 재능을 가진 민족이다. 하지만 그것을 계승 발전하고 지켜나가도록 국가에서 활발하게 지원하지 않고 있는 것이 문제다.

일례로 인간문화재, 즉 중요무형문화재라고 불리는 명인들이 한 달에 정부에서 받는 돈이 70~80만 원 정도다. 이 돈을 주면서 우리 것은 소중한 것이니 전통을 계승하고 발전시키고 후학을 양성하라고 하는데 정부는 과연 대학생이 한 달 아르바이트 해서 받는 돈보다 작은 돈을 받으면서 실현 가능하다고 생각하는 것인가?

명인들의 말을 들어보면 가면 갈수록 대를 잇기가 힘들어진다며 걱정을 많이 하신다. 요즘 젊은 세대들은 어렵고 힘든 것은 잘 하지 않으려고 하는데다가 돈이 안 되는 일은 더더욱 안 한다.

하지만 일본은 많이 다르다. 그 기술을 가지고 있는 즉 명인의 가치를 높게 평가하고 좋은 대우를 해주며 그 사람이 그것에만 전념할 수 있도록 온갖 지원을 아끼지 않는다.

앞으로는 한국도 변화하여 소중한 우리 것이 더 이상 사라지지 않도록 막아야 하지 않을까 깊이 생각해 본다.

일본의 혼네와 다테마에
그리고 이지메

    일본사람은 화가 나도 어지간해서는 내색을 하지 않는다. 그러나 마음속에 담아 두는 아주 무서운 습성이 있다 물론 한국사람도 그런 사람이 있다. 하지만 일본사람은 아주 많다.

    그리고 일본에는 '혼네'와 '다테마에'라는 것이 있는데 쉽게 말하면 속과 겉이 다른 것을 말한다. 겉으로는 아무렇지 않은 그런 기색을 하면서 속마음은 정반대인 것이다.

    일본에 있다 보면 처음에는 이해를 못하지만 오랜 기간 생활하다 보니 참는 것을 하나의 미덕으로 여기는 것이 일본인의 국민성이라는 것을 알게 된다.

    좋은 쪽의 미덕은 상관이 없지만 나쁜 쪽으로 치우치면 문제가 심각해진다.

    예를 들어 약간 불편한 의자에 앉아 있는데 "혹시 불편하면 의자를 다른 것으로 바꿔 드릴까요?" 하고 누가 물어보면 "아뇨, 괜찮습니다. 편안합니다." 하고 대답한다. 이런 것은 옳은 미덕이다. 좀 불편해도 나에게 신경을 써 주는 것이 다소 미안하기 때문이다.

    하지만 정말 싫어하는 사람이 있는데 그 사람 앞에서는 칭찬을 하면서 그 사람이 없으면 남들에게 흉을 보는 이런 이중적인 행동은 해서 안 되는 나쁜 행동이다.

이러한 나쁜 행동을 일본인은 아주 많이 한다. 오죽하면 혼네와 다테마에라는 말이 있겠는가?

어릴 때 어머니가 그러셨다. 나중에라도 일본 사람이 뭔가를 선물을 하면 기본으로 세 번은 사양하는 것이 예의라고. 그때 굳이 세 번이나 그래야 하나 하고 생각했는데 그것을 예의라고 생각하는 민족이 일본이다. 그래서 일본은 가깝지만 먼 나라라는 말을 하는 것이다. 도무지 알 수 없기 때문이다.

뿐만 아니라 이지메, 즉 한국말로 하면 따돌림인데 이 따돌림도 심하다.

이 이지메는 단순히 어린애들이나 아니면 학생들에게만 있는 것으로 아는 분들이 많은데 사회에서, 직장에서 또는 어떠한 모임에서 더 심한 형태를 보이고 있다.

조금 남보다 더디거나 잘 못하면 대체로 따돌림에 타깃이 되며 그 따돌림은 거의 살인적인 수준인데 직장 내 따돌림으로 회사를 그만두는 사람, 심지어는 목숨까지 끊는 사람도 있다.

여러모로 배울 점도 많은 일본이지만 그렇지 못한 것도 상당히 많은 나라가 일본이다.

한마디로 일본은 아리송한 나라다~

포기하지 않으면 된다

일본무술에 미치다

　사람이 세상을 살아오면서 미쳤다는 말을 들어보지 못했다면 노력이 부족한 것이다. 적당히 해서는 남보다 더 잘할 수 없는 것이고 큰 발전을 바라지 않는 것이 옳다.

　나는 지금 생각해도 일본에서 일본무술에 미친 사람처럼 무술에 온 열정을 다 바쳤었다. 명절이나 크리스마스 등등 각종 기념일을 잊고 살았고 쉬는 날은 하루 종일 무술수련을 할 수 있어서 좋은 날이지 그 외에는 아무런 의미가 없었다. 일요일에는 아침부터 밤에 자기 전까지 무술수련 수련, 수련 오로지 수련이었다.

　생일 또한 아무런 의미가 없었다. 생일이 겨울이었는데 일본에서 처음 맞이하는 생일날 혼자 동네 공원에서 300엔짜리 도시락을 먹으며 울었던 기억이 있다.

　원래 생일파티 같은 것은 예전부터 해본 적도 없고 그렇게 큰 의미를 부여하지 않았기 때문에 별로 신경 쓰는 편이 아니지만 그날은 왠지 눈물이 나서 눈물 반 밥 반 그렇게 먹었다.

　아무리 가깝다지만 그래도 외국이라 그런지 그때는 독한 마음가짐이 있었고 정말 부지런히 성실하게 악착같이 살았던 기억밖에 없다.

　합기도 수련은 하면 할수록 더 큰 깨달음이 오고 깨달음이 오면 올수록 더 어렵고 오묘했으며 검술수련은 아무리 해도 끝이 없었다. 검술에 미쳤을 때는 손바닥에 굳은살이 생기고 떨어지고 다시 굳은살이 생기고 이것을 얼마나 많이 반복한지 모른다.

어느 정도였냐 하면 좀 과장이라 하겠지만 밥 먹는 시간외에는 무술수련을 했다고 보면 맞다. 그때는 완전히 미쳤었다.

하루는 같이 사는 친구가 "너 이상해. 적당히 해라. 잠자면서도 무술하냐?"고 하길래 무슨 말이냐고 물었더니 잠꼬대 하면서 검술을 했는지 자다 말고 손을 허공에 대고 휘저어서 깜짝 놀랐다고 한다.

그만큼 그때는 무술에 미쳐있었다.

지금 이 책을 읽고 있는 분들에게 하고 싶은 말이 있다.

성공한 사람들은 대부분 미친 사람들입니다.

성공하고 싶으면 미치십시오.

검술에 입문하다

합기도를 하면서 검술에 목이 말라 신음류新陰流 검술에 입문을 했는데 일본의 검술실력은 세계 최고라고 해도 과언이 아니다.

일본의 검술 유파는 너무나 많아서 다 나열하기 힘들지만 크게 염류念流, 음류陰流, 일도류一刀流 세 가지가 대표적이고 여기서 수십 개에서 많게는 수백 개의 유파들이 탄생한다.

내가 배운 신음류 검술은 대표적인 음류 검술로 500년의 역사와 전통을 가진 최고의 검술유파인데 지금으로부터 500년 전이면 바로 일본 춘추전국시대다.

신음류 검술이 뛰어났다는 것은 3대 야큐 무네노리 종가柳生宗矩가 그 유명한 쇼군 도쿠가와德川家 집안의 검술 사범이었다는 사실에서도 살펴볼 수 있다.

도쿠가와는 임진왜란을 일으킨 도요토미 히데요시豊臣秀吉를 제압하고 일본 춘추전국시대를 막을 내린 장본인이다.

야큐 무네노리 종가의 검술 실력은 당대 최고였으며 진검으로 덤비는 상대를 목검이나 후꾸로시나이(대나무를 여섯 조각을 낸 후 소가죽이나 말가죽으로 덮은 죽도)로 상대하기로 유명했다. 상대도 명색이 사무라이라 자존심이 상한다며 진검을 뽑으라고 하면 진검을 뽑기도 했지만 그러면 상대는 다 죽었다고 한다. 그 정도로 검술의 달인이었다는 이야기다.

　나에게 신음류 검술을 잡는 법부터 가르쳐 주신 분이 일본 소방청 합기도 사범이신 야마시마 선생님이신데 선생님이 그 당시 도시마시부 豊島支部의 지부장이셨고 전 일본의 신음류의 면허개전을 가지고 계시는 13명 중에 한 분이셨다.

　검술은 합기도와 큰 연관이 있는 무술이다.

　합기도의 움직임이 실제로 검술의 움직임과 같다. 또 합기도와 신음류 검술은 공통점이 있는데 먼저 공격을 하지 않는다는 것이다. 다른 검술과는 달리 먼저 공격을 하지 않고 허점을 일부러 만들어 보여주고 상대의 공격이 들어오게 해서 상대를 제압하는 검술이 신음류 검술이다.

　음류(陰流)라는 글자에서도 알 수 있듯이 단순하게 베고 찌르는 것이 아닌 하나의 병법이 바로 신음류 검술이다.

　이러한 검술을 배우고 나서 나의 합기도 실력이 아주 많이 변했다. 초심자들은 합기도 실력을 합기도 수련으로 올려야지 왜 검술이나 기공으로 실력을 올리나 하고 의문을 가질 수 있지만 어느 정도 실력을 올라가면 그 후부터는 어지간해서는 실력의 변화가 오지 않는다.

　합기도는 검술의 움직임과 같다. 또한 합기도는 기로 하는 무도다.

　무슨 이야기인지 더 이상 설명하지 않아도 될 것이라 생각한다.

　신음류 검술을 배우고 합기도 동작이 더욱 간결해졌고 불필요한 움직임이 없어졌다.

포기하지 않으면 된다

야스쿠니 신사에서의 검술 시범

내가 검술에 미쳐 있을 때였다.

하루는 와타나베 종가渡辺宗家께서 이번에 있을 연무演武에 나가라고 하셨다. 제 실력에 나가도 괜찮겠냐고 겸손하게 말씀을 드렸더니 너니까 나가는 거라고 한마디 하셨는데 너무나 기분이 좋았다.

일본의 고무도협회古武道協會에서는 2년에 한 번 일본을 대표하는 고류古流무도단체를 초청하여 야스쿠니 신사에서 연무를 선보이고 있었다.

검술에는 신음류 검술이 지정이 되어 나가는 사람을 선발했는데 종가가 직접 나가라고 했기 때문에 그 누구도 아무 말도 할 수 없었다.

야스쿠니 신사의 무대에 올라가는 것은 일본인으로도 상당한 영광이다. 또한 자기 유파를 대표해서 나가는 것이기 때문에 아무나 내보내지 않는다.

평소에 열심히 하기 때문에 갑자기 연무에 나가게 됐다고 해서 더 열심히 하고 그러지는 않았다. 평소에도 발에 물집이 잡힐 정도로 죽기 살기로 한다. 매사에 그렇게 해 왔다. 그것이 나의 유일한 장점일지도 모른다.

그렇게 나는 연무에 나가게 되었고 내가 가장 잘하는 고다찌小太刀로 나가기로 결심을 했다.

고다찌는 일본의 사무라이가 큰칼 옆에 차는 작은칼을 말한다. 원래의 용도는 전장戰場에서 적의 포로로 잡혀서 욕보이기 전에 자결을 하는 용도였는데 큰칼이 땅에 떨어지거나 위험할 때도 사용하기도 한다. 길이가 작은 칼로 큰칼을 상대하려면 실력이 배로 좋아야지 그렇지 않으면 힘든 것이 기정사실이다.

고다찌는 연습을 상당히 많이 해야 하는 검술의 하나인데 내가 일본에서 봤을 때도 고다찌를 잘 다루는 사람은 그리 많지 않았다.

화창한 날씨에 연무는 시작되었고 나는 무대에 올라갔다. 그런데 막상 무대에 올라가자 멍해지더니 머릿속이 백지가 되어버렸다.

나는 순간 입 안쪽의 살을 확 씹어버렸다. 그러자 물컹하며 쌉쌀한 피가 흘렀고 침과 하나가 되어 목구멍에 넘어가면서 정신이 바짝 들어 정교한 움직임으로 한 동작 한 동작 기술을 선보였다.

마지막 한 수를 선보이자 모든 것이 끝이 나고 야외무대 밑에서는 박수소리가 터져 나왔다. 순간 발끝에서부터 소름이 쫙 돋아 오르고 머리털이 쫑긋 서며 온몸에 전율이 가득했다.

그렇게 마치고 인사를 하고 무대에서 내려왔는데 등줄기에는 한줄기 땀이 주르륵 흘러 내렸고 온몸에 힘이 빠지면서 아까 깨물었던 입안이 아프기 시작했다. 너무 많이 깨물어 입안에 살점이 너덜너덜 했고 쓰라렸다.

그러고 있자 상대역을 해주셨던 치요다 지부千代田支部의 지부장님이 너무 잘했다며 칭찬을 해주셨는데 내가 열심히 한 것도 물론 있지만 치요다 지부의 지부장님이 상대역을 잘 해주셔서 더욱 빛이 난 것이었다.

지부장님은 신음류 검술 내에서도 다섯 손가락 안에 드는 고수이시고 이루 말할 수 없을 정도로 영향력이 막강하신 분이다. 내 상대역이나 할 분이 아닌데 아마 내가 외국인이라서 걱정이 되어 자진해서 내 상대역을 하시겠다고 했을 수도 있다.

상대역이 누구냐에 따라서 시범이 아주 많이 달라지며 능숙한 사람이 상대역을 하면 상대에게 맞춰주면서 부드럽게 이어나갈 수가 있어서 상대역은 정말 중요하다.

그렇게 모든 연무가 끝났고 그날 야스쿠니 신사의 언덕을 내려오면서 이 야스쿠니 신사에서 선생님과의 정사가 갑자기 생각나서 순간 이런 생각을 했다.

나와 정말로 인연이 많은 신사구나……

기공(氣功)에 입문하다

실력이 일취월장 하자 욕심이라고 할지 아니면 더 진보進步하고자 하는 애절함이라고 해야 할지, 항상 가슴 한구석이 답답했다.

그리고 합기도는 기氣로 한다고 하면서 정작 기에 대한 수련은 하지 않는다. 물론 기혼도우사基本動作를 하면 자세가 밑으로 가라앉고 하단전에서부터 힘이 배양되어서 공력이 생긴다고는 하지만 왠지 그것만 가지고는 나의 답답함을 채우기는 힘들었다.

그래서 일본에서 기氣를 전문적으로 수련하는 곳을 찾아다니기 시작했고 그중에서 제일 정통으로 하는 곳을 2개월 만에 찾았다.

그곳은 대만의 인간국보 왕수금노사의 수제자이자 일본 태극권의 아버지라고 불리며 체육문화공로상까지 받으신 상당한 실력의 고수, 찌비기 히데미네地曳秀峰 선생님이 가르치시는 곳이었다.

마침 운이 좋게 입문한 다음날 대만에서 종가가 오셨는데 한 번 상대를 해줄 테니 시험해보고 싶은 사람을 손을 들으라고 하길래 말이 떨어지자마자 이게 웬 횡재냐 싶어 바로 손을 들었다.

앞으로 나오라고 해서 앞으로 나갔는데 주먹으로 맘껏 들어오라고 해서 오른손 주먹을 뻗었다.

솔직히 정말 싸우는 것처럼 하지는 않았다. 단지 어떻게 기술을 들어가고 또 기氣를 어떻게 사용하는지 궁금했던 것이지 다른 의도는

꼭기하지않으면 또된다

없었기 때문이다.

그런데 순간 내 주먹을 살짝 비껴 내고서는 왼쪽손바닥으로 내 오른쪽 어깨를 탁 하고 치셨는데 뒤로 온몸이 튕겨져 나갔고 뒤에 있는 지도원이 나를 붙잡아 주었다.

맞을 때 뭔가 벽에 부딪히는 듯한 느낌을 받았는데 기분이 오묘했고 다음날부터는 오른쪽 팔이 올라가지 않아서 일주일간 세수를 한 손으로 하고 밥도 왼손으로 먹어야만 했다.

처음으로 대만 기공의 무서움을 체험했고 이 엄청난 기의 능력을 빨리 배우고 싶었다. 그래서 정말 열심히 기공을 연마했고 드디어 일 년 만에 유단자가 되어 점점 내 몸에 기운이 충만하고 예전과 다른 나를 느끼기 시작했는데 이때 합기도에는 없는 것이 기공에는 있고 기공에는 없는 것이 합기도에 있는 것이 안타까워 이 좋은 것을 하나로 모으면 얼마나 좋을까 하고 생각했다.

정말 아쉬웠는데 '아쉬울 것이 뭐가 있는가. 합치면 되지'라는 생각이 불현듯 들었다. 그래서 두 무술의 장점을 최대한 살리고 어색함이 없도록 접목하는 과정에서 심사숙고 했다.

그렇게 탄생한 것이 바로 '유합도柔合道'다.

유합도를 만드는 데 그렇게 힘들지는 않았다. 서로 전혀 다른 무술인줄 알았는데 같은 점이 너무나 많았고 몸의 움직임이 거의 일치했으며 원리가 똑같았기 때문이다.

단지 합기도는 상대의 관절을 주로 제압하고 던지는 기술로 발전했고 기공은 상대의 공격을 흘려내고 순간 가격을 하며 때로는 기를 발산하여 튕겨내는 그런 기술이 주를 이루면서 발전해온 것이다.

두 무술이 하나가 되는 과정에서 비율은 합기도에 더 많이 두었는데 그 이유는 나는 호신, 즉 자기방어에 더 큰 중점을 두고 있고 나의 무술이 그쪽으로 방향을 잡고 있어서다.

게다가 기공은 자칫하면 상대가 심하게 다칠 가능성이 높기 때문에 합기도에 좀 더 비중을 많이 두었다.

유합도柔合道는 '부드러울 유' '합할 합' '길 도'를 쓴다. 즉 부드러움 안에서 합을 이루는 길을 찾는 것이 바로 유합도다.

포기하지 않으면 된다

유합도(柔合道)

내가 유합도를 창시한 이유는 남보다 뛰어나서도 아니고 무술 창시로 돈을 벌어 보려는 마음은 더더욱 아니다.

많은 오해와 편견이 있지만 분명히 해 두고 싶은 것은 합기도의 정말 좋은 점과 대만 기공의 기氣를 배양하는 수련 중에 건신健身과 호신護身을 겸한 기공법은 상당히 탁월하기 때문에 이 좋은 것을 하나로 승화시키고 싶은 마음뿐이었다.

그리고 그것을 많은 노력 끝에 완성시켰고 너무나 좋은 것을 나 혼자 알고 있기에는 아까워서 보급에 나서기 시작한 것이다.

주위에서는 왜 안 해도 되는 고생을 굳이 하냐고 하는 사람도 있었지만 유합도를 만드는 과정에서 많은 공부工夫가 되었고 단순하게 무술을 혼합하는 것이 아닌 원리와 이치 그리고 몸의 움직임을 하나하나를 정형화 시켜야 했기 때문에 많은 고심을 하면서 나 스스로 더욱 성장을 거듭했다.

그러면서도 합기도의 부분과 기공의 부분을 매끄럽게 하나로 만들고 사상과 근본의 이념을 구축하고 단지 모방이나 카피가 아닌 더욱 발전한 새로운 무도武道를 만드는 데 온 힘을 다했기에 비로소 '유합도'라는 신생무술이 탄생한 것이다.

유합도는 부드러움 안에서 합을 이루는 길을 찾는 것이며 그것을 몸으로 표현하는 것이 유합도이고 '유능재강柔能制剛', 부드러움이 강함을 제압한다는 이치에 기본을 두고 있으며 크게는 우주 삼라만상의 원리에 근본을 두고 있다.

우주 삼라만상의 근본은 무無에서 시작하는데 이것을 무극無極이라 하며 하늘과 땅이 생기기 이전 단계로 하늘이 생기면 땅이 생기고, 남자가 생기면 여자가 생기고, 안쪽이 있으면 바깥쪽이 있고, 이것이 바로 태극太極이고 음陰과 양陽이다.

강함이 양이라면 부드러움은 음이다. 유합도는 음으로 하는 무도이다. 강함은 강한 성질이 극極에 달하면 파破하게 된다 하지만 부드러움은 유柔할지언정 파하지는 않는다.

사람들은 강한 것이 강하다고 생각하지만 반드시 그런 것만은 아니다. 너무 강하면 부러지게 마련이고 꼭 무리가 따르게 된다.

사람의 몸도 마찬가지다. 젊을 때는 못 느끼지만 나이가 들면서 무리를 했던 것 때문에 후유증으로 노년老年을 힘들게 보내는 사람들이 적지 않다.

사람의 몸은 작은 우주와 같다.

우주가 제멋대로 돌아가는 것 같지만 다 자연의 이치와 섭리에 의해서 수순대로 돌아가는 것인데 이와 같이 몸도 기氣가 순환하고 산소를 공급하여 심장에서 피를 온몸으로 내보내듯이 모든 것이 자연스러운 수순에 따라 이루어진다.

이러한 몸을 너무 물리적으로 강한 트레이닝에 혹사시키면 건강을 돕는 것이 아니라 오히려 건강을 해치는 것이 되는 것인데 하지만 젊을 때는 그것을 미처 느끼지 못한다.

유합도 수련은 가장 자연스러운 호흡으로 몸의 평안함 속에서 기氣를 상충시키고 허리와 관절의 움직임으로 아주 작은 힘으로도 큰 힘을 내어 전달할 수 있는 양생건신養生健身이며 그것이 내 몸을 지키는 호신護身이 되기도 한다.

무술은 내 작은 힘으로 상대의 힘을 역이용하고 내 몸에 중심을 낮추고 기氣의 충만함을 전달하여 상대의 전의를 상실하게 만드는 자者가 최고의 고수高手라고도 할 수 있다.

내가 창시한 유합도는 2012년 6월 문화체육관광부 체육법인을 허가받고 국무총리 산하 한국직업능력개발원에 정식 등록하여 활발히 발동하고 있는 정통무술단체라는 강한 자부심과 긍지를 갖고 있다.

뿐만 아니라 유합도는 국민의 안녕과 건강 증진을 위하여 국민생활체육으로 자리 잡기 위해 최선을 다하여 경주하고 있으며 국내뿐 아니라 미국법인을 설립하여 세계화에 박차를 가할 계획을 추진 중에 있다.

야쿠자 오야붕의 스카우트 제의

일본에서의 생활이 익숙해지고 어느 정도 시간이 흐르자 주위에 인맥이 하나둘씩 형성되고 우연찮게 야쿠자 오야붕을 소개받게 되었다.

일본에서는 한국과 다르게 야쿠자를 끼지 않고는 조그만 호떡가게 하나도 할 수 없다.

특히 외국인은 더욱 그랬는데 지금도 그러는지는 잘 모르겠지만 그때는 그랬다. 그때는 한국인이 야쿠자 중간보스만 알고 지내도 상당한 인맥으로 생각하는 그런 시절이었기 때문에 야쿠자 오야붕을 소개받는 일은 생각처럼 쉬운 일이 아니었는데 나를 아주 좋게 보셔서 '동생'이라고 불렀고 나는 그분을 '형'이라고 불렀다.

형은 어머니가 한국인이었고 사춘기 때 어머니가 일본에 정신대로 끌려왔던 여자라는 것을 알고 그때부터 삐뚤어져 17살에 일본 거대조직에 입문해서 최고의 자리까지 올라가신 분이었다.

형은 한국인이면서도 일본무술을 하는 나를 독특하게 생각하셨고 상당히 좋아했다. 형도 무술을 배워보고 싶었지만 너무 바쁘게 앞만 보고 살다보니 이미 나이가 이렇게 먹었다며 어렸을 적 무용담을 간혹 들려주곤 했었다.

비록 야쿠자지만 높은 자리에 있어서 그런지 무섭거나 혹은 거칠다거나 하는 그런 면이 전혀 없고 상당히 다정하면서 오히려 일반인보다 따듯한 감성을 가진 분이었다.

물론 그분도 그 자리에 올라가기까지 험난하고 온갖 더러운 일을 다 했겠지만 당시에는 그런 느낌을 전혀 받을 수 없었다.

일본의 야쿠자는 한국 건달들과는 조금 다른 면이 있는데 매사에 정확하며 일반인은 절대 건드리지 않는다는 것이다. 뿐만 아니라 모든 것을 합법적으로 운영을 하는 기업화가 되어 있다는 점에 놀라지 않을 수가 없었다. 밑에 조직원들도 전부 같은 날에 월급을 받지 한국처럼 용돈을 받거나 아니면 어느 지역을 주고 니들이 알아서 해 먹으라는 식이 아니었다.

그리고 마약과 매춘에 관련한 야쿠자 영화를 쉽게 볼 수 있는데 실제로는 전혀 그렇지 않다 무슨 이야기냐 하면 일본 정통 야쿠자들은 마약, 매춘, 인신매매에 절대 손을 대지 않으며 손을 대는 순간 조직에서 나와야 한다. 야쿠자들도 그들만의 룰이 있는데 위에 말한 세 가지를 하는 것은 가장 하류로 보고 야쿠자 취급을 하지 않는다.

물론 일본에서도 매춘과 마약에 손을 대는 조직이 있다 하지만 그들 세계에서 인정 받지는 못한다. 한국도 건달 흉내를 내는 동네 양아치들이 있지 않은가. 그것과 똑같다고 보면 맞다.

하루는 형이 나에게 형이 하는 일 중에 한국과 관련된 일이 있는데 맡아서 해보지 않겠냐고 제의를 했는데 정중히 거절했다. 하지만 언제라도 통역이 필요하면 불러달라고 기꺼이 돕겠다고 했는데 형이 원하는 것은 형 밑에 들어오는 것이었지 그런 것이 아니었다.

그렇게 사양을 했는데도 나중에 형이 또 한 번의 제의를 했는데 그때는 예전처럼 뭔가를 맡아서 해보라는 것이 아니고 단도직입적으로 조직에 들어와서 형과 같이 다니며 일을 배우라고 말씀하셨다.

솔직히 엄청난 제안이었다. 형 밑에서 목숨 걸고 충성을 맹세하며 수십 년을 일해 온 사람들도 몇 천 명이다. 그런데도 형과 같이 식사 한 번 못해본 사람도 수두룩하다.

그렇게 쉽게 거절할 제안은 아니었지만 내가 가야 할 길이 아니었다.

나는 무도인이다. 고로 무도인의 길로만 가고 싶었다.

그렇게 두 번 거절하자 형은 다시는 나에게 제안 같은 것은 하지 않았다.

포기하지 않으면 된다

장사는 나와 어울리지 않는다

친한 동생이 한국식 소주방을 하자는 제의를 해서 곰곰이 생각했다. 일본생활 하면서 좋은 제안을 많이 받았지만 그다지 고민을 해본 적 없는 나였는데 소주방은 왠지 고민이 많이 됐고 특히 술장사는 해본 적이 없어서 나와 적성이 잘 맞지도 않는다는 생각이 들어서였다.

그 당시에 한국식 소주방이 유행이었고 동생은 한국에서 술장사 경험이 있었기에 자신감이 넘쳐있었다.

그래서 동업으로 오픈했다. 일본은 가게세가 워낙 비싸 아주 좋은 상권은 아니었지만 한국인도 많고 그래도 괜찮은 장소이기에 나름 좋은 출발을 했다.

처음엔 괜찮았는데 점점 손님의 발길이 떨어지기 시작했고 재료비에 종업원 급여에 월세를 내면 둘이서 가져가는 것이 별로 없었다. 워낙 주위사람들 말을 잘 듣고 모든 일을 신중하게 생각하지 않는 나의 잘못이었다. 그래도 다른 어떤 것보다 생각을 많이 했는데도 상황이 좋지 않았기에 큰 문제였다.

그나마 나는 일본생활 하면서 열심히 모은 돈으로 시작을 했지만 동생은 빌려서 한 것이었고 그것도 나중에 알게 되었다.

상황이 점점 심각해지자 동생 혼자 하기로 하고 내가 들어간 돈은 나중에 받기로 결정했다. 하지만 결국에는 돈도 못 받고 동생도 자취를 감춰서 돈과 동생, 두 가지를 다 잃었다.

　이때 많은 것을 깨닫고 인생의 허무함을 알았다. 역시 사람은 다 각자 자기 갈 길이 있고 다른 길로 접어들면 시간 낭비만 한다는 것을 ⋯⋯.

포기하지 않으면 된다

합기도 4단으로 승단하다

드디어 합기도 4단 승단을 했다.

소위 말하는 한국합기도 4단은 수두룩 하겠지만 일본 정통합기도는 그리 많지 않으며 양신관에서 한국인은 내가 유일했다.

한 분 더 계시긴 한데 그분은 양신관 개조 시오다 고조 창시자와 같이 합기도를 보급하던 옛날 분이고 미국에 있다는 말을 시오다 야스히사 종가에게 들은 적이 있다. 현재는 연락도 안 되고 그런 분이 있었다는 이야기 정도만 있었기 때문에 실질적으로 내가 유일한 한국사람이어서 야스히사 종가는 늘 나의 역할이 아주 중요하다고 말씀하셨다 유일한 한국인이라는 말씀에 처음에는 크게 생각을 하지 않았지만 내가 승단을 하면 할수록 부담감도 커져왔다.

나는 일본에서 생활하는 것이 좋았고 인연이 된다면 일본 여성과 결혼해서 안주하고 싶은 마음이 있었기 때문에 주위에서 소개도 종종 들어 왔었다.

그런데 종가 선생님은 늘 '네가 한국에 가서 보급을 해야 한다.' '너밖에 없다.' '너의 역할이 아주 중요하다.'고 아예 주입을 시키셨다.

앞에서 말한 것처럼 일본 사람은 남에게 그렇게 부담 주는 말을 하지 않는다. 그러나 종가 선생님은 달랐다.

나에게는 크나큰 숙제였으므로 걱정이 많았다.

한국으로 귀국하다

10년의 일본생활을 정리하고 한국으로 귀국을 결심했다.

한국에 정통합기도를 보급하는 것이 나의 목적이었고 합기도가 어느 정도 정착이 되면 유합도를 국민생활체육으로 자리 잡게 하기 위한 귀환이었다.

하지만 수중에 가진 돈이 하나도 없었다.

원래 돈 욕심이 없던 나였기도 하지만 동생과 동업하여 모든 돈을 다 날려 버렸기 때문에 한국에서 다시 직장생활을 해야만 했고 집도 없어서 당분간 서대문에 있는 한 평 조금 넘는 감옥 같은 고시원에서 지내야 했는데 거기서 16개월을 살았다. 원래는 몇 개월 살고 이사를 하려고 생각했었지만 수행한다는 마음으로 돈을 모아서 체육관을 하기 위해 참고 살았다.

한국에 귀국해서 바로 신월동에서 양신관 합기도지도자 양성교육을 시작했다. 그곳은 내가 설립한 사단법인 한국양신관 합기도연맹의 고문으로 계시는 임광영 고문님이 운영하시는 도장이었는데 그 도장을 빌려서 주말에 교육을 실시했던 것이다.

처음에는 크게 기대를 하지 않았다. 홍보라고는 고작 인터넷 무술사이트에 무료광고를 게시한 것이 전부였기 때문이다. 하지만 생각보다 반응이 상당히 좋았고 수강생들도 제법 모였다.

포기하지 않으면 된다

그러나 1주차가 지나자 1/3이 줄어들더니 3주가 지나니까 반이 줄어들고 3개월이 지나 지도자교육이 끝날 쯤에는 고작 네 명이 수료했다. 네 명 중에 한 명이 지금 본 연맹의 엄덕균 사무총장님이시고 세 명은 벌써 그만두었다.

자칫 모르는 사람이 들으면 가르치는 나의 교수법에 문제가 있는 것은 아닌지 오해할 수도 있는데 그것이 아니라 한국무도계가 언제부턴가 자격증을 남발하는 풍토가 조성이 되어 있었고 그러니 당연히 모였던 수강생들은 대충 참석만 해도 자격증을 받을 수 있을 것이라고 생각했는데 정확하게 지도를 하고 중간중간 테스트도 하니까 힘들어서 나가버리는 것이었다. 어떤 사람은 나가면서 이런 말을 했다.

"저는 운동도 오래 했고 현재 검도체육관도 운영하고 있습니다. 처음에는 정통합기도란 어떤 것인지 단순한 호기심에 와서 시작했지만 솔직히 너무 신선했고 고급기술에 놀랐어요. 그러나 너무 어렵기도 하고 힘듭니다. 이렇게 힘들면 한국에선 보급이 힘들 것입니다. 요즘 돈 주고 얼굴만 내밀면 단증이다, 지도자 자격증이다, 손쉽게 다 발급해주는데 누가 이렇게 고생스럽게 하려고 하겠습니까? 이 방법은 수십 년 전에 제가 처음 스승님에게 배울 때의 방법입니다. 이렇게 하면 10년이 지나도 전국에 지부가 늘어나지 않을 뿐더러 회원모집도 힘들 것이 분명합니다."

걱정해줘서 진심으로 고맙다고 전하고 도장 밖의 하늘을 한 번 쳐다보았다. 무술계가 이렇게 썩어 있을 줄이라곤 미처 생각하지 못했고 실망스러웠다.

무도武道에 '도'는 '길 도'다. 즉 단순한 레크레이션 강사를 배출하는 것이 아니다. 무도를 통해서 깨달음을 얻는 것이고 인내하며 나 자신을 닦는 것이 무도다. 무도인은 실력은 기본이고 마음가짐이나 덕망도 함께 갖춰야 하는 것이 진정한 무도인이라 할 수 있다.

실력도 없이 자격증을 받으려 한다는 자체가 도무지 이해할 수 없었다. 조금 힘들다고 그만둔다면 그런 사람이 대체 누구를 가르칠 것이며 제자들에게 인내하라, 끈기 있게 하라고 똑바로 눈을 보며 이야기할 수 있단 말인가? 자기도 제대로 못하면서 남을 가르친다는 것은 있을 수도 없는 것이다.

시대가 변하면서 발전하고 거기에 발 맞춰 나가는 것은 맞는 말이다. 하지만 잘못 가고 있는데도 그것이 흐름이고 대세라고 무작정 따라야 하는 것은 정말 잘못된 것이다.

세월이 흐르고 시대가 바뀌어도 변하지 않는 것이 있는데 그것이 바로 정신精神이고 혼魂이라고 하기도 한다. 그릇을 굽는 사람도 거기에 혼을 담는다고 하는데 하물며 무도인武道人이 그렇게 나약하고 정신상태가 썩어 있어서 누구를 가르치겠다는 말인가.

한국에 와서 정말 많이 실망을 했다. 이제부터라도 한국의 무도계가 달라져야 한다. 무도인은 매일같이 도복을 입고 죽는 날까지 벗으면 안 되는 것이다.

군인의 군복이 곧 생활 속의 옷이자 죽는 순간까지 입는 수의壽衣인 것처럼 무도인도 그와 같아야 한다.

수업은 나이 어린 사범에게 맡겨 놓고 주위 관장들과 술 마시고 낚시나 하러 다니지 말고 지도자로서 본을 보이고 매일같이 땀 흘려 수련하는 모습을 보여야 한다. 그것이 진정한 무도인이다.

한국에 와서 어떤 관장님이 무도체육관 관장을 동네 애들 차량운행이나 하고 애들 뒤치다꺼리나 하는 사람으로 취급을 한다며 한숨을 내쉬는 것을 보았다.

그것은 누구의 잘못도 아니다. 무도지도자들이 무도인으로서 올바른 모습을 보이지 않고 스스로 질을 떨어뜨렸고 돈만 좇다 보니 당연히 애들 부모님 비위 맞추고 애들 비위 맞추고 그러다보니 자연스럽게 그렇게 된 것이다.

혹자들은 굶어죽게 생겼는데 어떻게 하냐고 말하지만 굶어 죽더라도 무도인은 강직함이 있어야 하고 곧은 성품이 있어야 한다. 그런 것이 안 되면 하지 말아야 하며 그만두는 것이 맞다.

무도인은 아무나 하는 것이 아니다.

나는 무도를 계속하면 부인이 헤어지자고 해서 부인과 이혼도 했고 경비업체에서 일하면서 나 자신과 타협을 하지 않았다. 나도 운전할 줄 알고 마케팅할 줄 알고 학부모 비위 맞출 수 있다. 애들 적당히 가르치고 축구공 하나 던져주면서 니들끼리 놀라고 할 수도 있다. 지도자들에게 적당히 가르치라고 하고 같이 소주 한 잔 기울일 수도 있다.

하지만 그것은 밥 먹고 살기 위해 무도인의 탈을 쓴 것이지 진정한 무도인이 아니다. 그러려면 차라리 직장 다니면서 취미로 운동을 하는 것이 백 배 낫다.

불편한 한국

　내가 너무 오랫동안 일본생활을 해서 그런지 한국에 계속 살려고 하니 불편한 것이 한두 가지가 아니었다.

　한국은 세계 어느 나라보다 학구열이 높아서 학력이 높아지고 의식 수준이 올라갔다고는 하지만 아직도 질서의식이 없고 남에게 피해를 주는 사람들을 시내 곳곳에서 흔히 볼 수 있었다.

　제일 싫었던 것은 내가 담배를 피우지 않아서 그런지 앞 사람이 담배를 피우며 걸어가는 것이 너무 곤욕이었고 지하철에서 툭 치고 아무 말 없이 그냥 지나가는 것은 귀여울 정도였다. 그리고 거리에 침 뱉는 사람이 왜 그리도 많은지, 일본에서는 몇 시간 길거리를 걷고 유심히 봐도 침 뱉는 사람 한 명 찾아보기 힘들다. 게다가 운전습관은 또 왜 이렇게 난폭하며 막말을 하는지 이런 수준 이하의 나라가 한국이었다는 것이 믿기지 않았고 처음에는 적응하기 너무 힘들었다.

　하지만 어쩌겠나. 그래도 내 나라 내 땅인데. 그러려니 하고 한 6개월 지나니까 나도 무심해지고 적응이 되었다.

　하지만 반드시 고쳐야 할 것들이며 사라져야만 한다.

사표를 던지고 나오다

한국에 오자마자 중학교선배의 소개로 한 경비업체에 들어갔다.

예전에는 경비원하면 대체로 나이 먹은 아저씨를 연상케 했지만 세월이 지나면서 경비원도 20~30대가 주를 이루었으며 4년제 대학의 체육학과나 무도학과를 졸업해야 우대를 받는 현실이었다.

내 나이 34살에 경비원을 할 줄은 꿈에도 몰랐는데 그때는 아무거나 해야지 가릴 처지가 아니었고 그나마 바로 일자리를 구한 것만으로도 감사해야 했었다.

그때 그 경비업체의 경비대장이 나보다 세 살 많은 국가대표 태권도 선수 출신이었는데 운동하셨던 분이라 나에게 상당히 호의적으로 대해주셨고 근무배치도 편한 곳으로 지정해 줘서 어렵지 않게 근무를 했던 기억이 난다.

처음 내가 맡은 근무지는 동대문 패션상가빌딩의 창고를 지키는 일이었는데 편한 곳이지만 온종일 멍하니 벽만 보고 있으려니 바보가 된 느낌이었고 세상에 쉬운 일이 아무것도 없다는 것을 새삼 느꼈다.

경비대장은 편하게 쉬면서 졸리면 자고 요령껏 하면 된다면서 편안하게 있으라고 했는데 그러면 몸이 늘어져서 더 일하기 싫어질 것 같아 무전기를 허리에 차고 운동을 하기 시작했고 틈틈이 창고 주변을 순찰을 돌았다.

그러던 어느 날 내가 순찰을 도는데 우연찮게 운영본부장이 순찰을

도는 나와 마주쳤다. 열심히 하는 것을 보고는 칭찬을 받았는데 운영
본부장이 그날부터 나를 유심히 보기 시작했고 나에 대한 평판은 아
주 좋아졌다.

'칭찬은 고래도 춤추게 한다'는 말이 있듯이 그렇게 열심히 하던 중
회장님이 매일은 아니지만 항상 똑같은 시간에 엘리베이터를 타고 올
라가는 것을 보고 나는 일부러 내가 맡고 있는 층의 엘리베이터 버튼
을 눌러서 문이 열리면 회장님께 정중하게 인사를 했다.

그렇게 일주일쯤 하니까 회장님이 경비대장에게 '저 친구 어디서 왔
냐'고 물으셨고 주임으로 진급시켜주라는 지시를 내렸다. 그때 주임이
두 명이나 있어서 올리기 힘든 상황이라 3개월만 기다리면 계장 자리
가 공석이 되니까 차라리 그때 회장님께 말씀드리고 계장으로 올라가
는 것은 어떠냐고 경비대장이 물어 보길래 더 나은 조건이니 마다 할
필요가 없어서 그렇게 하기로 했다.

그러나 3개월이 지나도 인사 조치가 없자 어떻게 된 것인지 경비대
장에게 물어 보았는데 임원 중 한 분이 브레이크를 걸어서 당분간 기
다려봐야 할 것 같다는 말을 할뿐 얼마나 기다려야 하고 언제쯤이 될
지 알 수가 없는 상황이었다. 회장실에 바로 올라가겠다고 말하자 경
비대장이 많이 난감해 했다.

할 수 없이 참았다. 하지만 계속 다닌다는 것은 자존심이 허락하지
않았고 마음이 떠나서 근무를 계속 할 수 없다는 판단이 서서 바로
사표를 던졌다.

아픈 것은 참을 수 있다. 하지만 자존심이 구겨지는 것은 용납할 수
가 없고 약속이 지켜지지 않는 것은 더욱 참을 수 없는 일이다.

그래서 자리를 박차고 나왔다.

경비업체의 총괄 책임자로 발탁되다

사표를 던지고 정확히 일주일 만에 동대문의 다른 상가에서 보안팀의 과장으로 근무하지 않겠냐는 연락이 왔다. 무작정 사표를 던지고 나온 터라 아무 대책이 없었는데 나에게는 너무 기쁜 일이었다.

하지만 내색하지 않고 3일만 시간을 달라고 하고 기다렸다. 지금 생각해보면 왜 그런 무모한 말을 했는지 이해가 안가지만 그때는 그랬다.

그리고 3일 후에 전화를 해서 보안과장으로 일을 해 보겠다고 했고 다음날부터 패션도매 상가의 보안 총괄 책임자로 분주하게 움직였다.

연봉이 상당히 높았고 별도의 판공비에 이것저것 합치면 한 달 600만 원 정도 수입이 됐는데 결코 작은 돈이 아니었기에 처음엔 얼떨떨했다. 경기도 안 좋은 시기에 저 정도 수입이면 괜찮은 거였고 상가 주변의 다른 상가의 책임자들이 10년, 15년씩 같은 자리에 있는 이유를 그제야 알았다. 나는 주로 20명 정도의 보안직원들을 관리하고 회장님과 대표님이 출근하시면 에스코트 했다.

열심히 일하면서 도장을 오픈하기 위해서 꼼꼼히 돈을 모았고 정말 성실하게 생활했다. 윗분이 부르면 바로 달려가기 위해서 밥도 일 년 동안 김밥만 먹었을 정도였다.

지금 생각해도 정말 그때 열심히 했었다.

사표를 내고 미국으로 가다

나의 단점을 또 하나 이야기하자면 중대한 일도 너무 쉽고 빠르게 결정한다는 것인데 미국행 비행기에 몸을 싣고 한국을 떠났을 때도 한 일주일 생각하고 행동에 옮겼던 것이었다.

그때만 해도 주위에서 수입도 좋은데 왜 또 고생하러 미국에 가냐고 했지만 왠지 안 가면 나중에 더 나이 먹고 후회할 것 같았고 기회의 땅 미국에서 더 큰 꿈을 이루고 싶었다.

내가 간 곳은 위스콘신주 레이싱이라는 도시에 있는 무도체육대학원에서 석사과정을 공부하기 위한 것이었다. 대학도 졸업하지 않았는데 어떻게 대학원을 갈 수 있을까 의아해하는 분도 있을 수 있을 것이다. 나도 처음에는 그랬으니까.

하지만 미국에서는 대학 학사학위가 없어도 한 분야에서 12년 이상의 경력을 가지고 있으면 대학 4년을 다닌 것과 동등한 것으로 인정해 주고 대학원으로 바로 진학할 수 있는 시스템이 있다.

예를 들어 미용일을 12년 동안 했다든가 아니면 자동차정비를 12년간 했다든가 하는 경력 증명이 되면 그것을 적용해서 대학을 건너뛰고 관련 대학원으로 진학이 가능 하다. 주로 기술관련 분야에서 적용을 하여 진학을 하는 것이 대부분이지만 무도(武道)도 관련 단증과 무도 단체장의 추천서를 첨부해서 입학할 수 있었다.

그렇게 미국을 가기로 마음을 먹고 위스콘신이라는 곳을 인터넷으로 알아보았지만 겨울엔 춥고 여름엔 더운 곳이며 치즈로 유명한 고장이라는 것밖에는 특별히 알 수 있는 것이 없었다.

단지 대학원에서의 조건이 좋아서 믿고 간 것 이었는데 어느 정도 조건이 좋았냐면 3년 장학생으로 등록금 면제에 기숙사까지 무료 제공이었다. 게다가 석사과정을 마치면 정교수로 임명하겠다는 조항도 포함되어 있어서 더욱 미국행에 마음이 끌렸는지도 모른다.

비행기를 타기 전까지 얼마나 설레고 부푼 꿈을 안고 미래의 청사진을 그렸는지 모른다. 왜냐하면 한국에 와서 보니 무질서하고 여러모로 맘에 안 드는데다가 무도인이 차량운행이나 해서 꼬마들을 집에다 바래다주거나 해야 하고 무도관장을 무슨 동네 구멍가게 아저씨보다 더 우습게 보는 한국 무도계의 현실이 너무 싫었다.

그러나 혼자 세상을 바꿀 수는 없는 것이 현실이기에 참고 살았는데 절호의 기회가 온 것이었고 그것이 바로 미국행이었다. 미국에서 나의 무도를 널리 보급하고 후학을 양성하며 뜻을 마음껏 펼쳐보고 싶어서 과감하게 한국을 떠났던 것이다.

미국체험기 1

일본에서 한국으로 귀국한 지 1년 6개월 정도 지나서 다시 미국으로 출국을 했다.

정확히는 2009년 10월이었고 첫발을 내딛은 시카고 오헤어 공항은 국제공항인데도 한산했으며 가을인데도 날씨가 상당히 쌀쌀했다.

학교는 위스콘신주에 있지만 가장 가까운 공항이 시카고에 있어 시카고 오헤어공항에서 차로 두 시간 정도 가야만 했다. 시카고는 미국에서도 큰 3대 도시 안에 들어가는데 그다지 크다는 느낌은 받지 못했으며 그냥 소박했는데 상대적으로 인천국제공항이 얼마나 크고 잘되어있는지 느낄 수 있었다.

그렇게 두 시간 정도 지나 도심에서 상당히 떨어져 있는 학교에 도착했고 짐을 들고 안으로 들어갔더니 학교가 너무 낡은 건물이라 어두운 기운이 많이 들었다.

나는 느낌이나 기운을 많이 믿는 편이고 이상하게도 느낌이 잘 들어맞는다. 그 학교는 왠지 안 좋은 기운이 돌았고 기분이 썩 좋지 못했다.

그러나 내가 처음 미국 땅에 와서 낯설기 때문에 그런 것이라 생각하고 좋게 긍정적으로 생각하고 내색하지 않으려고 애를 썼다. 하지만 기숙사에는 쥐가 돌아다녔고 온수는 나오지 않았으며 보일러도 가장 추운 새벽시간에 딱 두 시간만 틀고 자동으로 꺼지는 시스템이었다.

위스콘신은 한겨울에는 영하 21도까지 내려가는 아주 추운 곳이며 며칠 전(2014년 2월) 신문에 43도까지 내려갔다는 것을 보고 깜짝 놀랐다. 물론 이상 현상일 것이라 생각하지만 그 정도로 추운 곳인데 난방비 아낀다고 학교 측에서는 그렇게 냉혹하게 하기 때문에 방안에서도 오리털 잠바를 입어야 했고 겨울 내 전기장판을 켜지 않고는 살 수가 없었다. 게다가 세탁기도 없어서 찬물로 손빨래를 해야 해서 군대에 다시 입대한 느낌이었다.

사무실을 여러 개로 나누어 놓은 듯한 기숙사에서 하룻밤을 보냈는데 통풍이 안 되서 그런지 목이 아프다 싶더니 다음날 아침 말을 하려니 목소리가 전혀 나오지 않았다.

미국은 병원비가 엄청 비쌌고 나는 보험도 없는 상태여서 가까운 약국에 가서 증상을 말했더니 별다른 약이 없고 그냥 통증 완화제만 준다기에 다시 숙소로 왔다.

온종일 얼음을 물고 있으니 목소리가 나오기 시작했지만 '그때 미국에 온 신고식을 제대로 하는구나' 하고 생각했다.

미국체험기 2

미국은 시내에서는 대중교통으로 다니는 것이 가능할지 몰라도 시내에서 조금만 떨어져 있어도 차가 없으면 거의 생활이 불가능하다고 보면 맞다.

학교에 폐차하려고 하다가 그냥 방치해 놓은 링컨승용차가 한 대 있었는데 그 차로 식료품을 사 가지고 오곤 했다. 물론 고장이 생기거나 문제가 있으면 학생이 수리를 하고 학교에서는 아무것도 책임을 지지 않는다는 조건에서였다.

다음날 아침 식료품을 사러 나갔는데 도무지 어딘지 알 수가 없어 가다 차를 세우고 지나가는 백인에게 길을 물었다. 좌회전 한 후 조금만 더 곧장 내려가면 월마트가 보인다고 해서 계속 내려갔는데 10분이 지나도 도무지 나오지 않았다.

미국은 피부색에 유난히 차별이 심한 나라이기에 황인종인 내가 어설픈 영어로 길을 물어보니 혹시 장난을 친 건 아닌가 하는 생각까지 들어서 다시 차를 세우고 길을 물었다. 그러자 이번에는 한 흑인 아주머니가 앞으로 직진해서 조금만 가면 된다고 했다.

그래서 백인이 틀리게 가르쳐 준 것은 아니구나 싶어서 계속 직진했다.

그렇게 5분을 더 가니 드디어 월마트가 나왔는데 그제야 '미국인의 감각이 이렇구나'라는 것을 알게 되었고 '이것이 바로 미국이구나' 싶었다.

한국에서 차로 15분이면 새벽에 차 안 막힐 때는 망우리에서 미아리까지 가는 거리다. 그 거리를 조금만 곧장 내려가라니…….

그리고 동네 조그만 구멍가게에서 음료수 하나 사고 100달러 지폐를 냈는데 좀 놀라는 표정을 짓더니 잔돈 내고 사라며 받지 않았다. 내가 있던 곳이 시골이라 그런지 몰라도 아무튼 그랬다.

물론 한국에서도 사이다 한 병 사면서 십만 원짜리 수표내면 좋아하지 않는다. 하지만 놀라기까지야…….

1센트까지 쓰는 미국에서는 100달러 지폐가 상당히 큰돈이라는 개념을 알게 되었고 의외로 빈부의 차가 심하다는 것을 직접 느낄 수 있어 미국에서의 나의 생활은 좋은 경험이 되었던 것 같다.

미국체험기 3

내가 다니던 대학원은 학생이 다해서 여덟 명 정도였고 행정직원 두 명, 사무장 한 명 그리고 대학원 총장 이렇게 학교 총스텝이 네 명이 었다.

알고 보니 총장과 사무장은 예전 비즈니스 파트너였고 30년 전 미국에 태권도사범으로 왔던 총장이 태권도사범을 그만두고 청소대행업을 해서 번 돈 전부와 사무장이 은행에 대출받은 돈을 합하여 시골 변두리에 허름한 옛날 성당건물을 매입한 후 무도체육대학원을 세운 것이고 이제 4년이 되던 해였다.

그러니 학교가 학교다울 수 없었고 웬만한 학원보다 못한 학교에 미국인이 들어오지 않자 한국에서 전액 장학생으로 시켜준다고 무술 사범들을 데리고 와서 동네 사람들에게 무술을 지도하라고 지시했으며 총장은 무술지도가 곧 수업이며 지도능력에 따라 학점을 준다면서 운동을 배우는 사람들에게 받는 레슨비는 전부 총장의 주머니로 들어가는 것이었다. 간단하게 말해서 사기꾼이었다.

이 모든 것을 알게 되기까지는 그리 오랜 시간이 필요치 않았는데 하루는 총장이 나를 부르더니 내일부터 학교에 가야 한다는 것이다.

여기가 학교인데 무슨 학교를 가냐고 물었더니 지금 이 학교는 주정부 등록만 되어 있고 연방정부 허가가 나오지 않은 상태여서 I-20가 나오지 않는다는 것이다. 무슨 말인지 쉽게 설명해달라고 했더니 이 학교에 다녀도 학생비자가 나오지 않으니 연방정부에서 정식 허가가 나올 때까지 학생비자가 나오는 다른 학교를 다니면서 이 학교를 다녀야 한다는 것이다.

그럼 그 학교 학비는 이 학교에서 납부해 주냐고 했더니 그것은 본인이 직접 납부해야 한다는 어이없는 말을 하면서 허가가 금방 나오니까 몇 달만 다니라고 했고 그게 싫으면 한국으로 가도 말리지는 않겠다며 배짱으로 나왔는데 걸려도 엄청난 사기꾼에게 걸려 든 것이었다.

총장에게 이 모든 것을 왜 한국에 있을 때 사전에 미리 이야기하지 않았냐고 했더니 사무장이 이야기하지 않았냐고 오히려 되묻는 것이다. 그래서 못 들었다고 했더니 총장은 사무장에게 가서 큰소리를 쳤고 사무장은 총장이 학생을 모집했으니 당연히 총장이 말한 줄 알았다며 서로 싸우는 것이었다. 물론 그 싸움도 이미 각본에 있는 싸움이었다.

그렇게 한국인 무술사범들은 사기꾼들에게 이용을 당하고 있었는데 보통 큰 일이 아니었다. 그때 당시 나 말고도 동기생이 세 명이 더 있었는데 나보다 한 달 먼저 온 동기들의 말에 의하면 전에도 이런 식으로 왔다가 간 한국인 무술사범들이 여럿 있었다고 했다.

어떻게 알았냐고 했더니 동기생 중 한 명의 이모가 미국 시민권자인데 학교 주변에서 조그마한 약국을 하시고 있다고 했고 그 이모에게 이야기를 들었다며 한인사회에서도 총장이 사기꾼으로 소문이 자자하다고 했다.

앞날이 막막했다.

동기생들에게 이 사실을 언제 알았냐고 물어봤다. 동기생들도 몇 주 전에 알았는데 어떻게 해야 할지 고민이라 했다. 그래서 다시 알면서 왜 가만히 있냐고 물었다. 그러자 모두 미국에 올 때 체육관 정리를 하고 왔고 이곳에 뼈를 묻을 각오로 한국에 있는 친지며 지인들에게 작별인사까지 하고 왔는데 실없는 사람처럼 오자마자 어떻게 다시 나가냐며 하나같이 똑같은 이야기만 하는 것이었다.

그래서 나는 나가는 것만이 능사가 아니고 이 사기꾼을 다시는 그렇게 못하게, 제2의, 제3의 피해자가 없도록 해야 하는 것 아니냐고 방법을 강구하자고 했다.

먼저 시카고 쪽에 한인 변호사에게 찾아가 상담을 받았는데 모든 정황을 들은 변호사가 모든 것을 잘 알아보고 오셨어야 하는데 참으로 안타깝다는 말을 시작으로 만약 그 학교가 주정부에 등록이 안 되어 있으면 엄연한 사기가 맞지만 등록이 되어 있다면 사기라고 하더라도 증명하는 것이 어렵다고 했다.

우리가 수업도 없고 동네 사람들에게 무술지도를 시켜 개인 영리를 목적으로 사람을 월급도 안 주고 이용하는데 문제가 없다는 말이냐고 다시 묻자 수업을 동네 사람들 무술지도로 대체하는 것은 학교에서 자율적으로 정하는 교육프로그램이라 법으로 제재하기는 힘들고 학교 측에서 순순히 자백을 할 리도 만무하다며 상황이 상당히 어렵다고 하는 것이었다.

어떻게 방법이 없냐고 물어 봤더니 지금 상황으로선 변호사를 선임해서 법적 싸움을 한다 해도 승산도 없고 시간도 많이 걸릴 뿐만 아니라 변호사 비용도 만만치 않기 때문에 오히려 몸과 마음만 더 상하게 될 것 같다며 그냥 하루라도 빨리 알아차린 것을 다행으로 생각하고 더 손해 보지 말고 한국으로 돌아가는 게 낫지 않겠냐고 했다.

참으로 암담했다. 세상에 쉬운 일이 하나도 없다더니 왜 이렇게 모든 것이 꼬이고 또 꼬이는지 정말 안타까웠다.

나와 동기들은 총장이 눈치 못 채게 전혀 내색을 하지 않고 계속 방법을 강구했지만 뾰족한 수가 없었다. 그러다가 동기생 중 한 명이 한국에 집안일로 나갔다 와야 했는데 한국 경찰 쪽에 신고를 하기로 결정했고 모두들 결과에 기대하고 있었다.

마침내 한국에서 연락이 왔는데 담당 형사가 하는 말이 외국인도 한국에서 법에 저촉이 되면 자국법을 적용해서 처리가 가능하지만 상대는 미국인이며 미국에 있고 한국에서 범죄를 저지르는 것이 아니기 때문에 불가능하다는 것이다. 그리고 형사가 되물었다는 것이다.

"사건이 몇 백 억, 몇 천 억대 횡령이나 연쇄살인사건이면 몰라도 그 정도의 사건으로 한국에서 미국으로 경찰력을 투입시키겠습니까? 상식적으로 생각해보세요."

그렇다. 총장은 이 모든 것을 이미 알고 본인이 한국에 직접 가는 일이 없었고 대리인을 시키거나 인터넷과 전화 상담만으로 무술사범들을 교묘히 유인을 했던 것이다.

결국은 총장을 어떻게 할 방법이 없어 하나님께 총장을 벌주라고 기도하는 수밖에는 없었다.

미국체험기 4

난감한 하루하루를 보내고 있었다.

한국에 있는 모든 것을 정리하고 와서 집도 절도 없는 상태인데다가 돌아가도 나이가 있어 취업하기도 힘들고 멀쩡한 직장을 그만두고 한국이 싫다고 왔는데 다시 돌아가는 것도 말이 안 되니 너무 힘들었다.

가장 억울한 것은 미국에서 유합도를 보급하겠다는 나의 원대한 꿈도 산산이 부서지는 것 같아서 맥이 풀려 하루하루가 낙이 없었다. 일본에서는 그렇게 힘든 생활을 했어도 목표가 있고 희망이 있어서 버틸 수 있었지만 지금은 버티려고 해도 방법이 없으니 정말 막막했다.

게다가 총장은 주말에 밖에 나가 전단지라도 돌리라고 아우성이고 공과금 많이 나오면 사범들이 낼 것이냐며 전기도 제대로 못쓰게 하면서 주말에도 쉬지도 못하게 악덕 업주처럼 길길이 날뛰기 시작했다.

뿐만 아니라 비자 문제로 위스콘신에서 일리노이주 시카고까지 두 시간이 넘는 거리의 다른 학교를 매일 가야 하니 하이웨이에서 보내는 시간만 하루에 4시간 30분이었다. 통행료, 기름값, 학비, 생활비, 이 모든 것이 만만치 않아서 동기생들이 하나씩 한국으로 돌아가기 시작했고 결국은 나 혼자만 남았는데 나는 악이 바쳐서 이대로 나갈 수 없었다. 그래서 일단 영어라도 배워야겠다고 생각을 했다.

내 꿈을 펼치고 싶어도 말이 되어야 할 것이며 한국에 돌아간다 해도 뭔가 하나는 남는 것이 있어야지 돈과 시간만 낭비했다면 그 얼마나 슬픈 일인가! 남들은 일부러 미국으로 어학연수도 오는데 좋게 생각하고 이를 악물고 생활했다.

그렇게 6개월이 지났는데 연방정부 승인은 고사하고 한국에 돈 좀 있으면 나보고 투자를 하라고 하길래 그때 '안 되겠다. 한국으로 돌아가서 나중에 다시 미국진출을 하더라도 지금 여기는 아니다.'라는 생각이 깊이 들었다.

6개월 동안 2천만 원 가까이 들어갔는데 정말 또 한 번의 큰 경험을 했다고 스스로를 위안할 수밖에 없었다. 예전에는 뭐든지 부딪치고 보자라는 식의 행동을 많이 했었다. 뭐든지 머리로만 생각하지 말고 몸으로 부딪치면서 땀 흘리면 된다는 사고방식이었는데 그것이 아니라는 것을 크게 깨달았다. 하면 된다고 하지만 제대로 했을 경우에 되는 것이지 남산을 가야 하는데 관악산을 가면 아무리 열심히 가도 안 되는 것이다.

그리고 철저히 준비를 해야지 의욕만 가지고는 실패를 면할 수 없다는 것을 가슴 깊이 새겨 넣었다.

미국체험기 5

한국으로 나가려고 마음을 먹으니 마음이 편안해졌고 남은 미국 생활을 즐기고 나가기로 한 후 시간이 나면 여기저기 돌아다니게 되었으며 주위 환경을 마음껏 누리게 되었다.

내 방 기숙사에서 창문을 열면 바로 그 유명한 미시건 호수가 있는데 처음에는 바다인 줄 알았다. 갈매기도 날아다니고 호수에 끝이 보이지 않기 때문에 누가 봐도 바다로 착각할 것이다. 남북한을 합쳐도 호수에 풍당 하고 빠진다는데 그 말을 듣고는 다시 한 번 미국의 웅장함을 느꼈다. 그 호수에서 러닝을 하던 생각이 지금도 눈에 선하다.

하루는 아울렛에서 세일을 한다기에 공휴일에 차를 몰고 옷을 사러 나갔다. 미국은 일 년에 몇 번씩 큰 세일을 하는데 적게는 20%, 많게는 50% 반값 세일도 한다.

매장에서 옷을 하나 가득 사고 차로 돌아오니 앞바퀴가 펑크가 나서 갈 수 없는 상태가 되어 난처한 상황에 있었는데 마침 아울렛 경비 책임자라는 사람이 순찰을 돌다 그 광경을 목격하고 오더니 씨익 웃으면서 어쩌다 펑크가 났냐면서 일본인이냐 물어보길래 한국인이라고 말했더니 그러냐면 자기는 태권도 2단이며 6년 정도 수련을 했다고 거들먹거리기 시작했다.

나는 미국에서 태권도사범이라고 했더니 짝다리를 짚고 있던 백인이 갑자기 다리를 가지런히 모으고 조금만 기다리시라고 하면서 자기가 잘 아는 정비소에 전화하면 10분이면 온다며 자기 전화로 연락을 취하고 도착하면 그때 다시 오겠다며 순찰을 마저 돌러갔다.

나는 학교에 전화해서 견인차를 불러 달라고 할 생각이었는데 생각지도 않게 도움을 받게 돼서 너무나 기뻤고 그렇게 10분도 채 되지 않았는데 바퀴 16개짜리 트레일러가 빠른 속도로 아울렛 주차장 쪽으로 왔다. 아까 그 경비책임자가 막 달려오더니 펑크 난 차를 가리키면서 뭐라고 하자 트레일러에서 내린 백인 정비공이 내 쪽으로 와서 혹시 예비 타이어가 있으면 펑크 수리를 하지 않아도 갈아 끼우기만 하면 되는데 없냐고 물어보았다. 마침 예비 타이어가 뒤쪽에 하나 있어서 있다고 했더니 바로 쟈키를 꺼내서 뚝딱 갈아 끼워줬고 출장비만 몇 달러 받고 횡하니 가버렸다.

경비책임자는 타이어를 갈아 끼우는 내내 옆에서 지켜보았고 내가 고맙다고 악수를 하면서 앞으로도 계속 태권도 열심히 하라고 하자 갑자기 "땡큐! 매스터!"를 외치며 거수경례를 절도 있게 하는 것이었다. 내가 무슨 국빈도 아닌데 말이다.

순간 전율이 머리끝까지 올라와 나도 모르게 눈에서 눈물이 나왔다. 눈물을 보이지 않으려고 주차장을 빨리 빠져 나왔고 룸밀러로 뒤를 보았는데 경비책임자는 아직도 내 쪽을 바라보고 있었다.

돌아오는 내내 1970~1980년대 선배 무도인들이 미국에 와서 피땀 흘려 고생하며 태권도라는 무도로 터를 잡고 국위선양을 한 덕에 내가 오늘 같은 대접을 받은 것이 아닌가 생각하니 선배 무도인들이 참으로 존경스럽고 감사했다.

한국으로 돌아가기로 맘을 먹었지만 나가는 그날까지 최선을 다하기 위해 사람들에게 열심히 무도를 지도했고 오전에는 위스콘신에서 일리노이주 시카고까지 2시간이 넘는 거리를 왔다 갔다 하면서 영어를 배웠다.

하루는 아침에 일어나 보니 눈이 허벅지까지 내려 쌓여 있었다. 역시 선진국이라 그런지 시에서 공무원이 나와 중장비를 동원해 3교대로 밤새 도로를 깔끔하게 치워 놨다.

그날도 어김없이 아침에 시카고에 갔다가 오후에 돌아오는 길이었다. 하이웨이에서 시속 130km 정도의 빠르기로 달리고 있었는데 갑자기 바퀴가 미끈했다. 왜 있잖은가. 바나나 껍질 밟았을 때의 그 느낌……

그러더니 차가 옆으로 휙 치우치더니 중심을 잃고 원을 그리며 빙글빙글 돌기 시작했고 두 바퀴 반 정도를 돌았다.

순간 가족들의 얼굴이 파노라마의 필름처럼 옆으로 지나가고 초등학교 때 아버지에게 매 맞던 장면, 사랑했던 사람과 공원을 거닐던 장면 등이 그 짧은 순간에 스쳐지나가면서 '아, 이렇게 사람이 죽는 거구나'라는 것을 느꼈다.

살면서 죽을 고비를 여러 번 넘긴 적이 있지만 이번에는 정말 마지막인 줄로만 알았다. 타국 땅에서 이렇게 무의미하게 죽고 싶지는 않았고 그래서 주기도문을 외우기 시작했다. 난 정말 살고 싶었다.

결론부터 말하자면 난 살았다 그러니까 글을 쓰고 있겠지만⋯⋯.

그날 엄청나게 많이 온 눈을 다 갓길로 밀어 붙여 놨는데 차가 두 바퀴 반을 돌더니 갓길에 밀어 붙여 놓은 눈 속으로 처박혀 30m쯤 지나서 섰는데 주기도문이 끝나자 딱 섰다.

정말 이 사고는 하나님이 살려주신 것이라고밖에 다른 그 어떤 표현도 어울리지 않았고 잠시 잠깐 멍했지만 멀리서 사이렌 소리가 들려서 나는 차를 후진해서 간신히 뺀 후에 바로 기숙사로 내달렸다.

그 당시 나는 정식 면허증이 아닌 한국에서 발급 받아 온 국제운전면허를 소지하고 있었고 모든 것을 유창하게 설명할 영어실력도 아니었다. 게다가 학교로 연락이 가는 것도 싫었다.

그렇게 또 한 번 죽음의 문턱까지 갔다가 돌아왔다.

미국에서의 강습회를 끝으로
한국으로 귀국하다

미국에서 총장이 강습회를 열었다.

대대적인 홍보를 했는지 생각보다 많은 인원이 강습회에 참가했고 올림픽 태권도 동메달리스트도 참석했는데 강습회는 나를 포함한 두 명의 무술지도자라는 사람들이 와서 태권도를 지도했고 나는 호신술을 강의했다.

태권도를 식상해했던 많은 사람들은 나의 호신술 강의에 상당히 진지한 태도로 임했고 반응이 정말 좋아서 강습회를 성황리에 마칠 수 있었다.

총장은 그날부터 계속 나를 한국에 못 가게 설득했고 심지어는 학교 홈페이지에 나를 강사로 올리고 온갖 사탕발림으로 꼬드기기 시작했다. 하지만 사기꾼인 것을 알면서 같이 간다면 나도 그들과 다를 바가 있겠는가!

무도인인 내 자신이 절대 용납할 수 없어서 그렇게 미국생활을 접고 훗날을 도모하며 미국을 떠나 한국으로 돌아 왔다.

그리고 돌아오는 내내 생각했다. 지금은 비록 되돌아가고 있지만 미국 땅에 여러 인종의 사람들이 나의 무술을 수련하며 땀 흘릴 날이 머지않아 올 것이라고……

다시 한국에 오다

한국 사람이 한국에 오는 것은 당연하지만 나는 한국에 안 올 생각으로 미국에 갔는데 겨우 6개월 있다가 왔으니 얼마나 허무 했겠는가!

다시 온 한국은 아무것도 변한 것이 없었고 단지 변한 것이 있다면 나 자신이었다. 좋은 게 좋은 거라고 이왕 한국에서 다시 살게 된 거 다시 한 번 파이팅 하자는 의미에서 마음을 가다듬었다.

하지만 현실은 혹독했고 나는 처음으로 나라에서 혜택을 받아 노동부에서 실업급여를 타고 6개월을 생활했다. 한 달에 백만 원이 나왔기 때문에 아껴 쓰면서 6개월간 산에도 올라가고 책도 읽고 그동안 쌓였던 스트레스와 몸 안의 독소를 바깥으로 내보내며 휴식의 시간을 가졌고 매주 토요일에는 사람들에게 무료로 합기도 지도를 했다.

이때가 마음이 가장 편했고 취미생활로 일식 요리도 배워서 나름 재미있게 하루하루를 보냈다. 이제껏 앞만 보고 처절하게 달려온 내가 얼마나 어리석었는지를 깨달았고 교회도 다시 다니기 시작했다.

사람은 적당히 쉬어가며 움직여야지 기계도 아닌데 의욕과 열정으로 밀어 붙이다가는 오래 못 가서 지치고 만다.

일본에서 10년간 너무나 바쁘게 힘들게 고생하며 살았고 한국에 돌아 와서도 다시 1년 6개월을 이 악물고 살았다. 더 좋은 기회가 온줄 알고 미국으로 가서 큰 꿈을 펼쳐 보려고 했는데 사기꾼을 만나 돈만 쓰고 몸과 마음만 다치고 한국으로 돌아왔다.

한국에서의 6개월간의 휴식은 달콤했으며 재충전의 기회를 삼아 앞으로 돌진하기엔 충분했다.

생각했다. 그리고 굳게 마음먹었다.

유합도를 국민 생활체육으로 자리 잡게 하겠다고!

잘못된 만남

토요일, 지금의 유합도 사무총장님이 봐 놨다던 9,900원짜리 고기뷔페집에서 내가 가르치던 합기도 1기생들과 수련 후에 식사를 하며 이런저런 한국 무도계의 이야기와 앞으로의 과제를 되짚어 보면서 소주한 잔을 하게 됐는데 무술이야기를 하면 다들 열변을 토하고 시간가는 줄 모르게 이야기하는 마니아들이라 생각보다 많이 마시게 되었다.

얼큰하게 마시고 다들 헤어지기 싫었는지 호프집에서 한 잔만 더 하자고 들어갔는데 폭탄주를 돌리기 시작하여 나는 모처럼 인사불성이 되어버렸다.

하지만 제자들이 보고 있기에 정신 바짝 차리고 다 보내고 나도 택시에 올라탔다. 그렇게 택시에 타자마자 잠이 들었고 어느 정도 시간이 지나 다 왔다는 택시기사에 말에 내렸다.

그런데 택시기사가 목적지에서 잘못 내려줬고 술이 취한 나는 당연히 제대로 왔겠거니 생각하고 주위를 둘러 봤지만 집 앞이 아니었다.

그때 바로 앞에 안마시술소가 보였고 술에 취해서 몸도 무거운데다 요즘 어깨도 결리는데 잘됐다 싶어 곧장 안마시술소로 들어갔다.

한국에 귀국하면서 일본에 있던 애인과 헤어진 후 여자를 만나본 적이 없었고 미국에서도 여자 손 한 번 못 잡아 봐서 솔직히 여자의 손길이 그립기도 했던 터였다.

그렇게 들어갔는데 생각보다 예쁘고 육감적인 여자가 들어왔다. 보통 여자들과는 다르게 수줍어하며 말도 작게 조곤조곤 하는 것이 상당히 매력적이었다. 고향이 어디냐고 물었더니 북한이라고 하는 말에 깜짝 놀라 술이 다 깼다. 그 나이에 어떻게 고향이 북한이냐며 혹시 중국 조선족인데 돈 벌러 한국에 온 것이 아니냐고 물었더니 여자는 다시 또렷하게 함경북도 무산이라고 말했다.

여자의 목소리와 눈빛을 보니 거짓이 아닌 것을 느낄 수 있었고 어떻게 한국까지 오게 됐으며 또 왜 이런 일을 하게 됐는지 궁금해지기 시작했다.

나는 돈을 더 지불하고 여자와 밤새 대화를 나누었다. 여자는 북한에서 먹고 살기 힘들어 자기 고모 밑에서 일을 돕고 있었는데 그 일이라는 것이 담배를 밀수하는 일 이었다고 한다. 그러나 적발되서 죽을 위기에 처해졌고 어차피 죽을 거 한국으로 가자고 결심, 식구들과 다 같이 월남을 결정했다고 한다. 혼자만 월남을 하면 남은 가족들이 모진 고초를 당하기 때문에 가족과 상의해서 중국을 거쳐 다시 태국으로 태국에서 다시 한국으로 망명을 했다고 한다.

말하는 도중 몇 번이나 눈물을 흘리는데 나도 눈물이 핑 돌았다. 나도 인생이 순탄치는 못했지만 이런 드라마 같은 이야기는 처음 들어 봤기 때문에 너무 가슴 아팠다.

여자는 나를 처음 만난 그날이 일을 시작한 지 5일째 되는 날이었다고 했다. 이전에는 옷가게에서 일했는데 어머니가 갑자기 쓰러져 수술비가 없어 선불로 돈을 받고 안마시술소에 들어 왔다고 했다.

너무나 가슴이 미어졌다. 빚만 갚으면 자기도 더 이상 여기에 있고 싶지 않다고 말하는데 나는 여자에게 연민의 정을 느껴 팁을 두둑하게 주고 나왔다.

그런데 다음날도, 그 다음날도 집에서나 밖에서나 종일 그 여자 생각만 나는 것이었다. 도저히 참지 못해서 그 여자를 다시 찾아 갔다. 여자도 나를 무척이나 기다렸다고 했다. 마치 우리는 애인 사이인 것 같았다.

옛부터 아무리 몸 파는 창녀라 할지라도 몸은 허락해도 입술은 절대 허락하지 않는다. 몸은 살 수 있을지언정 마음은 살 수 없기 때문이다. 하지만 그녀는 나에게 입술을 허락했는데 우린 서로 좋아하고 있었기 때문이다. 그렇게 서로 좋아하는 감정이 급속도로 발전했고 안마시술소가 아닌 밖에서 자주 만나면서 청계천에서 주로 데이트를 했다.

지금 생각해보면 그때 그 순간이 내 생에 가장 행복했던 시간이었던 것 같다.

여자와 나는 너무나 사랑하게 되었다. 그렇지만 갈등하지 않을 수 없는 것이 몸 파는 여자와 끝까지 같이 갈수 있겠냐는 생각이 점차 커지기 시작하면서 점점 괴로워졌기 때문이다.

하지만 난 그녀의 아픈 과거를 감싸주며 지켜주고 싶었고 그녀의 과거 따위는 그리 중요하지 않았다. 단지 앞으로 서로가 얼마나 서로에게 진실되고 사랑하며 살아가느냐가 중요할 따름이었다.

그래서 나는 그녀와 2010년 4월 24일 결혼했다.

13년 만에 아버지를 만나다

13년 만에 아버지를 만났다.

나는 그녀에게 가족이야기를 하기 싫어서 고아라고 했지만 그녀의 집요한 추궁에 가족이야기를 다 해버렸다. 그랬더니 그녀가 가족이 버젓이 살아 있는데 왜 생이별을 하며 살고 있냐고 찾으라고 자기의 유일한 부탁이라고 해서 수소문해서 한 달 만에 아버지를 찾았다. 정말 보기 싫은 아버지였지만 피는 물보다 진하다고 늙은 아버지를 보니까 눈물이 한 없이 흘러 얼굴을 들기가 힘들 정도였다.

13년의 세월이 긴 세월이긴 한 것 같다.

그 건장하시던 아버지도 동네에서 쉽게 볼 수 있는 할아버지가 되어 있었고 얼굴에 깊게 패인 주름이 얼마나 힘들게 살아 오셨는지 말하지 않아도 알 수 있었다. 아버지의 거처는 오살리 금식기도원이었고 하루 한 끼만 드시고 기도로 생활하고 계셨다.

기도도 30년간 똑같은 기도, "하나님 주시옵소서……."

지성이면 감천이라고 이 불쌍한 노인이 30년이라는 세월을 그렇게 간절히 달라고 하는데 좀 주시지 하는 마음에 눈물이 멈추지 않았다. 아버지도 나를 보시면서 한 없이 울기 시작했다.

아버지와 많은 대화를 나누고 같이 간 그녀를 아버지에게 인사시켰다.

아버지는 크게 기뻐하셨고 결혼하면 아버지를 모시겠다고 했더니 아버지는 기도원에서 사는 게 좋다며 한사코 마다 하셨다. 아버지의 고집을 알기에 천천히 설득하기로 마음 먹고 그녀와 나는 발걸음을 돌렸다.

누나와의 재회

누나가 한국에 왔다는 이야기를 듣게 되었다. 아버지가 누나를 찾아보라 하시길래 누나가 있다는 곳으로 갔다.

내가 일본에서 정말 힘들 때 누나를 찾아갔는데 한 번에 거절하고 연락하지 말라고 해서 그 후로는 누나와도 연을 끊고 살았던 터라 꼭 10년 만에 만났다. 역시 세월은 어쩔 수 없다고 누나도 너무 많이 늙어 있었다.

하지 않아도 될 가족사를 이렇게 솔직하게 이야기하는 이유는 내 마음속에 응어리가 져 있는 것을 이제 풀어버리고 싶은 나의 속마음이 밖으로 나오는 것일 수도 있다.

심한 정신이상이 있는 아버지와 알코올중독인 누나, 나에게 가족은 정말 무거운 짐이다. 아직도 대통령이 되겠다고 기도하는 아버지와 매일 양주 두세 병을 마시고 술주정하는 누나는 나를 너무나도 힘들게 한다. 너무 가슴 아프고 힘들 때는 차라리 고아였으면 좋았을 것이라고 생각하기도 한다.

정말 가족이 없는 사람들이 이 말을 들으면 그래도 가족이 없는 것보다는 있는 게 낫다고 할지도 모르지만 힘든 것을 겪어 보지 않은 사람은 그 고통을 알 수 없는 것이다. 그만큼 가족은 나에게 무겁고도 힘든 존재며 마음 아픈 구성원이다.

잘못된 나의 판단 1

　나는 과거는 누구에게나 있는 것이며 털어서 먼지 안 나는 사람 없고 고귀한 척하는 사람일수록 오히려 더 잘못을 많이 범했기에 감추려는 의지가 강하다고 보는 사람이다.

　세상에 잘난 사람이건 못난 사람이건 다 똑같다. 다만 자기의 가치관에 의해서 어떻게 행동하며 실천하느냐가 중요한 것이고 자칫 잘못한 것도 뉘우치고 앞으로 그런 누를 범하지 않으면 되는 것이다.

　요한복음 8장 7절에 보면 바리새인이 간음한 여자를 잡아와서 모세의 율법으로 돌로 쳐야 한다고 하자 예수님이 말씀하시길 "너희 중에 죄 없는 자가 먼저 돌로 쳐라."라고 하시니 하나둘씩 자리를 피하고 남은 사람이 아무도 없다고 나와 있다.

　나의 아내를 옹호하는 것이 아니고 그 당시 나의 판단으로는 북한에서 힘들게 살다가 목숨을 걸고 월남했는데 어머니는 병으로 쓰러지셨고 병든 어머니를 살리기 위해서 어쩔 수 없이 몸까지 파는 그녀가 가여웠으며 북한에서 태어난 이 여자가 무슨 잘못이 있고 한국에서 쉽사리 적응하기 힘든 여건에서 살아보려고 몸부림치는 것이 무슨 죄인가 하는 생각에 모든 아픔과 슬픔을 내가 감싸주고 같이 서로 위로하며 행복하게 살자는 마음에 결혼한 것이다.

　하지만 나의 생각은 보기 좋게 빗나갔다.

결혼하고 신혼여행을 갔다 와서 짐을 푸는데 아내에게 웬 남자의 전화가 걸려 왔다. 좀 더 시간이 지나자 자기는 장녀이기에 집안에 부모님과 동생들을 돌봐야 한다며 일을 다니게 허락을 해 달라고 해서 무슨 일이냐 물어봤더니 전에 일하던 가게에서 알게 된 언니가 마사지 가게를 오픈했는데 자기는 카운터만 보는 일이라며 절대 손님방에 들어가지 않는다고 믿어 달라고 애원했다. 만약 일을 못하게 하면 당신이 돈을 많이 벌어다주라는 황당한 이야기를 하는데 정말 난감했다.

그렇다고 북한에서 온 아내가 어디 다른 곳에 취직한다는 것도 힘들었고 미국에서 돌아와 무도체육관 오픈을 준비하고 있었던 나는 막무가내인 아내를 말릴 수 없었다.

그때 참으로 크게 느낀 것이 말이 좋아 한민족이고 동포지 실은 외국인이나 마찬가지라는 것을 아주 크게 깨달았다. 서로 말만 통한다뿐이지 아내는 이념과 사상이 전혀 다른 환경에서 살아왔고 사고방식이나 의식이 전혀 다른 외국인이었다.

내가 가족애가 결여되서 그런지 몰라도 아내의 가족사랑은 엄청났으며 결국 내가 능력이 부족해 아내는 일을 다니게 됐는데 피곤하다며 집에 하루 이틀 안 들어오기 시작했다. 나중에는 일주일에 한 번 들어오고 주말부부라고 생각하면 안 되냐고 해서 나는 너무나 당황스러웠고 심지어는 너무나 화가 나서 집에 있는 물건을 집어 던지면서 소리까지 버럭 질렀다. 그러자 아내는 기다렸다는 듯이 너무 무섭다며 아예 집에 들어오지 않았고 그렇게 별거가 시작됐다.

잘못된 나의 판단 2

옛말에 여자와 그릇은 밖으로 돌리면 깨진다는 말이 있다. 경험자라 하는 말이지만 옛말이 일리가 있다.

별거가 오래되면 안될 것 같아 내가 사과하고 주말부부라고 생각할 테니 집에 들어오라고 타일러서 다시 일주일에 한 번 집에 들어왔는데 한동안은 별 탈 없는 것 같더니 어느 날 돈도 안 되는 무술 그만두면 안 되겠냐고 진지하게 묻는 것이었다.

이 사람은 여자라 모르겠지만 무도는 돈 벌려고 하는 것이 아니다. 올림픽 메달 종목도 아니고 비인기 종목인 무도가 무슨 돈이 되겠는가! 돈이 되려면 장사를 해야지 무도를 해서 어느 천 년에 돈을 번다는 말인가.

그래서 아내를 설득했지만 무술을 안 그만두면 헤어지자고 해서 어쩔 수 없이 헤어졌다. 아내를 사랑하지 않아서도 아니고 내가 특출난 무도인이라 어떤 사명감을 가지고 있어서도 아니다.

다만 무도는 나의 삶이고 나의 전부다. 무도가 없이는 살아도 의미가 없고 살아갈 의미도 없다. 그래서 나는 무도를 택했다.

나는 세상에서 제일 강한 것이 사랑이고 사랑은 그 무엇도 이겨내며 극복할 수 있다고 생각했는데 현실을 모르고 너무 감상에 젖은 잘못된 판단이었나 보다.

사단법인 한국양신관합기도연맹을
창립하다

한국양신관합기도총본부에서 한국양신관합기도연맹으로 명칭을 개
정하고 정식으로 체육관과 사무실을 오픈하여 일본에서 종가 선생님
을 모신 후 상봉동에서 창립식을 행하고 활발하게 활동을 시작했다.

이전에는 체육관과 사무실이 없어서 남의 체육관과 사무실을 빌려

포기하지 않으면 된다

서 눈치 보면서 어렵게 운영을 해온 터라 얼마나 기쁘고 감사한지 모른다. 집 없는 사람이 집 장만 했을 때와 같은 느낌일 것이다.

열심히 한 덕분에 지부地部도 하나둘씩 늘어 전국에 형성되었고 2011년 4월 7일 문화체육관광부에서 체육법인을 인가 받았으며 국무총리산하 한국직업능력개발원에 정식으로 등록하는 성과도 거두었다. 수십 년째 무술단체를 운영하면서도 법인이 아닌 곳이 수두룩하며 직업능력개발원에 등록된 곳은 국내에 몇 곳 없다.

게다가 국가 중앙부처인 재정기획부에서 국내 합기도 단체 중에 유일하게 기부금지정단체로 지정했는데 정말로 눈부신 쾌거가 아닐 수 없다.

위 단체들은 우리나라 정부政府의 부처이며 공식적으로 인정을 한 것이기에 내가 설립한 단체는 나라에서 인정 받은 공신력이 있는 단체로 성장한 것이다.

팔은 안으로 굽는다고 내가 창시한 유합도를 하루 빨리 전파하고 싶었지만 합기도의 종주국인 일본에서 오랫동안 배워서 정통으로 한국에 보급하는 사람이 없었기 때문에 일단 합기도부터 자리를 잡고 유합도를 같이 보급해야겠다는 생각이 들어 유합도보다 합기도 보급에 더 크게 집중했다. 그 결과 너무나 좋은 결실이 맺어졌고 법인 허가증을 받는 순간 가슴이 뭉클했다.

돈 없고 별 볼일 없는 무도인이라 배우자에게 이혼까지 당하고 체육관 사무실에서 추운 겨울을 나며 장마철에 그 습기 많은 사무실 지하에서 자면서 폐도 많이 안 좋아졌지만 나는 절대 의지를 굽히지 않았다.

그렇게 정통합기도는 대한민국에 알려졌으며 지금도 그 과정은 계속 진행 중이다.

한국범죄척결운동본부가
서울시 NGO 단체로 등록되다

　마음이 맞는 무술지도자들과 함께 내가 사는 동네 내가 다니는 길을 마음 놓고 다니고 편하게 잠잘 수 있도록 하자라는 취지에서 한국범죄척결운동분부를 설립하고 활동해 왔는데 서울시 NGO 단체로 정식등록을 하는 아주 큰 성과를 올렸다 .

　물론 서울시청의 담당 공무원이 처음에는 민간단체는 공권력이 있는 경찰공무원이 아니기에 범죄를 퇴치한다든다 범죄를 척결한다는 단어를 쓰면 허가해 주기 어렵다고 이야기했고 실제로 허가 받기까지 상당히 힘들었다.

　하지만 누구도 하지 않는 일을 자발적으로 자기돈 들여가며 피곤한 데도 나라를 위해서 공공의 이익을 위해서 힘써 왔고 안전한 사회 만들기에 노력해 왔다.

　그 결과 담당 공무원이 세 차례나 단체를 방문해 우리들이 해온 실적과 노고를 현명하게 판단해서 허가를 해 줬는데 처음에는 안 된다고 하던 담당 공무원도 나중에는 정말 좋은 일 한다며 기꺼이 응원하겠다고 우리 단체의 후원자가 되었다.

　나는 7개국 이상 해외로 나가 보았지만 한국만큼 치안이 잘 되어 있는 나라도 솔직히 많지 않다. 개발도상국이나 못 사는 나라의 치안은 말로 형용할 수 없을 정도로 심각하며 선진국도 일본을 제외한 미국이나 유럽도 그다지 안심할 수 있는 수준은 아니다. 거기에 비하면 한국은 그래도 치안이 잘 되어 있는 나라 중에 하나다.

한국은 무한한 가능성과 세계를 지배할 만한 잠재력이 있지만 그렇지 못하는 이유는 사회지도층의 부정부패와 국민들의 질서의식, 주인의식 그리고 남을 배려하는 마음이 아직 부족하기 때문이다.

이러한 것이 변화되고 달라진다면 세계를 뒤흔들 날이 찾아오는 것은 시간문제다.

학교 교육이 변화하지 않으면 대한민국의 안전한 사회는 이루어질 수 없다

최근 강력 흉악범죄가 날로 늘어가고 있는 가운데 국민은 불안감에 떨고 있지만 특별한 대안은 없고 사건이 벌어지면 그제야 소 잃고 외양간 고치듯이 방안을 만들어 내려고 하는 것이 정말로 한심하기 그지없다.

경찰은 국민의 생명과 안전을 지키며 마음 놓고 살 수 있도록 만반의 준비태세를 갖추어야 한다. 하지만 경찰을 보면 너무나 한심하다. 위에서는 성매매특별법을 만들어 밝고 건전한 사회를 만들겠다고 외치는데 밑에서는 성매매업소의 포주들과 결탁하여 뇌물을 주고받으며 법망을 피할 수 있도록 협력하다 적발되어 사회의 큰 물의를 일으키기도 했다. 강남 일대의 관련 사건으로 세상이 떠들썩했기 때문에 대한민국 국민이라면 아마 다 알 것이다.

이뿐만 아니다. 크고 작은 사건 중에는 경찰이 동료를 성추행해서 경질되고 음주운전하다 적발되고 부부싸움 끝에 부인을 살인하는 등 한두 가지가 아니다.

하지만 단지 경찰만의 문제는 아니다. 나라를 지키고 국가와 국민의 안녕을 위하여 존재하는 군도 마찬가지다.

포기하지않으면 된다

얼마 전 영관급 장교가 여군 하사관과 부적절한 관계를 가져 물의를 빚었고 육사 여생도를 성폭행하여 큰 충격을 주기도 했다. 게다가 모 육군 사단장이 민간인과 다투다 화가 난 나머지 사단 내內 특수부대를 출동시킨 사건도 있었다. 뿐만 아니라 북한군이 월남하여 GOP 철책으로 왔는데 근무자들이 다 자고 있어 막사까지 가서 노크하고 귀순의사를 밝혀 온 국민의 간담을 서늘하게 했던 사건도 있었다.

위와 같은 일들이 과연 사람이 살다보면 그럴 수도 있다고 대수롭지 않게 넘길 수 있는 일인지 다시 한 번 생각해보게 되었다.

대한민국은 올림픽과 월드컵을 개최했고 G-20도 성공리에 끝내고 선진국의 대열에 합류했다. 그런데도 정작 속사정을 보면 한심하다 못해 암담하다. 기관과 단체는 부정부패로 물들어 있고 사람들의 의식 수준은 높아졌다고 하지만 강도, 강간, 살인 등 각종 흉악범죄는 해마다 늘어만 가고 있는 추세다.

이제 대한민국은 백주 대낮에 여성을 성폭행하는 사건이 일어나는 나라이고 낮에도 여성이 맘 놓고 거리를 다닐 수 있는 나라가 아니다. 대한민국, 퇴근길에 무서워 혼자 골목에 들어설 수 없는 나라…….

한 리서치의 자료에 의하면 여성이 자기 자신의 신변을 보호하기 위해서 가스총, 전기 충격기, 최루스프레이를 호신용으로 구매하는 구매율이 5년 전보다 무려 12배나 증가했고 지금도 계속 늘어가고 있다고 한다.

예전에는 다이어트를 목적으로 운동을 했지만 요 몇 년 전부터는 치한으로부터 스스로 자신을 지킬 수 있도록 호신술을 배우는 여성이 날로 늘어나고 있으며 유도, 태권도, 합기도 무술도장에 여성이 땀을 흘리며 무술 수련을 하는 것을 손쉽게 찾아볼 수 있다. 대한민국이 어쩌다 이렇게 되었는가?

나는 이와 같은 문제가 근본적으로 학교 교육에 있다고 생각한다.

세 살 버릇 여든 간다는 옛 속담이 있다. 이것은 교육의 중요성을 말하는 것이다. 경제는 더욱 어려워지고 서민은 더욱 먹고 살기 힘들어 맞벌이를 하고 있는 가정이 대다수다. 교육은 어릴 때부터 가정에서 이루어져야 하는 것이 맞다. 하지만 아이들은 유아원. 유치원 또는 어린이집에 가서 부모의 애정 어린 손길이 닿지 않은 채 대부분의 시간을 보내고 되고 그렇게 자란 아이들은 조기교육이다 뭐다 해서 초등학교 때부터 각종 학원을 전전긍긍 하며 밤이 되어야 파김치가 되서 집에 돌아오곤 한다. 성적 위주의 학교교육이 아이들을 죽이고 있는 것이다.

남을 먼저 생각하고 배려하는 마음과 올바른 도덕성과 사회규범, 질서를 가르치고 인내하는 인간의 기본근간을 가르치는 것이 아니라 오로지 입시 위주로 반복하는 주입식 교육을 시키기 때문에 아이들이 병들고 있는 것이다.

이렇게 도덕과 사회질서를 배우지 못한 아이들은 뭐가 옳고 그름을 판단하지 못하고 쉽게 탈선에 휘말리게 되며 남을 배려하는 것을 배우지 못한 아이들은 동급생을 괴롭히고 그 도가 지나쳐 친구가 친구를 죽음으로까지 몰아가는 심각하고 무서운 일이 일어난다.

정부는 학원폭력 근절을 외치고 학교 내 학원폭력 근절 전담반을 신설하고 관리감독 한다고 하지만 그런데도 여전히 왕따로 목숨을 끊는 아이들은 줄지 않고 있는 실정이다.

이러한 아이들은 커서 더 큰 범죄를 저지르게 되며 사회는 더욱 암울해지는 것을 현 사회는 모르고 있다. 제대로 된 인성교육을 받지 못한 아이들이 커서 어른이 된다면 대한민국의 미래는 밝지 못하다.

이제 학교는 수학공식을 가르치고 영어단어를 외우게 하고 문법을 가르치기 전에 인간의 존엄성과 도덕성 그리고 사회규범과 질서를 가르치고 남을 먼저 생각하고 배려하는 마음을 가르쳐야 한다.

이렇게 학교 교육이 변화하지 않으면 한국 사회는 암울한 시대가 계속될 것이다.

어릴 적부터 운동선수에게
인성교육을 해야 한다

　자기감정 억제불능은 일종의 병이라고도 하지만 실은 어릴 적부터 인성교육이 되지 않으면 생기는 부작용으로 보는 것이 맞을 것이다.

　얼마 전 전 프로농구선수 정 모 씨가 처형을 살해한 것으로 기소되어 국민들이 다시 한 번 충격에 빠졌다.

　하지만 운동선수들의 범죄는 이제 그리 놀랍지 않을 정도로 자주 일어나고 있다. 프로야구 해태 타이거즈에서 중심 타자로 활약했던 이 모 씨는 살인을 하고 시신을 토막 내서 여행용 가방에 넣어 사체를 유기했으며, 유명한 실업팀 배구선수는 사귀는 여자 친구가 헤어지자고 하자 납치극을 벌여 두 시간 만에 경찰에 연행되기도 했다. 또 전 프로축구선수 김 모 씨가 길 가던 여성을 차에 태워 금품을 빼앗아 납치 및 특수강도 혐의로 구속됐으며 유명한 프로농구팀의 감독이 승부조작勝負造作을 해서 팬뿐만 아니라 모든 국민들을 너무 안타깝게 했던 사건도 있었다.

　이렇게 운동선수들의 범죄는 날로 늘어가고 있는데 도대체 이러한 현상이 자주 벌어지는 이유는 무엇일까?

　그 이유는 어릴 적부터 제대로 된 인성교육 없이 오로지 기술 향상에만 치중하기 때문이고 그렇게 자란 어린 선수들은 이미 자아自我가

포기하지않으면 된다

형성된 어른이 돼 버리고 그로 인한 부작용으로 위와 같은 사건이 발생하는 것이다.

운동경기에서 상대편 선수와의 몸싸움이 격렬해지면서 진짜 싸움으로 변화는 상황을 심심찮게 볼 수 있어 팬들에 눈살을 찌푸리게 하곤 한다. 물론 강한 승부욕에서 그런 일이 벌어질 수도 있다고 생각하지만 실제로는 상대를 배려하고 정정당당하게 겨루는 스포츠맨 정신이 결여된 아주 잘못된 행동이며 그러한 행동은 남을 배려하는 마음과 준법정신이 부족하고 인성교육이 되어 있지 않기 때문이다.

대한민국은 이제 세계 11위의 경제대국이자 스포츠강국이다. 그러나 스포츠강국도 좋지만 제대로 된 인성교육이 없이 오로지 훈련과 기술향상에만 전념한다면 앞으로 운동선수들로 인한 범죄는 날로 늘어날 것이며 더 나아가서는 크나큰 사회문제로 발전할 수도 있다.

나도 어릴 적부터 운동을 했지만 지도자들에게 제대로 된 인성교육은 받아 보지 못했다. 이것이 대한민국의 현실이며 가장 큰 문제점이다.

스포츠선수들이 열심히 해서 나라를 빛내고 국위선양 하는 것도 좋지만 어릴 적부터 올바른 인성교육이 이루어지지 않는다면 그동안 땀 흘려 일궈 놓은 소중한 것들이 순식간에 물거품이 되어 버리고 많은 사람들에게 크나큰 실망을 안겨주며 본인도 돌아올 수 없는 나락에 빠져들게 될 것이다. 그러므로 운동선수에게 어릴 적부터 인성교육이 반드시 이루어져야 한다.

유합도가 법인으로 설립되다

합기도를 열심히 보급한 결과 어느 정도 알려지고 신문과 잡지에 '이광희'라는 내 이름이 실리기 시작하면서 이제 무도계도 그렇고 일반인도 합기도가 한국무술이 아닌 일본을 대표하는 무도武道라는 것을 많이 알게 되었다.

물론 오랫동안 합기도가 한국의 무술이라고 알려져서 아직도 많은 사람들이 그렇게 알고 있는 것이 사실이지만 점차 사람들이 진실을 알아가고 있는 단계에 있는 것만으로도 크나큰 수확이라 할 수 있어서 흐뭇하다.

그렇게 합기도를 알리면서 함께 유합도 지도자 교육과 강습회를 꾸준히 실시하였고 드디어 유합도도 문화체육관광부에서 인가를 받을 수 있었는데 합기도를 인가 받을 때보다 더 힘겨웠다. 기존에 있던 무도武道가 아니고 내가 창시한 신생무술이라 담당 공무원을 납득시키기 상당히 힘들었기 때문이다. 내가 창시했다고 하니까 처음에는 약간 이상한 눈으로 쳐다봤고 '아니, 나이도 어린데 창시자라고?' 하는 그런 표정이었다.

그러나 나이가 무슨 상관인가. 실력이 있으면 되는 것이지. 창시자라고 백발이 성성한 노인이라는 법은 없으니 말이다.

그렇게 유합도는 2012년 6월 사단법인 세계유합도연맹으로 탄생했고 국무총리산하 한국직업능력개발원에도 정식 등록이 되었으며 같은 해 9월에는 충주세계무술축제에서 당당히 선보여 국내뿐 아니라 해외 여러 나라의 많은 사람들에게 유합도를 알렸다.

나는 무도(武道)와 결혼을 해야 한다

일본에 아는 분에게 전에게 전화를 했는데 말하는 도중에 말이 막혀 순간 너무 당황스러운 일이 있었다.

하루 이틀도 아니고 자그마치 10년을 일본에서 살았는데 솔직히 약간 충격이어서 종종 일본어를 사용해야겠다는 생각이 들어 외국인 친구 사귀기 사이트에 가입을 했다. 한국에 있는 일본인과 남녀 성별에 상관없이 이야기할 수 있는 상대를 찾기 위함이었고 상대가 남자일 경우 자연스럽게 무도수련을 권유해서 같이 하려는 생각도 있었다.

그런데 예상치 않게 외국인 사귀는 사이트인데 한국 여자에게 연락이 왔다. 답장을 안 하는 것도 매너가 아닌 것 같아 답장하다가 친해졌고 급기야는 만남까지 갖게 됐다.

첫 만남은 여의도 한강고수부지였고 비가 부슬부슬 오늘 날이어서 솔직히 빨리 집에 가고 싶은 마음뿐이었는데 그런데 여자는 상당히 로맨틱한 데이트를 기대하고 나왔는지 너무 싱겁다며 투덜거려서 조금 황당했다.

그렇게 커피 한 잔을 마시고 헤어졌는데 그 뒤 잦은 전화통화로 우리는 어느 새 정이 들어 버렸고 지속적인 만남을 갖게 되어 결국 사랑에 빠져버렸다.

나와 그 사람은 생각보다 빠른 진전으로 없으면 죽을 정도로 서로 좋아해서 결혼을 약속하고 서울 면목동에 신혼집을 얻어 혼수 가구를 사러 마석에 있는 가구단지에 다니며 정말 행복한 하루하루를 보냈다. 두 번 다시 찾아오지 않을 것 같던 사랑이 다시 찾아 온 것이다.

그렇게 그녀와 나의 신혼생활은 시작되었다.

물론 나는 두 번 다시 실패를 하고 싶지 않아서 내가 가난한 무도인이라도 평생 함께 할 수 있냐고 여러 번 물어봤다. 그녀는 종교생활만 간섭을 안 한다고 약속을 해 주면 그 무엇도 상관없다고 했다. 나는 드디어 내가 원하던 여자를 만났다고 생각했다.

나는 여자의 외모를 그렇게 중요하게 생각하지 않는다. 그냥 같이 다닐 때 창피해서 못 다닐 정도만 아니면 아무런 상관이 없다. 중요한 것은 성격이고 더 중요한 것은 내가 무도를 한다는 것에 반대가 없어야 한다는 것이다.

그렇게 그녀는 내가 원하던 사람이었지만 결혼이 쉽지만은 않았다. 그녀의 어머니가 무술하는 사람은 절대 안 된다고 만나려고 하지도 않으셔서 애부터 갖고 나중에 찾아뵈는 극단적인 방법을 택할 수밖에 없다고 판단했다. 우리는 그렇게라도 해서 결혼을 하고 싶어서 살림을 차렸고 형편이 어려워 월세 집을 얻었는데 그래도 신축건물이라 깨끗하고 아담해서 정말 즐거웠다.

그러나 그 즐거움도 잠시, 잠깐 뭔가가 조금 이상했는데 혼인신고를 하러 가자고 해도 그녀는 어차피 부부인데 뭐가 급하냐고 아무 때나 가도 되는데 서두를 필요 없다며 대수롭지 않게 말했고 정말 서운했다.

혹시 그녀가 결혼한 것을 나중에 후회하게 될까 봐 그래서 혼인신고를 미루는 것 같은 기분도 들었기 때문에 자꾸 마음에 걸렸는데 실은 혼인신고를 못할 만한 이유가 있었다.

하루는 종교문제로 서로 심하게 싸우다가 혼인신고 문제도 거론이 되자 그녀는 유부녀라고 솔직히 고백을 했다. 하지만 이혼 진행 중이니 조금만 기다려 달라고 했고 나는 정상적인 결혼생활을 하기 힘들 것 같아서 그럴 수 없다고 냉정하게 잘랐다.

신뢰라는 것은 정말 중요하다. 이미 그녀에게 속은 나는 앞으로도 그녀를 계속 믿지 못하고 서로 갈등이 커져 갈 것이며 온전한 결혼생활을 유지할 수 있을지도 미지수였다. 그렇게 되면 서로 힘든 나날이 계속되는 것은 불 보듯 뻔하고 그 자체가 나는 싫었다.

위에서 말한 것처럼 그녀가 유부녀라는 사실을 알게 된 계기는 종교문제 때문이었다. 종교에 자유가 있는 것이기 때문에 결혼 전에 나는 아무런 문제를 삼지 않기로 했고 나는 교회에 나갔고 그녀는 불교 신자라 절에 갔다.

그러나 연애할 때는 몰랐는데 약간 어딘가 좀 이상한 것 같았지만 괜한 의심이라고 생각하며 더 이상 아무것도 묻지 않았고 같이 살림을 시작했던 것이었다.

그런데 그녀는 매일같이 아침 일찍 나갔다가 밤 11시에 들어왔다. 처음에는 행사가 있어 그런가 보다 했는데 매일 그러기에 도대체 절에서 뭘 하길래 매일 아침에 나가 밤 11시에 들어 오냐고 물었더니 그녀가 종교로 아무 간섭 하지 않기로 해 놓고 왜 그러냐고 짜증스런 말투로 이야기하길래 그것이 싸움에 원인이 된 것이다.

나는 내가 기독교라고 해서 다른 종교를 폄하하거나 다른 기독교신자들처럼 기독교만 제일이라고 말하지 않는다. 그렇게 되면 거기서부터 문제가 돼서 싸움의 원인이 되는 것을 잘 알기 때문이다.

하지만 매일같이 아침 일찍 나가서 밤늦게 자기 전에 들어오는 것을 하루 이틀도 아니고 어떻게 정상이라고 볼 수 있겠는가?

나는 그녀에게 직선적으로 따졌다. 그러자 그녀는 자기네 종교는 그러니까 그냥 그런 줄 알라고 하는데 세상에 어느 종교가 그러냐고 스님도 그렇게는 안 한다고 했더니 그녀가 하는 말이 일반 불교가 아니라고 했다. 그러면서 무슨 종교라고 이야기하는데 순간 소름이 돋았다.

국내에는 이 종교를 믿는 사람이 그렇게 많지 않아서 좀 생소한 종교인데 보통 사이비 종교로 알고 있는 사람들이 많다. 일본에 있는 나의 큰이모가 이 종교를 믿고 계셔서 나는 예전부터 알고는 있었지만 솔직히 이상한 주문을 외우고 그래서 그다지 좋게 생각을 안 하는 그런 종교다.

하루는 부처님 오신 날이니까 절에 가야 하는 것 아니냐고 물어 봤는데 절에 안 간다고 하길래 그래서 좀 이상하게 생각하긴 했지만 나도 성탄절에 교회 안 나간 적이 있으니까 하고 대수롭지 않게 생각했다.

그런데 그녀의 종교는 불교는 불교인데 절에는 들어가지 않고 불경을 공부하며 남을 돕는 그런 개념의 종교라고 말하는 것이었다.

이야기가 너무 길어졌는데 아무리 종교 일이라도 너무 늦게 들어오는 것은 용납할 수 없다고 했고 그녀는 처음과 약속이 다르지 않냐며 서로 옥신각신 하다가 혼인신고는 왜 미루냐고 나중에 서로 더 큰 싸움이 되기 전에 정확히 짚고 넘어가자고 했더니 실은 현재 호적상 혼인신고가 되어 있어 혼인신고를 할 수 없다며 미안하다고 하지만 이혼 진행 중이니 조금만 기다려 달라고 애원을 하게 된 것이었다.

그녀는 울면서 태어나서 처음으로 사랑이라는 것을 느꼈고 속이지 않고 모든 것을 정리하고 솔직하게 다 이야기하고 새출발하고 싶었지만 그러면 행여나 나를 놓치게 될까 봐 두려웠다며 미안하다고 계속 눈물을 흘렸다.

너무 마음이 아팠다. 차라리 모든 것을 오픈했으면 그 순간은 괴로웠어도 지금보다는 더 좋은 결과가 있었을 텐데 어차피 사랑하는데 조금 기다렸다가 정리되고 나서 얼마든지 시작할 수 있었고 힘든 것도 어려운 결단도 모든 것이 다 내 몫이었는데.

그녀의 판단이 아쉬울 따름이었고 종교 또한 이해할 수 없어서 한 달도 되지 않아 우리는 헤어졌고 나는 이제 여자 만나는 것이 솔직히 두려워서 그냥 무도武道와 결혼을 해야겠다고 생각했다.

무도인에게 여자는 사치인가 보다.

무도는
나의 가치관이자 나의 신앙이었다

　나 스스로 자화자찬自畵自讚을 하는 것일 수도 있지만 나는 최선을 다해서 최고의 자리에 올랐으며 무도계의 선두주자로 이미 자리매김을 했고 그 어떤 무술단체와 견주어도 당당하게 동등하게 어깨를 나란히 할 수 있는 위치까지 올라왔다.

　이 모든 것은 결코 그냥 이루어지지 않았으며 뼈를 깎는 아픔과 시련이 있었지만 딛고 일어났기에 가능했다고 본다. 도중에 좌절하고 무능력한 무도인이라 아내에게 버림도 받기도 했으나 절대 포기하지 않았다.

　현실과 타협하는 것이 죽기보다 싫어서 무도武道를 돈에 이용하지 않기 위해 차라리 막노동을 나가거나 경비회사에서 경비원으로 일을 했다.

　아직도 무도를 돈으로 생각하며 돈을 받고 단증을 남발하고 단체를 돈으로 사고파는 인간쓰레기 같은 짓을 하며 무사武士이기를 스스로 포기한 일선의 무도 단체장들이 많지만 그래도 나만큼은 정도正道를 걷는 무도인으로 남기 위해 오늘도 매일같이 마음을 가다듬고 수행修行한다.

　이제 나에게 무도는 단순한 몸동작이 아니고 내 마음의 가치관이자

신앙이다.

어렸을 때부터 힘든 고난이 와도 무도단련으로 어려운 것을 극복할 수 있었고 살아오면서 많은 유혹도 무도인의 정신이 있었기 때문에 말려들지 않고 뿌리칠 수 있었던 것이다.

나는 앞으로도 무도인의 숭고한 정신을 잃지 않고 살아갈 것이며 그것이 나의 운명이라고 생각한다.

포기하지 않으면 된다

술과 담배는
정신력으로 끊어야 한다

　일본에서 한국으로 귀국하고 6개월간 한국생활에 적응을 하지 못해서 술을 마시곤 했다.

　술의 힘을 빌려서 힘든 것을 잊으려 하는 것은 잘못되고 아주 위험한 발상인데 그렇게 되면 그 순간을 잊으려고 술을 계속해서 마셔야 하며 그러는 동안 몸과 마음은 점점 더 빠져나오기 힘든 지경까지 가고 만다.

　나는 뭔가에 한 번 관심을 가지면 깊이 빠지는 안 좋은 습성이 있어서 살면서 적지 않게 곤욕을 치르고 했는데 그런 내가 담배를 배우지 못한 것은 정말 다행이다.

　담배는 어릴 때부터 어머니가 피우시는 담배의 냄새가 너무나도 싫어서 어른이 되서도 담배를 피우지 않게 되었지만 술은 군대에서 무지막지하게 배워서 한때는 주량이 소주 여덟 병이었다.

　하지만 술을 그렇게 좋아하는 것이 아니고 술 마시는 그 분위기와 사람들과 대화하는 것이 좋아서 술을 마셨다. 그러나 그 술도 어떠한 목표가 생기면 마시지 않게 되고 그렇게 한동안 마시지 않던 술을 일본에서 한국으로 귀국한 후 적응을 하지 못해서 다시 찾게 되었다. 나도 모르게 술로 힘든 것을 이겨내려 했으며 어느 날부터 자주 내 손에 술잔이 쥐어 있었다.

그러다 두 번의 큰 일이 벌어지고 그 후로는 술을 안 마신다.

회식이나 꼭 술을 마셔야 하는 자리에서는 가볍게 한두 잔 마시긴 하지만 그 이상은 절대 하지 않는데 두 번의 큰일이라는 것은 바로 이것이다.

하루는 술을 마시는데 첫잔이 너무 달고 술이 입에 쫙 붙는 것이었다. 그러더니만 소주 열두 병까지 마시고는 그 후로 기억이 없는데 정신이 딱 드는 순간 이른 아침이었고 웅성웅성 하는 소리가 들려 뭔가 심상치 않았다. 한쪽 눈을 살짝 떠서 살펴봤더니 큰 사거리 한복판에서 큰대 자로 누워 있었고 버스가 좌회전하면서 나를 피해가고 있었다. 순간 아차 했고 어제 술을 먹은 기억이 떠올랐다. 너무 창피해서 한 번에 벌떡 일어나지는 못하겠고 누워있는 상태에서 조금씩조금씩 옆으로 기어갔다. 마침내 인도에 도착해서 잽싸게 일어나 어떤 건물 화장실에서 세수를 한 후 정신을 가다듬고 한참 후에 거리로 다시 나와 보니 강남 신사동 사거리였다.

또 한 번은 그날도 엄청 많은 양의 술을 마시고 있었는데 어느 순간 갑자기 취하더니 기억이 끊겨 버린 것이다. 그러다가 산에서 산비둘기들이 날아다니고 구구구 소리 내면서 먹이를 먹길래 순간 꿈이구나 생각했는데 눈을 떠 보니 남산 꼭대기 팔각정에서 누워 자고 있었고 옆에 비둘기들이 구구구 하면 먹이를 먹고 있었다. 그때가 만약 겨울이었다면 얼어 죽었겠구나 하는 생각에 소름이 쫙 끼쳤고 이러다간 내가 죽어도 아무도 모르겠구나 싶어서 그날로 술을 끊었다.

실제로 나는 술 먹고 동사해서 죽은 사람을 바로 앞에서 보고 경찰에 신고를 한 적도 있다. 어떤 50대 아저씨가 술 마시고 집 앞까지 가서 그 앞에서 잠시 담배 한 대 피고 들어갈려고 하다가 잠이 들어서 얼어 죽은 모양이었다.

뭐든지 적당히 하면 별 탈이 없다는 것을 누구나 잘 알고 있다. 그 적당이가 안 되기 때문에 모든 문제가 일어나는 것이고 나중에 후회하게 된다.

하지만 술과 담배는 조금만 노력하면 얼마든지 끊을 수 있는 것이고 못 끊는 것은 정신력이 약하고 노력하지 않아서 그런 것이다.

정말 술을 끊고 싶으면 나처럼 죽을 만큼 마셔보는 것도 괜찮다. 그러면 술을 끊는 계기가 생길 것이다.

지피지기(知彼知己)는 백전불태(白戰不殆)

책에서 본 한마디가 인생의 큰 도움이 될 수도 있다.

난 초등학교 4학년 때 광화문에 있는 교보문고를 가 보았고 만화책을 제외하고 처음으로 사본 책이 손자병법이었다.

손자병법을 네 번이나 읽었지만 세 번을 초등학교 4학년 때 읽었고 네 번째는 성인이 돼서 다시 읽었다. 초등학교 4학년이 손자병법을 세 번이나 읽다니 어른들이 들으면 대단하다고 할 수도 있다. 그러나 세 번이나 읽은 이유는 초등학교 4학년인 나에게 손자병법이 너무 어려웠고 잘 이해가 가지 않았었기 때문이다.

그렇게 잘 이해가 가진 않았지만 한 가지 머릿속 깊이 남았던 것은 '지피지기는 백전불태'라는 말인데 '적을 알고 나를 알면 백 번 싸워도 위태롭지 않다'는 말이다.

이 말이 어린 나에게 상당히 크게 다가왔고 인생의 모토가 되어 크나큰 도움이 되었는데 상대를 안다는 것은 철저한 준비를 했다는 것이고 자기 실력은 그 누구보다 자기 자신이 잘 알기에 자만하지만 않는다면 백 번 아니라 천 번을 싸워도 결과는 승리일 것이다.

그 당시 어린 내가 '지피지기는 백전불태'라는 말을 알게 되었던 것이 돌이켜 생각해보면 엄청난 행운이었다는 생각이 든다.

분명한 목표를 세워라

역학易學에서는 사람은 누구나 태어날 때부터 본인의 운명을 갖고 태어난다고 말을 하는데 이 말을 믿는 사람도 있고 믿지 않는 사람도 있다.

그러나 정말 자기 운명을 타고난다 하더라도 후천적인 노력의 의해 얼마든지 방향을 틀수 있다고 생각하며 그러기 위해서는 분명한 방향점을 잡아야 할 필요가 있다고 본다.

요즘 나는 취미로 목공(DIY)을 배우는데 전기톱으로 합판을 자를 때 자르는 합판의 양쪽 끝에 금을 그어 표시를 하고 톱을 켜서 자르면 한 치의 오차도 없이 정확히 자를 수가 있다.

인생도 이와 같고 정확한 목표와 계획을 세워서 움직여야 그 길로 진행되는 것이지 대충 생각만 가지고는 절대 이룰 수 없다.

또한 목표와 계획을 세우고 미친 듯이 움직여야 한다. 적당히 해서는 절대 안 된다. 미친 듯이 한다고 순조로운 것만도 아니다. 미친 듯이 해도 그 과정에서 고난과 좌절이 오고 많은 시행착오와 아픔과 수치스러움이 올 수도 있다.

하지만 정확한 목표가 있으면 그 무엇도 문제가 되지 않고 오히려 더 큰 공부가 되고 이겨낼 수 있는 것이다.

나는 큰 부상으로 대학에 진학하지 못해 한때 큰 좌절을 했었고 죽으려고 마음을 먹고 한강 다리 난간에까지 올라갔다. 하지만 젊은 청춘에 그까짓 대학이 무엇이길래 내가 죽어야 하나 대학 나온 사람들보다 더 성공하면 되는 것 아니겠냐고 마음 먹고 죽을 마음이 있다면 차라리 죽을힘을 다해 살아보자 결심한 후 내 스스로 해당海堂이라는 호를 짓고 제대 후 큰 사람이 되겠다고 성공하겠다고 바다 건너 일본으로 갔다.

그 후로 단 한 번도 무도武道의 끈을 놓지 않고 살았으며 앞으로도 죽을 때까지 무도를 수련하고 보급하며 살아갈 것이다.

성공은 내 안에 있는 것이지 저 멀리 있는 것이 아니다.

모든 것은 자신에게 달려 있다.

하고자 하면 된다

　나는 두 개의 문화체육관광부 법인과 경찰청 법인의 주식회사와 한국범죄척결운동본부라는 NGO 단체를 운영하고 있다. 이 모든 단체를 그 누구의 도움도 없이 맨주먹 하나로 직접 모든 법률적인 것과 규정을 공부해서 만들었다고 하면 다들 놀라고 믿지 않는 사람도 있다.

　그렇다. 일반 개인이 법률전문가의 도움을 받지 않고 법인을 설립한다는 것은 상당히 어려운 일이다. 법인이라는 말을 많이 들어봤지만 법인 하나가 설립되기까지의 과정을 모르는 사람이 대부분이기 때문에 얼마나 어려운지 짐작조차 하지도 못한다.

　그나마 영리법인은 허가 받기가 좀 수월하다. 돈 벌어서 나라에 그에 합당한 세금 내겠다는데 허가를 안 내줄 이유도 없다.

　하지만 내가 설립한 비영리 법인의 경우는 말이 다르다. 비영리법인이라 나라에 세금을 내지도 않고 공공의 이익을 위하여 움직이는 단체이기 때문에 오히려 거꾸로 정부에서 지원을 받기도 한다. 그렇기 때문에 비영리법인은 허가받기가 너무나 힘이 들고 어렵다.

　처음 법인을 설립할 때 담당 공무원에게 많은 도움을 받은 것도 사실이지만 그러나 반대로 싸우기도 엄청 많이 싸웠다.

　법인 설립은 하루 이틀만에 되는 것이 아니고 짧게는 3개월에서 길게는 7개월 이상 걸리기도 한다. 그 사이에 담당공무원이 바뀌어서 아무엇도 모르는 담당 공무원과 다투기도 많이 하고 어떤 때는 내가 담당 공무원을 가르쳐가면서 허가를 받기도 했다.

그럴 수밖에 없는 것이 공무원은 2년에 한 번씩 자리 이동이 있어서 한 번도 맡아 보지 못한 보직을 맡으면 백지 상태라 해도 과언이 아니다. 게다가 앞 사람이 인수인계도 제대로 안하고 갔다면 정말 답답한 상황이 초래된다.

뿐만 아니라 공무원은 점 하나만 틀려도 모든 서류 일체를 반려하는 고지식한 면모가 있기도 해서 여간 애를 먹은 것이 아니다.

그렇지만 공무원의 생태를 파악하는 데 그리 오랜 시간이 걸리지는 않았다. 모든 것이 교과서처럼 완벽하면 어쩔 수 없이 허가를 해 줄 수밖에 더 있겠는가!

한 번은 법인세 때문에 구청 세무 관련 직원과 3일을 다투었는데 결국은 나의 승리로 막을 내렸지만 지금 생각해보면 세무 관련 직원의 잘못도 아니다. 법 조항이 내 주장이 맞기도 하고 어떻게 해석하면 세무 관련 직원의 말도 어느 정도 일리가 있었기 때문이다.

그러나 그때 내가 느낀 것은 공무원은 자기에게 피해가 올 법한 것은 절대 하지 않는다는 것과 글자 그대로 정석대로 한다는 것이었다.

그런데 슬픈 것은 왜 그런 것만 꼭 정석대로 하며 다른 모든 부분에서는 정석대로 하지 않고 부정부패로 국민의 원성을 사는가 말이다. 물론 공무원뿐 아니라 누구나 마찬가지지만 공무원은 그것이 좀 더 심하다.

나는 내 주장이 맞다고 주장을 했고 세무 관련 직원은 자기가 전문가인데 왜 자기 말이 틀렸다고 하냐며 그럼 정확한 근거를 가지고 오라고 해서 인터넷 법제처를 들어가서 3일간 관련근거 자료를 수집하고 그 근거를 공무원의 눈앞에 들이밀었다.

그때 공무원이 잠깐 기다리라며 본청에 알아보겠다며 국세청 본청으로 연락을 돌리면서 한참을 말하더니 와서 "원하시는 대로 해드리겠습니다만 혹시 차후에 문제가 될 경우 모든 책임을 지져야 하며 추가 법인세를 납부하셔야 합니다."라고 하는 것이다. 그래서 "네!" 하고 크게 대답했고 그 후로는 아무 문제가 없었다.

전문가라고 다 맞다고 할 수는 없다. 의료사고도 전문의가 내는 것이지 일반인이 내는 게 아니 않는가. 물론 무허가 불법시술을 하는 사람들도 있지만 극히 일부다.

아무튼 모든 과정을 다 거치고 최종적으로 법인 설립허가증을 받으면 설립허가증을 가지고 등기소에서 등기를 완료를 해야 하는데 법인 등기 설립도 만만치가 않다.

법인 허가가 나와도 등기를 4주 안에 완료하지 못하면 설립허가가 취소가 된다고 규정에 나와 있길래 '무슨 등기하는데 4주나 기간을 주나 하루면 되지' 하고 아주 우습게 생각했다.

그리고 관할 등기소에 갔는데 담당 등기 조사관이 나이가 좀 많으신 분이었다.

"등기 설립하러 왔습니다."

"혹시 직접 하려는 건 아니죠?"

"직접 하면 안 되는 건가요?"

"관련한 일 해보셨어요?"

"아니오."

"허허. 아니 동사무소에서 등본 떼는 것도 아니고 그렇게 간단하면 법무사는 굶어 죽지, 안 그래요? 괜히 고생하고 시간 낭비만 하지 말고 법무사에게 맡겨요. 그게 빨라요."

그때 순간 오기가 생겼다.

"제가 해보는 데까지 해보고 안 되면 그때 법무사에게 맡기겠습니다. 무슨 서류가 필요한지 좀 알려주십시오."

필요한 서류를 너무나 많이 알려주셨다. 그러나 법인 설립허가 받을 때 제출하는 서류에 비하면 새 발에 피다. 법인 설립허가 제출서류의 분량은 전화번호부 한 권 이상 분량인데 거기에 비하면 아무것도 아니었기 때문에 모든 서류를 완벽하게 해서 제출했다.

"이쪽 일 안 해봤다면서 경험이 있구만. 서류제출 하는 것만 봐도 알 수 있어."

정말 안 해봤는데…….

그렇게 등기완료까지 모든 것을 마치고 법인설립을 끝내고 나니 정말 너무 기뻤다.

이렇게 법인은 내 손으로 직접 하나부터 열까지 발로 뛰면서 공부해가면서 만든 나의 땀의 결실이다.

고된 경험은
나를 더욱 강하게 만든다

법인을 운영하면서 정말 많은 일들이 있었지만 그중에서 중상모략 당했던 일과 연맹 건물의 건물주와의 재판이 가장 힘든 과정이었다.

항상 생각하는 것이지만 한 무술단체의 대표는 무술 실력만 있어서 되는 게 아니라 행정능력도 있어야 하고 지도자들을 다스릴 수 있는 카리스마도 있어야 한다. 간단히 말해서 문무를 겸비하지 않으면 안 되는 것이 바로 무술단체의 수장이다.

위에서 말한 두 가지 일들을 이야기하자면 연맹의 목적사업으로 매년 분기별로 지도자교육을 실시하는데 법대를 졸업한 사람이 무술지도자가 꿈이고 체육관을 오픈하는 것이 자기 목표라며 지도자교육 신청을 하고 교육에 들어갔는데 실력은 낙제 수준이었다.

옛말에 실력이 없으면 노력이라도 하라고 했는데 노력도 하지 않길래 교육이수가 힘들 것 같아서 좀 더 열심히 하라고 했더니 교육생은 알겠다고 열심히 하겠다고 다짐하며 돌아갔다.

그러나 매번 교육시간만 되면 허리가 아프다, 무릎이 아프다, 이런저런 이유로 교육은 안 받고 참관만 하다가 수료를 일주일 남기게 되었다.

그래서 교육생에게 그렇게 직접 교육을 안 받고 테스트에 합격할 수 있겠냐며 정 자신이 없으면 한 번 더 재교육을 받으라고 권유했고 물론 교육비도 받지를 않는다고 이야기했다. 그러자 교육생은 화들짝 놀라며 테스트가 있는지 몰랐다며 당황스러운 표정을 지으며 돌아갔다.

그리고는 그 후로 나타나지 않고 어느 날 한 통의 문자가 왔다. 교육비를 되돌려 달라는 것이다.

이 교육생은 어영부영 참석만 해도 지도자자격증이 나오는 줄 알고 착각하고 있었다. 우리 단체가 단증과 자격증을 남발한다고 말도 안 되는 헛소리를 하고 있는 타 합기도 단체가 있는데 그 단체의 말을 진짜로 믿고 왔다가 사실과 다르자 교육비를 돌려달라는 것이었다.

교육을 시작하지 않았거나 어떤 피치 못할 사유가 있다면 모르겠지만 교육도 다 끝나고 본인이 포기했는데 교육비를 돌려달라고 하니 정말 제정신으로 하는 이야기인가 궁금했다. 그래서 규정상 반환이 어렵다고 통보했더니 얼마 후부터 구청, 시청에서 민원이 들어왔다며 연락이 오기 시작했다.

내용인즉 본 연맹에서 지도자교육은 하지도 않고 교육비만 착복하고 있다는 정말 웃음도 안 나오는 그런 내용이었는데 민원인이 누군지 궁금했지만 법률적으로 민원인 보호 차원에서 알려주지 않는 게 원칙이라 알 수 없었다. 하지만 누구인지 짐작이 갔다.

그래서 민원 내용과는 정반대로 너무 정확하게 지도자교육을 실시하고 있다고 설명했고 모든 근거자료를 제시했다.

그렇게 일이 해결되자 이 교육생은 자기 뜻대로 안 되는 것에 불만을 품고 국세청에 본 연맹에서 탈세를 하고 있다고 허위 고발을 해서 관할 세무서에서 나왔다. 물론 전혀 근거 없는 이야기이기 때문에 담당 세무조사관에게 모든 것을 확인시키고 일이 해결됐는데 나중에는 담당 조사관이 허위 제보에 관한 내용을 자신에게 추궁해 들어오자 못마땅했는지 교육생이 그 조사관을 불친절하다고 민원을 제기하기도 했다.

그로 인해 담당 조사관이 애를 먹었다고 웃으면서 이야기해서 오히려 내가 미안했으며 참으로 고약한 녀석이라고 또 한 번 생각했다.

어찌됐던 교육비를 돌려받지 못하자 나를 악랄하게 괴롭히려는 속셈이었지만 그 뜻대로 될 리가 없었다.

그러자 교육생은 공정거래위원회에 정식 회부를 신청했고 거기에 대해서 사실근거 유무와 현재 교육되어지고 있는 현황, 그 당시 교육생이 자필로 쓴 서약서 등 모든 문서를 보내라고 해서 모든 문서 일체를 공정거래위원회에 보냈고 결과는 나의 승리였다.

당연한 일이라 승리라고 말하는 자체가 우습지만 아무튼 그렇게 결과가 나오자 교육생으로부터 한 통의 문자가 왔다. 문자의 내용은 불쌍한 컨셉으로 애걸하면서 모든 것이 죄송스럽고 넓은 아량으로 이해 부탁드린다며 아픈 몸을 이끌고 알바해서 모은 돈이니 돌려주시면 안 되냐는 것이었다.

사람을 3개월간이나 시달리게 해 놓고 이제 와서 죄송하다니. 그리고 넓은 아량으로 이해하고 돈을 돌려 달라.

참 세상에는 뻔뻔한 사람도 많다는 말을 자주 들었지만 이렇게 뻔뻔한 사람이 있을 줄은 정말 몰랐다. 그래서 답장으로 '야, 이 녀석아. 정신차려.'라고 호되게 야단을 쳤다.

그랬더니 경찰서에서 한 달 후에 연락이 왔다 그 교육생이 정보통신법 위반으로 고소했으니 경찰서로 와 달라는 내용이었다. 너무나 어이가 없었지만 일단 경찰서에 가서 조서를 받았다.

담당 경찰관이 "이 사람, 법을 아주 잘 아는 사람입니다. 제대로 걸리셨네요. 참 억울하시기야 하겠지만 어쩔 수 없습니다. 벌금형이 나올테니 그렇게 알고 계십시오."라고 해서 교육생이 고소장에 첨부한 자료를 전부 복사해 줄 수 있냐고 물었더니 알겠다며 복사를 해 주었다.

집에 가서 천천히 살펴봤더니 조작이 되어 있었다. 본인에게 유리하게 문자 내용을 치밀하게 짜깁기를 해서 고소장에 첨부한 것을 발견하고 지금껏 있었던 모든 일들을 문서화한 후 담당 경찰관에게 부탁을 해서 검사에게 탄원서 형식으로 제출했고 검사 권한으로 사건 자체를 증거불충분으로 기각했다. 사건이 기각되기까지 걸린 기간이 6개월이다.

거기다 구청, 시청 국세청, 공정거래위원회에 혐의 없음을 받기까지가 3개월, 총 9개월을 시달렸다.

부처님도 아니고 나도 사람인지라 너무 화가 나고 괘씸해서 이제 역으로 내가 명예훼손에 무고죄로 소송을 하려고 마음을 먹었다. 그러나 그날 밤 한참을 생각했는데 오히려 그 녀석이 불쌍하다는 생각이 들기 시작했고 낮에 소송하려고 준비했던 모든 서류를 다 폐기하면서 참 좋은 경험이 되었구나 하는 생각으로 다시 일상생활로 돌아갔다.

또 한 번의 큰 경험은 연맹에 비로 인한 침수피해가 있었던 일이다.

비가 많이 온 날 그 비가 고스란히 다 연맹으로 들어와서 피해를 봤는데 피해를 본 이유는 건물주가 건물 뒤편에 주차장을 만든다고 공사를 시작해놓고 5개월간 마무리하지 않아 연맹으로 비가 들어와 발목까지 잠겨 버린 것이다.

건물주인은 복구를 해주겠다며 바닥까지 다 뜯어놓고 두 달을 방치해 놓았다. 피해 복구를 이야기하면 차일피일 미루고 다섯 번에 달하는 거짓말에 도무지 참을 수 없어 연맹을 이전할 생각으로 민사소송을 접수했더니 소문을 듣고는 문을 잠가 놓은 연맹에 몰래 들어가 스티로폼 몇 장을 깔아 놓고, 복구하고 있었는데 내가 못하게 방해하고 소송을 했다며 거짓주장을 펴기 시작했다.

내가 판사라고 해도 참 입장이 곤란할 것이다 과연 누구 말을 믿어야 할지 말이다. 그래서 가장 중요한 것은 근거 자료다.

재판부는 무조건 근거 자료에 의해서만 판단을 하기 때문에 그래서 피해 정황과 건물주와 통화한 통화내역 등 모든 자료를 다 제출해서 재판에 들어갔다.

영화나 드라마에서는 간혹 재판할 때 중요한 전화내용을 녹음한 증거를 내세워 꼼짝 못하게 범인의 덜미를 잡곤 하지만 실제 재판과정에서의 모든 증거는 문서로만 가능하게 되어 있어서 음성은 증거로 인정이 되지 않는다.

더 중요한 것은 설령 그 증거를 속기사에게 신청을 해서 문서화 한다고 해도 상대방이 아니라고 하며 재판부에서도 참작을 할 뿐이지 증거로 인정할 수는 없다는 것이 더욱 아이러니하다. 상대가 자기 목소리가 아니라고 하면 간단하게 빠져 나갈 수도 있다. 예를 들어 그날 핸드폰을 잃어버렸다고 해도 같은 결과가 나온다. 가수 나훈아 모창 대회를 하면 똑같은 목소리를 가진 사람이 천 명 정도는 모인다.

물론 연쇄살인 사건의 범인이 부인한다면 국과수에 의뢰해 목소리의 미세한 부분까지 포착해서 잡아내겠지만 민사소송은 모든 것을 본인이 사실을 입증해야 한다. 그래서 법률전문가인 변호사를 선임하는 것이라는 것은 다들 더 잘 알 것이다.

나는 정말 어려운 난관에 부디쳐 많은 고민을 하며 재판을 이어 나갔다. 진실은 반드시 이긴다는 나의 슬로건을 바탕으로 소송에 이기기 위해 최선을 다했다. 건물주도 일이 점점 커지자 더욱 거짓주장을 펼치며 거세게 나왔고 무려 네 번의 재판을 했는데 결과는 기각이 되어버렸다는 것이다.

기각 사유는 피고 건물주는 원고 이광희와 임대계약을 한 것이지 사단법인과 계약을 하지 않았다는 내용이었고 개인과 법인체는 다른 인격체이므로 소송은 기각되어야 한다며 건물주는 강한 주장을 했는데 재판부는 이것을 받아 들여 1심에서 기각당해 사실상 진 것과 다름없었다.

이때 확실히 느낀 것이지만 건물주는 전문가의 도움의 받고 있었다. 건물주의 준비서면을 일 년 동안 계속 해서 받아 보았는데 처음 건물주가 쓴 준비서면과 나중에 쓴 준비서면이 뒤로 가면 갈수록 다르다는 것을 느꼈고 전문 용어들이 나오기 시작하면서 전문가의 힘을 빌리고 있다는 것을 느낄 수가 있었다.

그렇게 재판이 기각이 되면서 항소심을 하게 되었다.

만약 항소심에 재판결과가 좋지 않게 나오면 일 년을 넘게 재판을 해 오다가 기각을 결정한 재판부에도 문제가 있으므로 재판부를 상대로 소송을 할 예정이었다. 재판부가 기각할 것 같으면 처음부터 했어야 한다. 그런데도 일 년을 넘게 재판을 해 오다 법인과 개인은 다른 인격체이기에 기각한다면 말이 되지 않는다.

그럼 시작부터 캐치하지 못한 재판부의 잘못이다.

처음부터 재판이 성립되지 않는 재판을 일 년이나 하고 있었다는 이야기밖에 되지 않는 것인데 나로서는 그 시간과 정신적인 스트레스가 얼마나 심했을까 말하지 않아도 짐작이 가능할 것이다.

건물주는 2심에서는 오히려 내가 건물을 사용하다 잘못되어 바닥을 수리하는데 돈이 들어가 반대로 자기가 피해보상을 받아야 한다며 수리비가 520만 원이 들어갔다며 적반하장으로 나와서 점점 상황이 좋지 않게 돌아갔다.

드디어 2심 재판은 시작되었고 건물주는 또 다시 1심에서처럼 개인과 법인체는 다른 인격체이므로 소송이 기각되어야 한다고 당당하게 이야기했는데 이때 판사가 어차피 기각을 해도 이광희씨가 다시 개인 자격으로 또 다시 소송을 하면 모든 것을 처음부터 다시 해야 할 것이고 번거롭게 고생만 할 것은 불 보듯 뻔하니 법인이 아닌 개인 이광희씨와 재판을 한다고 생각하고 이야기해보라고 하자 얼굴이 창백해지면서 꿀 먹은 벙어리처럼 아무 말도 하지 못했다.

그러자 원고인 나에게 판사가 이야기해보라고 해서 거침없이 다 이야기했더니 건물주는 그제야 억울하다며 입을 열기 시작했는데 그때 판사가 서로 이야기가 전혀 다르니 증거자료를 더 제출할 것이 있으면 제출하고 자료를 하나하나 보면서 진행을 하자면서 한 달 후로 기일을 정했고 재판은 자꾸 길어져만 갔다.

그렇게 한 달 후 결전의 날이 왔고 재판 들어가기 전에 마지막 합의 권고를 할 기회를 주어서 서로 합의에 들어갔는데 건물주는 합의볼 생각이 전혀 없는 태도를 보였다. 건물주 자신이 유리한 고지에 있다고 생각하고 오히려 나에게 피해보상을 이야기하고 있는 사람이 합의를 볼 이유가 없었다.

　그래서 할 수 없이 재판부에서 증거자료를 토대로 건물주와 나에게 심문이 들어갔고 열띤 공방전이 이루어졌다. 그렇게 한참을 원고인 나와 피고인 건물주가 이야기하던 중에 급하게 안 좋은 상황에 몰리자 건물주는 자기도 모르게 거짓말을 했던 것을 잊어버리고 두 번이나 들통이 나 버렸다.

　그렇다. 하나의 거짓말을 하려면 그와 앞뒤가 맞아야 하기 때문에 빈틈없이 거짓말을 한다는 것은 여간 어려운 일이 아니다.

　게다가 장소는 법원이다. 법원에서 허위 진술은 그 자체가 불법이다. 거짓말이 들통 난 건물주는 울며 겨자 먹기로 재판부의 합의권고를 수락했고 나는 피해보상을 받을 수 있었다.

　그렇게 보상을 받기까지 1년 7개월이 걸렸고 결국은 나의 승리로 돌아갔다.

건강을 돕는 나만의 비결

나는 타고난 허약체질에 성격 또한 순하지 못하고 까다로워서 어린 시절부터 영양실조에 빈혈까지 있었고 편식까지 하다 보니 당연히 몸에 저항력이나 면역성이 다른 아이들보다 떨어졌다.

그러나 다행이도 무도수련을 하며 살다 보니 강한 체질로 변화하여 나름 건강하게 지내고 있고 마음의 수행(修行)도 겸하면서 올바른 몸과 마음으로 더욱 건강하게 살고 있어 가끔 치과에 스케일링 하러 가는 것 외에는 병원 갈 일이 없다.

사람들은 건강을 지키는 데 많은 돈을 들인다. 몸에 좋다면 동물이건 식물이건 가리지 않고 죄다 먹고 심지어는 동물의 내장을 날로 먹으며 생피를 마시기도 한다.

결론부터 이야기하자면 실은 다 부질없는 짓이다. 어떻게 보면 건강을 위해 먹은 것이 반대로 독이 되어 건강을 해칠 수 있다는 것을 명심해야 하며 몸보신을 위해 고가의 음식들을 섭취하는 것보다 오히려 규칙적인 운동이 더 효과적이라고 말하고 싶다.

그리고 사람은 체질이 다 다르기 때문에 남이 이거 먹고 효과를 봤다는 말을 듣고 무작정 따라하면 아무런 효과를 얻을 수 없다는 것을 꼭 기억했으면 한다.

그리고 많은 돈을 들여서 휘트니스 센터나 요가학원에 가는데 물론 여유가 있으면 가는 것도 나쁘지는 않다.

그러나 여유도 없는데 무리를 해 가면서 돈을 들여서 건강을 지키는 것은 정신적인 스트레스로 오히려 역효과가 나지 않을까 걱정이다.

많은 사람들은 꼭 돈을 들여야만 건강을 지킬 수 있다고 생각하는데 본인의 의지만 있다면 전혀 돈을 들이지 않고도 얼마든지 가능하며 오히려 더 건강하고 활기찬 생활을 영위할 수 있다.

그럼 지금부터 그 비결을 알려드릴 것인데 가장 중요한 포인트는 꾸준히 지키는 것이다. 하다 안하다 하면 효과를 기대하기 어렵고 시간낭비가 될 수도 있다는 점을 명심했으면 한다.

첫째, 한 달에 두 번 단식을 하는 것이다. 일명 간헐적 단식이라고 하는데 말 그대로 너무 무리하지 않고 처음에는 두 끼 정도 음식물 섭취를 금한다. 그리고 어느 정도 적응이 되면 하루로 늘리고 더 지나서는 이틀정도 하면 아주 효과적이다.

물론 배고픈 것을 참는다는 것은 쉬운 일은 아니지만 어느 시점이 되면 참을 만하고 몸도 가벼워지는 느낌을 받을 수 있을 것이다.

단식을 하게 되면 몸 안에 있는 노폐물과 독소를 바깥으로 내 보내주고 특히 장에 있는 주름에 낀 오래된 숙변을 제거해 주기 때문에 체중도 1~2kg 정도는 그냥 줄어든다.

특히 가장 몸에 좋은 것은 오장육부를 하루나 이틀 동안 편히 쉬게 해 주기 때문에 내장 기능이 더 원활해지고 튼튼해지므로 신진대사가 원활해지고 건강에 아주 좋다는 것이다.

기계도 많이 돌리면 과부하가 생겨 무리가 오기 때문에 쉬듯이 장기도 마찬가지로 일 년 열두 달 풀로 돌리면 무리가 오게 마련이다.

사람들은 힘들면 휴가다 뭐다 쉬고 재충전을 하고 다시 일상생활로 돌아오는데 육체의 피로는 풀지만 쉴 때도 먹는 것은 멈추지 않기 때문에 장기는 쉴 새 없이 가동하게 된다.

이것이 바로 문제다. 장기도 쉬어야 하는데 쉬지 못해서 나중에는 기능이 약해지고 탈이 나는 것이다.

이러한 것을 막기 위해서는 간헐적 단식으로 생활화해서 몸의 건강을 지키는 습관을 들여야 한다. 단식은 돈이 드는 것이 아니다. 조금만 인내하고 참으면 들어갈 것도 없고 지출할 것도 없다. 그러면서도 다이어트 효과도 볼 수 있어 일석이조 최고의 건강요법이라고 할수 있다.

둘째, 아침저녁으로 항문에 힘을 주는 것이다.

사람이 생명을 다하면 온몸에 있는 문門이란 문은 죄다 열리는데 그 중에서 제일 먼저 열리는 것이 항문이다. 그 정도로 항문은 중요한 요소이다.

아침에 일어나자마자 항문에 힘을 주어 오므렸다 폈다 100회를 하고 저녁에 잠자리에 들기 전에 100회를 하면 온몸에 기혈순환이 잘 되어 몇 백만 원짜리 보약을 먹는 것보다 좋으며 100세까지 건강하게 문제없이 살 수 있다.

문제는 빼먹지 않고 잘 지키는 것이 중요하다.

어떤 사람은 했는데도 별 효과가 없다고 나에게 투덜대는데 그 사람의 눈을 똑바로 쳐다보고 물어봤다.

"하루도 빼먹지 않고 정확히 했습니까?"

그러자 그 사람은 빼먹고 못한 적도 많다고 솔직히 털어 놨다. 이렇게 하다 안 하다 하면 아무런 효과를 볼 수 없다.

특히 사람들은 비싼 보약은 돈이 아까워서라도 빼먹지 않고 꼬박꼬박 먹는데 돈이 안 드는 것은 흐지부지 지키지 않는 경우가 많다. 그러면서 효과를 기대해서는 안 된다.

셋째, 하루 10분이라도 명상을 한다.

어떤 사람은 명상을 하라니까 드러누워서 하는데 그것은 졸고 있는 것이지 명상이 아니다. 명상은 바른 자세로 모든 잡념을 없애고 편안한 마음을 갖게 한 후에 집중을 해야 하며 항상 올바른 마음가짐으로 해야 한다.

나는 십여 년간 명상을 해 오다가 이제는 명상 대신에 아침마다 산에 올라가 유합도를 하고 있다.

유합도의 1길과 2길은 최상의 기공체조이자 명상보다 50배 이상 집중력이 필요한 고도의 훈련이다. 또한 대자연과 하나 되고 기분 좋은 새소리와 나무와 풀의 냄새는 뇌를 맑게 해주며 나의 생명력을 더욱 강하게 하기 때문에 최근에 산에서 유합도를 두 시간가량 하고 아침 식사를 한다.

여기에서는 초보자도 쉽게 할 수 있는 기공체조 중에 유합도 건신 6 단편을 소개할까 한다.

건신육단편(健身六段便)

건신육단편 1

① 차렷 자세에서 두 손을 가슴까지 올리고 이때 손바닥이 바닥을 향하도록 하여 왼쪽부터 밑으로 살며시 누르는 느낌으로 아래로 내

포기하지 않으면 된다

린다. 왼쪽을 한 후 오른쪽도 같은 방법으로 실시한다.

② 여덟 번째는 왼손을 위쪽으로 올려서 손바닥이 하늘을 향하도
록 하고 손가락은 바깥쪽이 아닌 머리 안쪽으로 당긴다.

건신육단편 2

① 오른손을 위로 올리면서 동시에 머리 위에 있는 손을 내려서 양손이 가슴까지 오도록 한다. 이때 왼손은 계속 내리고 오른손은 처음 왼손을 올렸을 때와 동일하게 올려서 머리 위에 놓는다. 계속하여 여덟 번을 하면 오른손이 위로 올라가 있다.

포기하지않으면 된다

건신육단편 3

① 올라가 있는 오른손은 내리고 왼손은 올려서 두 손을 가슴에까지 오게 한 다음 두 손을 깍지를 껴서 정면을 향해 두 손을 곧게 편다.

② 편 손을 다시 오므려서 가슴에까지 가서 이번에는 깍지를 낀 채로 바닥으로 두 손을 내리며 허리를 굽힌다. 이때 손등이 바닥을 향한다.

③ 밑으로 내린 두 손으로 다시 끌어 올리면서 허리를 세우고 깍지를 낀 손을 그대로 앞으로 내밀면서 손바닥을 정면을 향하게 한 후 두 손을 곧게 편다.

④ 곧게 편 두 손을 다시 오므려서 가슴까지 가지고 간 후 다시 밑으로 내리면서 반복한다.

건신육단편 4

① 3번을 여덟 번 반복을 한 후에는 깍지를 낀 손을 그대로 하늘 쪽으로 올리고 손바닥이 하늘을 향하게 한 후 크게 기지개를 하듯이 위로 높이 올린 후 시선도 같이 하늘을 향한다.

② 하늘 쪽으로 올렸던 손을 다시 바닥으로 내리면서 동일한 방법으로 여덟 번 반복한다.

건신육단편 5

① 아홉 번째 밑으로 내려간 손을 허리의 반동으로 좌측부터 우측으로 이동한다.

② 곧게 편 양손을 다시 몸 쪽으로 접고 접은 상태에서 건신육단편 1번의 처음 양손을 올리는 자세와 같은 동작으로 두 손을 동시에 내리며 마친다.

포기하지않으면 된다

건신육단편 6

① 그대로 허리를 세우고 깍지 낀 손을 풀고 양손을 수평으로 곧게 편다. 이때 손바닥이 하늘을 향한다.

② 곧게 편 양손을 다시 몸 쪽으로 접고 접은 상태에서 건신육단편 1번의 처음 양손을 올리는 자세와 같은 동작으로 두 손을 동시에 내리며 마친다.

그리고 벌리고 있는 발은 왼발을 이동하여 오른발 옆에 붙이면 건신
육단편이 끝나게 되며 1번부터 6번까지 모두 연결동작으로 되어 있다.

건신육단편을 1번부터 6번까지 아주 천천히 하면 좋은 효과를 볼
수 있는데 빠르게 하면 기혈순환이 끊겨서 좋은 효과를 볼 수 없기
때문에 최대한 천천히 하는 것이 중요하다. 다 마치고 나면 10분 정도
소요된다.

요즘 사람들은 운동은 하고 싶지만 시간이 없어서 못한다는 말을
자주 한다 하지만 아무리 바빠도 하루 10분도 시간을 못 낸다며 사실

상 핑계라고밖에 볼 수 없다.

　돈이 드는 것도 아니고 장비도 필요 없으며 넓은 장소가 필요한 것은 더더욱 아니다. 자기가 서 있을 수 있는 한 평의 공간만 있으면 어디서든 가능하다. 회사에서 점심을 먹고 잠시 비상계단에서도 할 수 있고 집안에서도 할 수 있다.

　동네 공원이나 산에서 한다면 공기도 맑아서 더욱 집중이 잘 될 테니 더욱 좋겠지만 그렇지 못한 협소한 공간에서도 마음만 있으면 얼마든지 가능하고 자기 건강을 지키며 편안한 생활을 영위할 수 있다는 것이다.

　이 책을 읽고 있는 독자 여러분도 바로 실천에 옮기기를 권한다. 작은 실천이 큰 효과를 볼 수 있고 인생에 변화를 가져온다.

　이 좋은 것을 혼자 알고 있기에는 너무 아까워서 나만의 건강비법을 처음으로 공개했는데 어차피 돈이 들어가는 것도 아니니까 속는 셈 치고 해보자. 많은 변화가 오는 것을 체험할 수 있을 것이다.

에필로그

그리 대단한 사람도 아닌 평범한 무도인의 삶이지만 무도라는 평생 직업을 갖고 태어난 사람으로 어렵고 힘든 고난에 연속을 잘 헤쳐 나가 여기까지 왔습니다.

공자는 '모든 것을 비울 때 비로소 보인다'고 말씀하셨습니다. 그 말씀대로 모든 것을 비우고 욕심 없이 하루하루 최선을 다했더니 좋은 결과를 이루어냈고 또 할 수 있다는 긍정적인 생각과 성공하는 이미지 트레이닝을 끊임없이 해 왔기 때문에 실제로 이루어진 것이라고 생각합니다.

즉 끌어당김의 법칙, 뭔가를 간절히 원하고 바라면 실제로 되는 것처럼 늘 된다고 마음먹고 한 번도 의심치 않았던 것입니다. 그리고 행동으로 실천하며 움직였습니다.

성공하는 사람과 그렇지 못한 사람의 차이는 아주 간단합니다.

성공하는 사람은 몸으로 실천했고 성공하지 못한 사람은 머릿속으로만 생각하고 행동으로 옮기지 못한 것입니다. 행동으로 실천하다가도 도중에 포기해서 성공을 못하는 사람도 주위에는 많이 있습니다만 성공이 말처럼 간단하지 않습니다.

조금 해서 다 성공을 한다면 정말 좋겠지만 성공은 그렇게 쉽게 이루어지는 것이 아니지요.

성공은 글자 그대로 '이룰 성(成)'에 '공 공(功)', 즉 공을 들여야 이루어지는 것이 성공인데 공을 들이지도 않고 성공을 바라는 사람이 세상에는 무수히 많습니다.

다들 한 목소리로 공을 들였다고는 합니다. 그러나 정말 어느 정도 들였을까요.

공자가 70세에 죽으면서 말하기로 나는 앞으로 할 일이 너무나 많은데도 70의 나이에 죽어서 안타깝지만 후세에는 120세까지 살 수 있으리라 했다고 합니다.

정말 공자의 말대로 이제 수명이 점점 길어져 100세시대가 왔고 지금 태어나는 신생아들의 수명은 108세나 된다고 합니다. 이제 앞으로 인간의 수명은 점점 더 길어집니다.

공을 들이지 않아서 궁핍하게 오래 사느냐 또 건강을 다스리지 못해 아픈 몸으로 오래 사느냐는 여러분에게 달려 있습니다.

아무쪼록 이 책을 읽은 모든 분들은 좀 더 공을 들여서 성공하시길 바라며 건강도 챙기셔서 건강한 몸으로 오래 사셨으면 합니다.

마지막으로 이 책을 펴낼 수 있도록 도움을 주신 많은 분들에게 진심으로 감사의 마음을 전합니다.

포기하지않으면 된다